Coleção Melhores Crônicas

Humberto de Campos

Direção Edla van Steen

Coleção Melhores Crônicas

Humberto de Campos

Seleção e Prefácio
Gilberto Araújo

São Paulo
2009

© Global Editora, 2009
1ª Edição, Global Editora, São Paulo 2009

Diretor Editorial
JEFFERSON L. ALVES

Gerente de Produção
FLÁVIO SAMUEL

Coordenadora Editorial
DIDA BESSANA

Assistente Editorial
ALESSANDRA BIRAL

Revisão
ANTONIO ALVES
TATIANA YANAKA

Projeto de Capa
VICTOR BURTON

Editoração Eletrônica
ANTONIO SILVIO LOPES

ACADEMIA BRASILEIRA DE LETRAS
DIRETORIA DE 2009

Presidente – Cícero Sandroni
Secretário-geral – Ivan Junqueira
1º Secretário – Alberto da Costa e Silva
2º Secretário – Nelson Pereira dos Santos
Tesoureiro – Evanildo Cavalcante Bechara
Comissão de Publicações – Antonio Carlos Secchin, José Mindlin e José Murilo de Carvalho

Av. Presidente Wilson, 203 – Castelo
CEP 20030-021 – Rio de Janeiro – RJ
Tel.: (21) 3974-2500 | 3974-2571
academia@academia.org.br | www.academia.org.br

Dados Internacionais de Catalogação na Publicação (CIP)
(Câmara Brasileira do Livro, SP, Brasil)

Campos, Humberto de, 1886-1934.
   Melhores crônicas Humberto de Campos / Gilberto Araújo de Vasconcelos – (seleção e prefácio) – 1. ed. – São Paulo : Global, 2009. – (Coleção Melhores Crônicas / direção Edla van Steen)

   Bibliografia.
   ISBN 978-85-260-1399-5

   1. Crônicas brasileiras I. Vasconcelos, Gilberto Araújo de. II. Steen, Edla van. III. Título. IV. Série.

09-07447   CDD-869.93

Índices para catálogo sistemático:
   1. Crônicas : Literatura brasileira   869.93

Direitos Reservados

GLOBAL EDITORA E DISTRIBUIDORA LTDA.

Rua Pirapitingui, 111 – Liberdade
CEP 01508-020 – São Paulo – SP
Tel.: (11) 3277-7999 – Fax: (11) 3277-8141
e-mail: global@globaleditora.com.br
www.globaleditora.com.br

Obra atualizada conforme o **Novo Acordo Ortográfico da Língua Portuguesa**

Colabore com a produção científica e cultural.
Proibida a reprodução total ou parcial desta obra
sem a autorização do editor.

Nº de Catálogo: **3129**

MELHORES CRÔNICAS

Humberto de Campos

HUMBERTO DE CAMPOS, UM PROLETÁRIO DA PENA

Um amigo ilustre e querido que acaba de chegar de São Luís traz-me, porém, uma novidade que me enche de contentamento (...): o velho e sólido armazém da rua da Paz em cujo tanque lavei garrafas (...) foi promovido, agora, à Biblioteca Pública do Maranhão. (...) E esse prédio é exatamente aquele em que este obscuro membro da Academia Brasileira de Letras foi, há trinta e três anos, honrado lavador de garrafas!

Humberto de Campos, *Um sonho de pobre*, p. 123-124

Apesar de iniciar carreira na poesia, com a publicação de *Poeira* em 1910, Humberto de Campos se destaca na literatura brasileira como prosador, sobretudo como memorialista e cronista. Em que pese a peculiaridade de cada texto, suas crônicas predominantemente agenciam como matéria básica a vida moderna do início do século XX. Recém-chegado à Capital Federal nesse período, o escritor maranhense se depara com o cenário efervescente da *belle époque*, que nele provoca um misto de curiosidade e de ceticismo, "de perdão e de cólera".[1] Alarmado com as transformações em ebulição, serve-se da crônica para plasmar essa realidade

---

1 *Os párias*, p. 5.

vertiginosa, na qual vislumbra menos os atalhos para o progresso do que os nódulos da decadência.

Com o intuito de denunciar que a civilização "se dissolve em sangue e pus",[2] o autor privilegia alguns ângulos da modernidade, dentre os quais se sobressai a redefinição do papel da mulher na sociedade. À revelia do esforço de alguns de seus contemporâneos em prol da emancipação feminina, Humberto de Campos defende que as mulheres nasceram para ser as "rainhas incontestáveis do lar",[3] não devendo, por isso, ingressar no mercado de trabalho. Ao abandonar o espaço doméstico por emprego externo, elas usurpariam uma obrigação masculina, desestabilizando a vida econômica do país, pois o trabalho feminino corresponderia apenas à satisfação de um capricho; ao homem caberia, de fato, o sustento da família: "as responsabilidades econômicas da mulher são incomparavelmente inferiores às do homem".[4] Não bastasse isso, o maranhense considera que as mulheres, porquanto não ultrapassem uma projeção masculina, devem carregar duas bandeiras: uma, de zelo pela própria imagem; outra, pelo nome do marido.

Se, atualmente, o posicionamento do cronista pode nos parecer reacionário, talvez de maneira não tão diversa soasse ele há um século, quando já ecoavam na literatura brasileira vozes a favor da libertação da mulher. De maneira geral, poderíamos dizer que essas manifestações se concentravam em dois núcleos principais. Um, de dicção mais combativa, defendia a autonomia feminina, a igualdade de direitos, o repúdio ao casamento e a outras convenções sociais, e era protagonizado majoritariamente por mulheres, como Albertina Berta, Carmem Dolores, Ercília Cobra, Gilka Machado e Maria Benedita Bormann. Outro, menos incisivo, era repre-

---

2 *Lagartas e libélulas*, p. 199.
3 *Vale de Josafá*, p. 319.
4 *Contrastes*, p. 119.

sentado pela literatura de *garçonnière*, escrita geralmente por homens, na qual desfilavam as *femmes fatales*, mulheres dominadoras que subjugam o sexo oposto pela sedução; nessa linhagem, poderíamos apontar Afrânio Peixoto, Araripe Júnior, Benjamim Costallat, Hilário Tácito, João do Rio (com destaque para *A mulher e os espelhos*) e Théo-Filho.

Na esteira do combate ao "feminismo triunfante", a decadência moral da mulher, bem como a diretamente relacionada "epidemia das separações e desquites",[5] é atribuída ao descompasso entre a educação moderna e a sociedade brasileira. Sem período suficiente para aclimatação no país, a nova educação, principalmente a de origem americana, teria sido adotada atabalhoadamente, provocando uma degenerescência da tradição, em que os moldes da educação eram compatíveis com a realidade nacional: "entre o regime doméstico a que obedeceram nossos pais e aquele sob o qual se estão formando os nossos filhos, há um abismo que a Humanidade devia franquear em oitenta anos, e franqueou em menos de quinze".[6]

A polarização entre o passado e o presente encontra correspondente na forma das crônicas; parte considerável delas apresenta estrutura trimembre, alicerçada em uma conclusão ou comentário conjugados a um binômio comparativo: um segmento dele se ocupa do passado (geralmente extraído da Antiguidade clássica, das lendas orientais, do substrato bíblico ou da história nacional), comumente caracterizado de maneira positiva, e o outro envolve a desordem da vida moderna ou os aspectos que aproximam a modernidade do passado. A habilidade de Humberto de Campos em alinhavar os dois tempos, rastreando os pontos de contato e de conflito, é um dos fatores responsáveis pelo dinamismo de seus textos.

---

5 *Sombras que sofrem*, p. 186-187.
6 Ibidem, p. 185.

Para sustentar a construção triádica, o cronista se abastece em uma outra fonte, jorrada em famosos títulos como *Memórias* e *Memórias inacabadas*. Manancial individual de onde se haurem as comparações com a modernidade, a memória é, na maioria dos casos, acionada por um fato presente, pelo "dedo automático da oportunidade":[7] normalmente, a morte de um vulto (vertente explorada nas duas séries dos *Perfis* e em *Sepultando os meus mortos*) ou alguma ocorrência político-social (trilha seguida no politizado volume de *Os párias* e nas duas séries das *Notas de um diarista*). No primeiro caso, o texto assume conotação nostálgica, ao passo que, no segundo, predomina a escrita indignada com os descaminhos da República.

Cabe ressaltar, porém, que, a despeito de eventualmente escrever sobre personalidades ilustres, Humberto de Campos se interessa mais pelos desvalidos da história que pelos agraciados, uma vez que compreende a arbitrariedade do discurso histórico: seletivo, é "mais uma criação dos narradores"[8] e "menos o reflexo dos acontecimentos do que uma obra de imaginação".[9] Para ser o "confidente dos desgraçados",[10] portanto, o autor de *Sombras que sofrem* não se fixa somente no presente: recorrendo à memória, recupera do silêncio figuras esquecidas. A conexão entre hoje e ontem, operada pelas reminiscências, além de timbrar, com mais seiva, o declínio da vida moderna, converte a memória numa alternativa de conforto para o presente desolador: "Eu vivo, porém, de recordações. O dia de hoje não me serve, senão para evocar o de ontem".[11] Apesar disso, o cronista credita, paradoxalmente, aos "grandes homens públicos" o "fruto árvore da civilização",[12] visão no-

---

7 *Da seara de Booz*, p. 119.
8 *Destinos...* p. 84.
9 *Últimas crônicas*, p. 33.
10 *Sombras que sofrem*, p. 70.
11 *Últimas crônicas*, p. 122.
12 *Reminiscências...* p. 249.

biliárquica da história que, em certa medida, se opõe à postura dominante ao longo da obra.

Orientado pelo anseio de exposição da decadência, estampado na atenção aos párias da história, Humberto produz crônicas a favor de estratos sociais desprezados, com destaque para os negros. O maranhense defende que, no presente, o negro possuiria menos valor social que nos tempos de escravidão, já que, na República, por não encontrar respaldo na economia social, estaria condicionado às práticas marginais. Degradados, os ex-escravos careceriam de um tutor para "salvá-los da abominação e do extermínio",[13] incumbência que o autor de *Contrastes* confere à sua escrita: "Escrevo sobre [o negro] porque desejo arrancá-lo à sua condição atual".[14]

Conforme se pode notar, Humberto imputava à sua literatura a dupla missão de denunciar e de amparar. Embora os dois compromissos estejam imbricados, o primeiro condena o mundanismo e a mais-valia, que engendrariam a decadência; já o segundo acalenta as sombras que sofrem os efeitos dessa exploração. Nos dois casos, temos o escritor que se arroga a tarefa de orientar o público:

> o dever do escritor pobre, em um país pobre: manter-se no seu posto, sem ser pesado a ninguém, e comer, se preciso, o seu braço esquerdo, para que a mão direita permaneça livre e trabalhe infatigável, condenando o erro, espalhando o bem, semeando a Verdade. (1934: 245)

Humberto, na pena do Conselheiro X.X., forja a autoimagem de um guia (Conselheiro) da vida moderna (X.X., referência ao século XX?), função propedêutica sinalizada pela vontade de que suas obras "se [tornassem] úteis aos *homens de hoje* e [ficassem] na memória dos homens de

---

13 *Contrastes*, p. 27.
14 Ibidem, p. 26.

amanhã".[15] Mais uma vez, a memória assume papel paradigmático: fornecer balizas de orientação para as vidas presente e futura: "as sábias práticas do passado ficam para edificação do presente e proveito do futuro".[16]

Visto que, para o Conselheiro X.X., a crônica é "a Assistência Pública da vida social",[17] ela deve assessorar o maior número possível de leitores. Para tanto, a linguagem não pode prescindir de comunicabilidade, garantida pelo estilo fluente, de vocabulário simples e desprovido de construções truncadas. Apoiado numa escrita acessível – e, diga-se de passagem, moderna –, Humberto angariou um vasto e assíduo público leitor, que chegou, inclusive, a se corresponder com ele, pedindo-lhe e dando-lhe conselhos. Nesse sentido, o autor recebeu a moeda que cobiçava: "a simpatia que se converte na cédula da prosperidade".[18]

Contudo, se a moeda da simpatia pagava o Conselheiro X.X., não sustentava a família de Humberto de Campos, para quem a saída foi tornar-se, como ele próprio diz, um *proletário da pena*, um homem de letras capaz de prover, com a escrita, as necessidades familiares. A incursão na vida jornalística como meio de garantir a sobrevivência não era, no entanto, exclusiva de Humberto de Campos; ao contrário, foi prática comum à grande parte dos autores da época, embora nem todos tenham logrado sucesso tão avantajado quanto o do maranhense.

A luta por conquista de espaço no campo literário levava os escritores a uma produção ininterrupta, que, por vezes, impressionava mais pela extensão que pela qualidade, mas que, em todo caso, lhes conferia reconhecimento da crítica e do público. Como apontamos, não é o caso somente de Humberto de Campos, que chegou a publicar mais de quarenta livros e a vender mais de 50 mil exemplares; lembremo-nos

---

15 *Os párias*, p. 24, grifo nosso.
16 *Notas de um diarista (2ª série)*, p. 13.
17 *Da seara de Booz*, p. 39.
18 *Os párias*, p. 280.

também de Paulo Setúbal e, exemplo mais significativo, de Coelho Neto, cuja obra ultrapassa a marca de cem títulos e a quem Brito Broca atribuiu a alcunha de "grilheta da pena", muito similar à do Conselheiro X.X., proletário da pena. Os epítetos ligados aos dois maranhenses indiciam, além da prática da *escrita apressada*,[19] uma postura ética comum: a defesa da profissionalização da literatura, tema a que Humberto dedicou algumas de suas crônicas mais contundentes: "o trabalhador de jornal, operário da pena, é, ainda hoje, no Brasil, o mais desprotegido e ingênuo dos proletários".[20] A apologia à literatura profissional denuncia o empenho de legitimá-la como trabalho. Assim, se o autor de *Um sonho de pobre*, por um lado, é cético à modernidade instaurada pela burguesia,[21] por outro, paradoxalmente, valoriza um dos pilares morais da classe, o trabalho, da mesma forma que apregoa, por meio da resistência ao divórcio[22] e ao ingresso na mulher no mercado de trabalho, a re-ordenação moral do casamento, outra pedra angular da burguesia. Aliás, a labuta é tão dignificadora que sequer as crianças deveriam ser privadas (cf. "Ideias de gente rica"),

---

19 Embora tenhamos chamado esse fenômeno de *escrita apressada*, o que teria impedido Humberto de construir uma obra orgânica, cabe destacar que, no caso do maranhense, a rapidez de produção não implicava o descuido formal; ao contrário, era preocupação do cronista burilar o texto, sem, no entanto, perder de vista seu foco principal: a clareza.

20 *Os párias*, p. 291.

21 "Não sou, evidentemente, um espírito moderno, destinado a presidir à renovação do mundo. Sou antigo e contrarrevolucionário, porque não me ocupo senão da alma humana, cujas aspirações instintivas não variaram através dos séculos" (1945c: 104-105).

22 A rigor, Humberto é favorável à legalização do divórcio somente nos centros urbanos, pois, "em uma grande cidade, a mulher divorciada encontrará, imediatamente, campo em que conquiste o seu pão, sem sacrifício da sua independência" (1945c: 220), amparo que não se verificaria no espaço rural; por isso, propõe que se estabeleça o "dualismo da legislação: conservar o regime atual para as populações do interior e instituir o divórcio nas capitais e cidades" (1945c: 223), outra postura ambígua do autor.

mais uma opinião controversa para o nosso "politicamente correto".

Em decorrência disso, justamente por serem a mais completa tradução do ócio, o mundanismo e seus corolários (o dandismo, a cavação, o arrivismo etc.) são vilipendiados pelo Conselheiro X.X., que divisa na ausência do trabalho uma das causas da decadência dos povos modernos.

A fábula social das cigarras e das formigas constitui dicotomia também detectada por Humberto na vida literária, encenada por dois perfis opostos de escritores: os profissionais e os mundanos. Dentre estes, carentes da indulgência do cronista, um nome recebeu mais tinta: João do Rio, pseudônimo de Paulo Barreto. Atribuindo ao estilo do autor de *Vida vertiginosa* as "cintilações impressionantes das vestimentas carnavalescas",[23] Humberto não suaviza os vitupérios contra o carioca: "o mérito da obra fica residindo, inteiro, na sua originalidade, no brilho dessa artificialidade teimosa, caprichosa, de dama que dissimulasse com frivolidade os encantos da própria beleza".[24]

A rivalidade entre os dois autores foi tão inflamada que ambos trocaram apelidos debochados na imprensa: Paulo Barreto chamou o maranhense de "gralha miritibana"; este retrucou, batizando-o de "Pele-Mole", deturpação sarcástica de uma coluna assinada por João do Rio, "Pall-MalRio", em referência à nada delgada fisionomia do carioca. A disputa entre proletários e ociosos das letras é reincidente nas crônicas de Humberto, litígio explorado, por exemplo, em "O rouxinol e os ventríloquos", texto inserido em *Da seara de Booz*, e em "A ilusão de Filócrito", de *Lagartas e libélulas*. A ânsia de ingresso na Academia Brasileira de Letras, importante mecanismo de aburguesamento do escritor, é outra evidência dessa situação, sendo, por isso, constantemente ironizada

---

23 *Da seara de Booz*, p. 242.
24 *Ibidem*, p. 242.

pelo cronista, conforme demonstra a seção dedicada à instituição nesta antologia.

Conquanto mantivesse contenda com João do Rio (leia-se "O bode russo"), a outro escritor da época Humberto votava uma espécie de devoção (leia-se "O aniversário de Coelho Neto). Já consagrado na Capital Federal quando o nosso cronista nela desembarca, Coelho Neto recebe o conterrâneo com amabilidade e torna-se um importante vetor na glorificação literária do Conselheiro X.X. No entanto, ao contrário da tendência comum em arremedar o estilo do autor de *A conquista* – nome que despontava nas epígrafes e nas dedicatórias dos livros de então –, Humberto de Campos opta por um texto lacônico e simples, que poderíamos situar em direção oposta à da prosa suntuosa de Coelho Neto: "A minha aspiração consiste, hoje, não no brilho, mas, e unicamente, na simplicidade e na elegância".[25]

Dessa forma, se o maranhense não incorporou a linguagem cosmopolita de João do Rio, tampouco se tornou adepto do estilo ornamental de Coelho Neto, a quem ele prezava "como a nenhum outro homem de pensamento no Brasil",[26] alcançando autenticidade estilística que bastante contribuiu para seu sucesso literário, apreciado por nomes de peso, como Washington Luís e Getúlio Vargas.

Eloquente ilustração dessa *self-made literature*, que não prescinde de ambiguidades, é a comparação entre os textos "O trem de Petrópolis" e "Os automóveis", ambos enfeixados em *Vale de Josafá*. Naquele, o autor reclama da lentidão e do estado de penúria do trem que fazia o percurso Rio-Petrópolis, crítica que, à primeira vista, parece sair de um defensor do progresso. Todavia, páginas antes, o maranhense se debatia contra a "fúria com que os automóveis percorrem

---

25 *Diário secreto*, p. 320.
26 *Sepultando os meus mortos*, p. 22-23.

ultimamente a cidade".[27] A convivência tensa desses textos no mesmo livro adensa a cisão moral de Humberto entre o resgate/esquecimento de uma realidade anacrônica e a aceitação/recusa do novo. É interessante contrastar essa postura com a do autor de *A alma encantadora das ruas*, em que não há hesitação em exaltar a modernização da vida. Na crônica "A era do automóvel", por exemplo, João do Rio decreta que o Automóvel (com maiúscula), "Senhor da Era, Criador de uma nova vida",[28] "fez-nos ter uma apudorada pena do passado. Agora é correr para a frente".[29]

A afirmação do ideário burguês também comparece, sub-repticiamente, nas páginas de humor, que constituem parcela significativa da produção de Humberto. Nesses textos, o tom humorístico é normalmente garantido pelo trocadilho e pela ambiguidade vinculados à hipocrisia social e ao par feminino perversidade-dissimulação. Ao condenar, pela ironia, a mulher adúltera ou libertina, Humberto ergue pena a favor da moralidade do casamento; ao escarnecer dos parasitas sociais, proclama, em negativo, a virtude do trabalho. Mesmo sob a máscara fescenina do Conselheiro X.X., subjaz, conforme dissemos, a missão de conduzir os leitores.

O filete humorístico, mais veemente nos contos e, no caso das crônicas, em *Da seara de Booz* e *Mealheiro de Agripa*, aproxima Humberto de seu antecessor na cadeira 20 da Academia Brasileira de Letras, o poeta Emílio de Meneses, o rei do trocadilho. No maranhense, porém, a superficialidade do riso guarda um anseio consolador: "a ironia das minhas crônicas era, quase, o esgar da caveira que fazia sorrir os que tenham fome na face".[30] Além disso, a preferência por textos curtos, pela agilidade narrativa e pelo humor cáustico insere o Conselheiro X.X. numa linhagem de cronistas nacionais, cuja matriz remete aos folhetins de França Júnior

---

27 *Vale de Josafá*, p. 191.
28 *Vida vertiginosa*, p. 11.
29 Ibidem, p. 9.

e que parece desembocar no humor conciso de Fernando Sabino e Luis Fernando Verissimo, passando pelo *humour* machadiano e pela acidez de Artur Azevedo.

Afora os livros de crônicas, a forma humorística de Humberto também comparece numa importante revista por ele fundada em 1922, intitulada *A maçã*, que, em decorrência das piadas ferinas, teve a circulação provisoriamente impedida pela polícia, no ano mesmo em que fora criada. À produção ativa de textos humorísticos deve ser acrescida a coletânea de contos e crônicas do mesmo jaez organizada por Humberto, a *Antologia dos humoristas galantes*, seleção que confirma inclinação pelo gênero.

A sátira mordaz conjugada à exploração acintosa do duplo sentido atesta a referida oscilação moral do Conselheiro X.X., que, por exemplo, se esbate pela re-educação da mulher segundo os moldes tradicionais, embora a ela conceda o direito ao voto, e acredita no melhor desempenho das artes em contextos ditatoriais, mas que, simultaneamente, é favorável à eutanásia e à liberação do álcool nos Estados Unidos, além de se dedicar à produção de textos despidos de qualquer, digamos, ranço moralista...

Não obstante ter sido figura de destaque na cena literária do início do século XX, a posteridade reservou a Humberto de Campos algo que, em certa medida, ele antevira: o esquecimento, corroborado, por exemplo, pelas reduzidas incursões críticas na sua vasta obra, adormecida nos sebos. Em país que se cultivam ídolos, é curioso o fato de um lavador de garrafas terminar imortal da Academia, atingindo vendagens estratosféricas para o Brasil, e permanecer obscurecido na história de nossa literatura. Ainda mais se pensarmos que o que ata as duas pontas da vida de Humberto é o trabalho, outro mito nacional.

Gilberto Araújo

---

30 *Sombras que sofrem*, p. 237.

NOTA

*E*sta antologia contempla os dezesseis livros de crônicas de Humberto de Campos, elencados na seção dedicada à bibliografia do autor. Abriu-se excecão, porém, para *Vale de Josafá*, título "pertencente à" contística do Conselheiro X.X.; desta obra incluímos os textos "Os automóveis" e "O trem de Petrópolis", por motivos que justificamos no prefácio. Além disso, organizamos a coletânea em células temáticas que julgamos predominantes na obra de Humberto: "Vida moderna: mundanismo e decadência", "As sereias do vício moderno" (seção que se ocupa das mulheres), "As sombras dos párias", "As letras e a vida literária", "A Academia","Perfis" e "Humberto por ele mesmo". Partimos de um eixo temático genérico – a vida moderna –, que, gradualmente afunilado, desemboca nos textos em que o autor, no auge da intimidade com o público, fala de si. A seleção das crônicas obedece ao critério da representatividade temática, bem como à rentabilidade estética dos textos, quesito mais arbitrário. Dentro de cada segmento, as crônicas estão dispostas na ordem cronológica de publicação dos livros em que foram inseridas.

VIDA MODERNA: MUNDANISMO E DECADÊNCIA

"A VIDA MODERNA É, NO SEU CONJUNTO, UMA SÉRIE DE VIOLÊNCIAS."

(INTOLERÂNCIAS, *FATOS E FEITOS*)

POVO E ESPADA

25 de janeiro

Muita gente ainda se lembra, no Rio, do incomparável boêmio Paula Duarte, que ocupou, durante anos, um cargo de relevo na Secretaria do Senado. Depois de haver desempenhado na sua terra as funções mais ambicionadas e honrosas, inclusive a de membro do gracioso triunvirato que administrou o Maranhão no correr dos primeiros dias da República, Paula Duarte veio acabar aqui, na capital do país, os seus dias agitados, deixando como sulcos principais da sua passagem neste campo arroteável da vida, apenas uma porção de anedotas e elitos pitorescos, que demonstram, entretanto, o que era, como *machina intellectual*, a sonora e desarticulada charrua do seu espírito. E entre essas anedotas há uma, deficientemente conhecida no sul, que é colocada, agora, no xadrez da minha memória pelo dedo automático da oportunidade.

O triúnviro maranhense era, na sua província, um dos mais apaixonados propugnadores da cultura da vinha, da colheita do seu fruto e do aproveitamento abundante do vermelho sumo deste último; e daí a situação em que foi encontrado, a 16 de novembro de 1889, quando começaram as festas pelo advento da República nas longínquas terras do Maranhão. As suas pernas, menos seguras do que o regime que se implantava, pediam apoio e repouso; o povo, porém, aglomerado na praça fronteira ao quartel da força federal, pedia, insistente, a presença do seu tribuno, para que aparecesse, naquele momento, ao lado da oficialidade republicana.

Reclamado furiosamente, Paula Duarte, que já se havia excedido nas báquicas manifestações de regozijo pela instalação oficial da democracia perfeita, encaminhou-se para o elevado terraço em que as autoridades militares se mostravam à multidão, e, encostado ao peitoril, recebeu, piscando os olhos, a sua frenética tempestade de palmas. Serenadas estas, e feito o silêncio preciso para que a sua palavra fosse ouvida, o tribuno afastou-se ligeiramente da grade, tomando posição. E foi, justamente, quando as pernas o traíram: fraquejando elas, Paula Duarte tropeçou em si mesmo, indo amparar-se ao ombro do major Tavares, comandante das forças do Exército e seu futuro companheiro de governo. Da aglomeração popular subiu, nesse momento, um leve rumor de riso mal contido, espécie de sopro de brisa em madura superfície de canavial. O tribuno compreendeu a situação, fez-se senhor dela e, deixando-se na mesma atitude sobre o ombro do major, exclamou, solene, para a multidão:

– O povo amparado à espada, eis a República!

A assistência, ante aquele recurso do seu orador favorito, prorrompeu em aplausos ao futuro triúnviro, que, horas depois, era conduzido em triunfo pelas ruas esburacadas de São Luís...

São passados vinte e seis anos, e a gente tem desejos de perguntar se a República há feito jus, realmente, no Brasil, à interpretação que lhe deu o tribuno maranhense. O Exército vem de tal modo sobrecarregando o povo com os seus marechais presidentes, com os seus generais senadores e governadores, com os seus coronéis, majores, capitães e tenentes deputados, que se sente vontade de acreditar, para harmonizar esta anedota com a verdade da história, que foi o major Tavares que se apoiou, há vinte e seis anos, ao ombro de Paula Duarte...

Da seara de Booz, 1918

OS MILAGRES DA CIRURGIA

25 de agosto

*E*ntre os sábios que o herói de Swift encontrou em atividade patriótica na Academia de Lagado, no reino de Laputa, um particularmente o surpreendeu pela utilidade e pela originalidade do seu invento: o autor de um processo físico de harmonizar os políticos. Tomava-se uma centena de próceres de cada partido, de modo a arranjar uma centena de pares cujos crânios fossem do mesmo tamanho. Em seguida, abria-se a cabeça a todos, e fazia-se uma rápida troca de miolos, em porções justas. Quando a operação fosse terminada, todos os políticos estariam de acordo, pois teriam, em quantidades iguais, os mesmos pensamentos, os mesmos princípios, as mesmas ideias.

A cirurgia não está, no mundo real, tão adiantada como entre os laputianos; há de se convir, porém, que a humanidade europeia marcha para essa perfeição, e que a experiência recentemente feita em Paris pelo professor Aleixo Carrel representa já um grande avanço nesse escuro e retorcido caminho. O general francês Trumelet Faber, ferido em combate nas linhas da Champagne, foi condenado a ficar sem um braço, cuja amputação se tornava imprescindível e urgente. Encarregado da operação, Carrel, após um exame rápido das condições do herói, mandou arrastar para as proximidades do general o leito de um "poilu" irremediavelmente perdido, e, num cometimento audacioso, cortou o braço ao soldado, ligando-o, com o acomodamento feliz das artérias, ao tronco mutilado de Trumelet. Semanas depois, quando o "poilu" já era, no fundo da terra, gordo banquete dos vermes, o seu braço se erguia da cama, enérgico, vigoroso, cheio de vida, identificado com o busto marcial do seu antigo comandante.

Esse acontecimento, que em outros espíritos acordaria, talvez, um mundo de esperanças, a mim me desperta uma infinidade de cogitações inquietadoras e macabras. Se o homem, já hoje, guiando com o seu cérebro os membros que se criaram harmonicamente com este, é tão incoerente, vive em tão contínuo desacordo consigo mesmo, que será o homem de amanhã, cuja cabeça terá de dirigir no mundo, como pedaços do seu corpo, a perna do seu copeiro, a mão do seu inimigo, o fígado da sua lavadeira, o coração do seu rival! Que revolução na vida, nas letras, nas artes, em tudo! Wells, o romancista do Absurdo, o criador do inverossímil, nunca imaginou coisa igual. Que não será o suplício deste general de França, quando olhar esse punho carregado de estrelas, que, semanas antes, não tinha, sequer, um distintivo de caporal? Que mãos teria apertado essa mão, que agora é sua? Terá ela, quando dirigida por outra vontade, apunhalado algum peito, despojado algum caminhante, pedido alguma esmola? E aquele braço, que espáduas teria apertado, que cinturas teria cingido, que fraquezas teria amparado?

E no futuro, que confusão! que tumulto! que anarquia! E, sobretudo, que campo imenso, franqueado ao doido galope da imaginação! Suponha-se um homem que teve necessidade de enxertar um coração alheio, e sente as suas pancadas no peito. De repente, esse coração principia a sangrar pelas dolorosas feridas da saudade. Mas, saudades de quem? Que criaturas são essas de que a cabeça não tem lembrança, e pelas quais, no entanto, o coração geme, grita, chama, sem ouvir o eco longínquo do seu lamento?

Esse general Trumelet, cujo braço vem abrir um caminho no mistério, deve lutar, já hoje, com os inconvenientes da inovação. A mão que lhe cortaram era de oficial, e executava, automaticamente, o gesto de comandar. E a que lhe deram, pendurada no novo braço, há de saber, apenas, o gesto dos que são comandados. Podia, entretanto ser pior: podiam lhe ter posto, para angústia da sua bravura, uma perna de poltrão...

Da seara de Booz, 1918

REFLEXÕES DO BOM HOMEM RICARDO

27 de novembro

*H*á um conto oriental em que um príncipe da Pérsia, de viagem para a Índia, é assaltado pelos árabes do deserto. Conseguindo escapar, vai ter, dias depois, a uma cidade maravilhosamente próspera, onde, faminto e miserável, trava conhecimento com um alfaiate, a quem conta sua odisseia.

– E que sabes tu para ganhar a vida? – pergunta-lhe o artista.

– Eu? Eu sou o príncipe mais hábil do Oriente. Sou um grande jurisconsulto, conheço o Alcorão, as sete narrações, os livros capitais, os livros essenciais de todas as ciências, entendo de astrologia, decorei as palavras de todos os poetas, sou, enfim, o maior sábio do meu século.

– E não tens um ofício? Não és sapateiro, nem remendão, nem barbeiro, nem ferrador? Pois, olha amigo: se não és nada disso e não queres morrer à fome neste país, procura uma ocupação mais honesta, e cuida de ti.

O príncipe arranjou uma corda e um machado e foi ser lenhador.

O Brasil está repetindo, neste instante, com sua política de coração, o caso deste príncipe. Durante decênios, queimou ele o seu incenso unicamente à Europa jovial, que lhe poliu o espírito, mas que lhe não conhece a geografia nem a história, que pouco lhe compra, e que lhe tem dado, apenas, novos poetas, novas atrizes, novos chapéus e novas damas alegres; e, no entanto, quando se fala em desviar essas espirais votivas para o altar em que se ergue o bezerro de ouro dos Estados Unidos, que nos enriquecem com as suas importações colossais, há, de nossa parte, um movimento de desconfiança e de dúvida, como se às nações, ao contrário do que sucede aos indivíduos, não coubesse o dever de só gastar a sua mirra com os deuses que lhes fazem a felicidade.

Nós precisamos acabar de vez com essa política sentimental. Opera-se neste momento, no planeta, uma revolução sem precedentes, cujo resultado será, fatalmente, uma absoluta inversão de valores morais. O banqueiro será o santo deste século. Só pode ser um grande povo o que tiver indústrias, riquezas, comércio, produtos para fornecer à fome dos outros. E aquele que se atrasar na conquista desses bens, afastando-se da escola do trabalho material e da especulação produtiva, terá de pôr de lado, mais tarde, a sua literatura sem aplicação, e ir, como o príncipe do conto, cortar lenha para o fogão do vizinho.

A França, a Bélgica, Portugal, a Rússia, a Itália, a Inglaterra mesmo, podem ser nações muito amigas e cavalheirosas; onde estão, porém, as vantagens práticas que superem as que nos oferece, com os seus mercados consumidores, a amizade incondicional da formidável República americana? A certo cônsul francês que pretendia convencer um rei persa de que Luís XIV era o maior monarca da terra, a amizade da França a mais vantajosa e os franceses o maior povo do Ocidente, observou argutamente o soberano:

– Como isso pode ser, se há sempre no porto de Ormuz, para trocar as riquezas do meu reino, apenas um navio francês para vinte velas holandesas?

Essa deve constituir hoje, a nossa observação triste, mas necessária. Como se explicam, realmente, as apregoadas vantagens da amizade da Europa, quando são os Estados Unidos os fatores principais da nossa prosperidade comercial?

Da seara de Booz, 1918

OS AUTOMÓVEIS

A fúria com que os automóveis percorrem ultimamente a cidade, deixando pelas ruas, em dois traços de sangue, o rastro das rodas assassinas, está reclamando uma providência enérgica emanada das autoridades policiais. Dia não há, realmente, em que se não registre uma vítima dos *chauffeurs*, e tudo provém da velocidade com que marcham os carros, contra a qual deve-se fazer sentir, quanto antes, o prestígio de uma fiscalização rigorosa.

Quem toma hoje um automóvel para ir a qualquer parte da capital pode dizer adeus à tranquilidade naquela hora de vida ou de morte. Mal um cristão entra no carro, o veículo dispara com toda a pressão do motor; e de tal forma é a paixão da corrida, que o motorista se atira pela primeira rua, sem perguntar, sequer, para onde o passageiro deseja ir.

Anteontem, à noite, voltava eu de uma visita, e tomei um táxi em frente ao Odeon, na Avenida. Sem indagar para onde me dirigia, o *chauffeur* deu volta à manivela e partiu. E tamanha foi a violência da disparada, que eu só consegui dizer-lhe que ia para a rua das Laranjeiras, quando o automóvel atravessava, como uma flecha, a praça Sete de Março, em Vila Isabel!

O mortal que se mete, hoje, em um automóvel de aluguel, fica, assim, na crítica situação daquele português da anedota, que se aventurou a um perigoso passeio a cavalo.

Um alentejano, recentemente chegado ao Brasil, foi, um domingo, fazer um passeio à Penha, em companhia de alguns patrícios mais antigos na terra. Ao chegar à estação daquele subúrbio, viu o nosso hóspede um cavalo amarrado a uma árvore, e resolveu dar umas duas voltas pelas proximidades. Entrou em acordo com o dono do animal, montou e partiu. Momentos depois ouviu-se um tropel furioso para as bandas da estrada arenosa. O grupo correu para lá, e viu: o cavalo vinha em disparada, com o freio nos dentes, trazendo em cima, vergado para a frente, sem chapéu, e com as duas mãos agarradas à crina do bicho, o português! Ao passar, como um raio, por diante dos companheiros, um do grupo gritou-lhe:

– Onde báis, ó Manuel?

E ele, pálido, sem olhar para trás, na vertigem da corrida:

– Nun xi xabe!

E desapareceu ao longe, numa nuvem de pó...

Vale de Josafá, 1918

O TREM DE PETRÓPOLIS

Com a volta do calor, que se anuncia rigoroso, começa o carioca a suspirar pelas manhãs de Petrópolis, em que o ar possui geralmente, na sua doçura, a carícia de uma pequena mão feminina. O Rio inteiro tem, nos dias quentes, saudades da serra acolhedora, e sonha, ansioso, com o clima das alturas. A ideia das subidas diárias, com duas horas de trem fumegante, constitui, porém, um espantalho – e é apavorado que o veranista se afunda na cadeira e no sono, pensando nos comboios europeus e americanos, que devoram sessenta quilômetros de caminho em menos de trinta minutos.

O trem de Petrópolis é, em verdade, no Brasil, a mais legítima negação do progresso nacional. O caso ocorrido com tanto escândalo em dia do ano passado é característico da feição primitiva do nosso meio de transporte para aquele paraíso serrano.

O dr. Umberto Antunes, engenheiro da Central, estava, em 1917, passando uns meses na Cascatinha, quando, um dia, tomou o trem na estação de Petrópolis. Chegado o comboio ao Meio da Serra, apareceu o condutor, e pediu:

– O bilhete, faz favor?

O dr. Antunes meteu a mão no forro do chapéu, no bolso do colete, nas algibeiras do paletó e da calça, e, não encontrando a ordem de trânsito, justificou-se:

– Eu tenho "passe", sou engenheiro-chefe da Central do Brasil.

– Então, passe o "passe"! – insistiu o condutor.

O dr. Umberto não o tinha; o "passe" havia ficado em Petrópolis, em uma pasta que deixara na estação, e isso mesmo disse ele ao empregado, que, entretanto, tornou:

– Se ficou lá, vá buscá-lo...

Nesse momento, o comboio ia parando no Meio da Serra. O dr. Antunes pulou, tirou o chapéu da cabeça, e disparou, para trás, na carreira. Uma hora depois, ao chegar o trem à Raiz da Serra, viu-se, ao longe, no trilho, um vulto que vinha correndo para apanhá-lo.

Era o dr. Umberto Antunes que voltava, com o "passe", da estação de Petrópolis!

Eu mesmo fui, certa vez, testemunha da velocidade com que marcham os trens da Leopoldina. Um dia, estava eu na estação, à espera de um carro do horário, e perguntei ao agente:

– O trem ainda demorará muito?

O homem olhou para os trilhos, na direção do Rio, e informou:

– Não, senhor; é questão de vinte minutos.

Eu olhei no mesmo rumo, e descobri o motivo da sua certeza: no leito da estrada, por cima dos trilhos, corriam algumas aves domésticas, procurando um refúgio. Era o trem que vinha atrás, espantando as galinhas...

Vale de Josafá, 1918

O JABUTI E O VEADO

Um dos contos populares mais correntes no interior do Brasil é, sem dúvida, o do jabuti e do veado, de que já se descobriram variantes em quatro ou cinco literaturas ocidentais. Disputando-se as regalias de animal resistente, o veado e o jabuti discutiam qual era, dos dois, o de carreira mais rápida.

– Sou eu! – assegurou o primeiro.

– Sou eu! – garantiu o segundo.

E para liquidação da dúvida, apostam para a carreira entre os dois extremos da mata, a fim de ver quem, efetivamente, chegava por último. O jabuti propôs, entretanto, uma cláusula: que o veado, para sua própria comodidade, corresse pela estrada, e que ele, jabuti, fizesse a viagem pelo mato, à margem do caminho. Estabelecido esse ponto, o quelônio reuniu os outros jabutis, e colocou-os, em cada moita, de cem em cem metros, de modo a ficar o último deles exatamente no ponto terminal da carreira. Feito isso, voltou ao lugar de onde deviam sair, e deu a voz de comando:

– Um!... Dois!... Três!...

Ao sinal de partida, o veado disparou pela estrada, multiplicando-se de agilidade. O jabuti, esse, deixou-se ficar na mesma touceira de arbustos, confiante no plano arquitetado. Percorrido o primeiro quilômetro, o veado gritou:

– Jabuti?...

– Vou aqui – respondeu a voz do jabuti colocado imediatamente adiante.

O galheiro aumentou a violência da carreira, na esperança de passar o competidor, e, vencido outro quilômetro, gritou, de novo:

– Jabuti?...

– Aqui vou! – respondeu a voz, no mato, cem metros acima.

E assim continou a disparada, e de tal modo que, quando o veado chegou ao lugar combinado para termo da experiência, já lá encontrou um jabuti perfeitamente descansado, e que lhe exigiu, inflexível, o imediato pagamento da aposta...

Eu possuo um amigo, velho psicólogo, que nutria, e nutre, a veleidade de acompanhar com segurança a marcha dos pensamentos alheios. Para que ele diga o que alguém está pensando, basta que esse alguém lhe revele o ponto de partida, dizendo-lhe em que pensa no momento. Senhor do fio da meada, o psicólogo se põe, de pronto, a acompanhar no escuro o raciocínio do cliente, de modo que, de cinco em cinco minutos, ele lhe pode anunciar o ponto certo das suas cogitações.

Com essa qualidade, ou, antes, com esse defeito, esse homem ilustre constitui, evidentemente, um perigo para a tranquilidade da esposa, cujas ideias fareja e segue, como se elas se agitassem através de um globo de vidro. Em certo momento, por exemplo, ela lhe pergunta:

– Viste aquele vestido, naquela vitrina?

É o ponto de apoio, a base imprevista para a silenciosa perseguição. Agarrado a esse fio de Ariadne, o psicólogo penetra, de olhos fechados, no labirinto de Creta. E desfia a meada, percorrendo, com ela, os infinitos corredores do báratro. Primeiro, a mulher deve estar imaginando como ficaria bonita com aquela "toilette". Depois, pensará no preço, demorando-se em cálculos aritméticos. E anda ele tão certo, nessa reprodução das cogitações alheias, que, nesse ponto, a mulher, infalivelmente, indaga:

– Quanto custará aquele vestido, Augusto?

O nosso homem responde, e, de acordo com o que poderá ter sugerido a sua resposta, mergulha, de novo, no oceano. Agora, ela deve estar imaginando o meio de obter aquela "toilette". E faz a estimativa da sua mesada e das suas despesas, concluindo por esta consulta, que o espião, sereno, já espera, pelo fio natural daquelas cogitações:

– Achas que devo comprá-lo?

É destino dos psicólogos, porém, viverem enganados com os outros e, até, consigo mesmos. Se aqui fora, à luz do sol e das lâmpadas que o homem multiplica pelo caminho, ninguém pode acompanhar os passos de outro mortal sem o risco de um engano, de um desvio, de uma pegada falsa, quem poderá fazê-lo com segurança, substituindo o sinal dos pés pelas palavras, como se elas fossem, em verdade, o rastro sonoro do pensamento?

Ao nosso psicólogo estava reservada, no mundo, uma dessas terríveis derrotas da inteligência. Informada de que o esposo lhe espionava as ideias surpreendendo-lhe mentalmente a consciência, resolveu a ilustre senhora inutilizar em absoluto essa perigosa fiscalização clandestina, desviando habilmente o pensamento dele, ligado, como a própria sombra, aos passos do seu. E, para experiência, predispôs os elementos destinados a essa tremenda luta na treva, concatenando uma série de perguntas lógicas que assinalassem as diversas fases de um mesmo raciocínio, mas preenchendo, ela, os intervalos entre essas fases com pensamentos inteiramente diversos. Assentado isto, saíram a passeio. No automóvel, logo, madame lançou o fio:

– Vamos à casa de Alice?

O marido segurou-se à ponta e seguiu, mentalmente, a marcha da ideação revelada por esse convite. Mas seguiu sozinho: a esposa já havia partido, e seguia, agora, à vontade, outro caminho, pegada ao fio de outros pensamentos. Sentindo-se, enfim, em liberdade, começa imaginando como aquele marido era estúpido, prendendo-lhe o corpo e espiando-lhe a alma, como um gato que espiasse, dia e noite, o sono ou os movimentos de um pássaro engaiolado! E como seria feliz, ela, se, em vez de lhe pertencer, a ele, tivesse caído nas mãos e nos braços de uma criatura mais jovial, de preocupações menos áridas, que lhe desse, pelo menos, um cativeiro menos severo...

Nesse ponto, virou-se para o esposo, que a olhava, hostil, com os olhos esbugalhados. E pensou: tê-la-ia ele surpreendido? Seria verdade, mesmo, que o marido via, como lhe assegurava, os pensamentos dentro do seu cérebro? Na dúvida, fez um esforço sobre si mesma, dominou a sua aflição íntima, e perguntou-lhe, com uma serenidade dissimulada:

– A que horas chegaremos lá?

– Lá, aonde?

– À casa de Alice.

O marido sorriu, acalmando-se. Para ele, a esposa não desviara, absolutamente, o pensamento, e tanto assim que os fios da mesma ideia, desdobrados isoladamente por ele e por ela, haviam conferido, afinal, nos postes, que eram representados, aí, pela expressão verbal das ideias elaboradas. Contente, também, por sua vez, com a experiência, madame passou a cogitar, daí em diante, sobre aquilo que bem quis, tendo, porém, o cuidado de assentar de vez em quando um poste falso, em que o esposo vinha conferir, tranquilo, o fio do seu raciocínio.

Esses postes representavam, no caso, o papel dos jabutis escondidos nas moitas.

– Jabuti?... – gritava o veado.

– Aqui vou eu! – confirmava o jabuti.

O marido era, naturalmente, o veado...

Mealheiro de Agripa, 1921

ENTRE O QUE FOI E O QUE VIRÁ

Aquele Pamórfio, do *Colombo* de Araújo Porto-Alegre, apareceu-me outra vez. Personagem extra-humano, não é ele mais, todavia, do que a metamorfose de outros, que se encontram nos poemas antigos, e que têm a sua origem em Tirésias, na *Odisseia*. Conhecendo o Passado e o Futuro, ele é o gênio que aparece ao nauta em Tenerife, e que não só fala das civilizações asiáticas, subjugadoras do mundo, como daquelas que viriam na corrente dos séculos novos, com as grandes navegações. Olhando, como Janus, o Oriente e o Ocidente, podia ele anunciar ao almirante genovês o que viria a ser o mundo que ele ia descobrir. Antes que a proa da caravela rompa os segredos do mar, ele, profeta prodigioso, lhe desvenda os mistérios do Tempo.

É nesse Pamórfio que eu penso, às vezes, quando me ponho a refletir sobre os destinos da Humanidade, e, mais particularmente, do Brasil e, mais restritamente ainda, no desta cidade que lhe é, hoje, cérebro e coração. Já alguém imaginou, por acaso, o que será o Rio de Janeiro dentro de um século ou, mesmo, dentro de cinquenta anos? Já houve quem se transportasse em pensamento a esta Sebastianópolis, imaginando-se no ano 2000? Faça cada um os seus cálculos, e dê liberdade à imaginação.

Para conhecer o Futuro, a marcha para diante, é preciso, primeiro, conhecer o Passado, de que é ele o reflexo. Por isso, quando eu me quero transportar ao Rio de Janeiro de amanhã, visito, antes, o Rio de Janeiro de ontem. Imagino-me, primeiro, na época de Mem de Sá. É nos tempos, ainda, dos primeiros estabelecimentos no alto da colina histórica, entre a floresta e o mar. Expulso o francês, ideador da França Antártica, resta ainda, lá embaixo, rodeando a eminência, o tamoio, que ele açulou. Entre os montes, peitos da cidade futura, estendem-se os marnéis, os pântanos, as lagoas em que sonham garças românticas e dormem sáurios preguiçosos. Pequenos rios de água fresca, filhos de fontes solitárias, serpeiam cantando, levando alimentos àquelas miniaturas da baía – espelho redondo e enorme de que a terra verde é moldura. Mas a semente plantada no outeiro é fecundada e multiplica-se. Descendo a ladeira do morro do Castelo, as primeiras casas chegam à planície. Colonos temerários estabelecem-se diante do mar, onde hoje é a rua Primeiro de Março, até onde se espraiam, então, as águas marítimas. Abre-se a rua que será a do Ouvidor. Dentro em breve, a cidade ocupará, com as suas quintas cercadas, todo o perímetro entre o Morro de Santo Antônio e o da Conceição. Um grande fosso, entre um e outro, por onde se despejam as águas da Carioca, e que dará à futura rua Uruguaiana o nome de rua da Vala, traça os limites da nova metrópole portuguesa na América. Os Jesuítas já atravessaram, porém, esses limites, e montaram engenhos. É o Engenho Novo. É o Engenho Velho. Aterra-se a lagoa Comprida, que fecha o caminho da Tijuca, entre Santa Teresa e o Mangue, onde é hoje a rua Frei Caneca. Aterra-se, igualmente, a lagoa Grande, em frente ao futuro convento da Ajuda, e abre-se o caminho das Laranjeiras e de Botafogo, onde a abundância de águas e a suavidade do clima favorecem a multiplicação das grandes chácaras. E a cidade se vai espraiando, ampliando, estendendo os tentáculos das ruas e dos caminhos trafegados. Do charco do Mangue e dos igapós da lagoa Comprida, surge a Cidade Nova. Aberta uma estrada sobre o mangal, para a

Quinta da Boa Vista, estabelecem-se ligações entre os núcleos de população que se formaram. O selvagem, absorvido pelo branco, é seu colaborador no desbravamento. Rolam os primeiros tílburis e, pelo mar, as primeiras marcas, ligando Botafogo ao Pharoux. Vêm os bondes. Abre-se o túnel de Copacabana. A cidade, cheia, derrama-se. Rodam automóveis sobre o asfalto onde corria o tatuí na areia molhada. E surge a capital magnífica e atordoante, a metrópole moderna, com os seus jardins de vinte e cinco quilômetros e os arranha-céus de vinte e cinco andares.

Volto-me, porém, para o Oriente, para o lado do sol e dos mistérios do Destino. E que vejo, ou imagino? É a cidade do Futuro, com as suas surpresas. O coração de Sebastianópolis é, agora, a Esplanada do Castelo. A cidade volta ao seu berço para tomar novo surto. Onde era o morro de Estácio e de Mem de Sá, levantam-se edifícios de sessenta e setenta andares. A Avenida Central não é mais, agora, do que uma pequena veia do novo sistema circulatório do formidável organismo urbano. Na baía, há menor número de navios do que de hidroaviões, os quais substituíram o transatlântico europeu com a naturalidade com que o automóvel tomou o lugar ao trem de ferro. Os grandes edifícios têm plataformas para os aviões particulares como as casas têm, hoje, uma garagem para o carro. A cidade vai, agora, até Nova Iguaçu, com a continuidade das ruas. Há serviço aéreo para S. Paulo de dez em dez minutos, e aeronaves de luxo das onze horas para o almoço em Petrópolis, as quais reporão o assinante no Rio à meia hora, tendo ele gasto uma hora à mesa. A campanha contra o papel, que ameaçava destruir todas as florestas da terra, instituiu o jornal-verbal: quem quer ter notícias do que está acontecendo no mundo põe um pequeno fone portátil ao ouvido e aperta um botão, ou entra em qualquer estabelecimento de comércio, onde grandes aparelhos anunciam as novidades da hora. Há romances e novelas vendidos em pequenos discos: adquire-se Shakespeare comprimido, e mete-se no bolso, para ouvir em casa. A ponte Rio-Niterói ficou destinada, agora, aos tradicionalistas, porque toda a gente prefere os grandes comboios aéreos da linha Angra dos Reis-Cabo Frio. Alguns jornais-falados pedem providências contra a demora na retirada dos fios que serviram, outrora, aos carros que ligavam aereamente o Pão de Açúcar à Urca, esta ao Corcovado, o Corcovado ao Bico do Papagaio e este ao Dedo de Deus, fios esses que embaraçam o voo aos aviões do serviço urbano. A carne verde vem, diariamente, de Goiás e do Pará, em carros frigoríficos que viajam a 8.000 metros de altura. Fornece-se leite e vinhos como se fornecia gasolina em 1933: deita-se a moeda em um orifício, e abre-se uma torneira para receber o líquido correspondente. Novas bebidas foram inventadas; e entre estas uma, do químico americano Lowell, a qual, tomada quando se vai embarcar em avião, faz que o indivíduo perca durante cinco horas 40% do seu peso. Um aparelho instalado na praça Mem de Sá permite assistir, vendo e ouvindo, o combate que se está travando entre alemães e franceses, e que é a "revanche" dos franceses, derrotados pelos alemães em 1952. A pólvora, tão humanitária, foi, infelizmente, abolida: toda a campanha é feita com eletricidade e gases venenosos.

Sob a cidade visível, estende-se outra: há, por baixo do Rio de Janeiro, todo um labirinto de avenidas iluminadas por meio de raios solares artificiais (sem lâmpadas), no qual fervilham cerca de 30% dos catorze milhões de habitantes que agora possui a metrópole brasileira. Não obstante a atividade da vida subterrânea, a municipalidade registrou em 1999 nada menos de 8. 754.728 icaromóveis, isto é, aparelhos de voo para uma pessoa só, e que podem ser guardados em casa ou trazidos debaixo do braço como os guarda-chuvas dos nossos avós...

Chegado, porém, a esse ponto das minhas cogitações, vejo que se corporifica diante de mim uma figura sorridente, misto de deus e demônios. É Pamórfio.

— De que sorris? — indago.

— Da tua ingenuidade. Para atingir a realidade quanto ao Futuro, falta fôlego aos cavalos da tua imaginação!

E dissipa-se, como uma nuvem.

Lagartas e libélulas, 1933

O PRIMEIRO RAIO DE SOL

De acordo com o ministro das Relações Exteriores, os ministros da Marinha e da Guerra comunicaram, anteontem, às autoridades dependentes das suas respectivas pastas, que os membros do corpo diplomático estrangeiro não devem ser convidados para as cerimônias cívicas que recordem as nossas vitórias militares. Essas festas do orgulho nacional devem ser íntimas, nacionais. E essa medida foi tomada em virtude de uma convenção internacional, à qual o Brasil aderiu.

Há episódios comuns na vida dos homens e dos povos que fazem duvidar da inteligência humana. Desde que Colombo mostrou aos seus convivas o processo de equilibrar um ovo sobre uma das pontas, ficou provado, parece, que o homem é um dos bípedes mais estúpidos da Criação. Far-se-ia mister, acaso, percorrer quatro mil anos de existência social para compreender a grosseria do velho hábito, agora banido, de convidar os representantes de países estrangeiros para se congratularem conosco pelas derrotas militares infligidas a povos de que são, às vezes, aliados? Não constituía, porventura, mais do que uma descortesia, uma estupidez, enviar um convite ao ministro da China para vir comemorar uma carreira de seis soldados brasileiros em dois soldados paraguaios em 1864? Que tem a Iugoslávia com a batalha de Itororó? Soube algum dia o embaixador do Japão se a batalha do Passo da Pátria foi ferida na rua dos Voluntários da mesma, ou o encarregado dos negócios da Dinamarca se a batalha de Paissandu foi travada em homenagem à rua do mesmo nome? As festas de Riachuelo serão pela inauguração da rua ou da linha de bondes?

Foi preciso que Newton descobrisse a lei da gravidade, que Volt inventasse a sua pilha, que Edison desse aos contemporâneos a luz elétrica, e Marconi a radiotelegrafia, e Dumont a conquista do ar, para que os políticos verificassem a inconveniência de cometer uma "gaffe"! Onde estavas tu, bom-senso humano, que não visitaste por menos uma vez o cérebro dos homens aos quais se acha confiada a direção do mundo?

Seria curioso, talvez, sindicar qual foi o diplomata que assegurou aos seus pares, numa assembleia internacional, que a roda não era quadrada, proclamando aos quatro ventos que o rei estava nu. Como se teria dado na rocha desse crânio admirável o famoso estalo do padre Antônio Vieira? Que demônios lhe teriam soprado durante o sono essa assombrosa revelação? E quando aparecerá outro que nos venha dizer, inspirado pelos anjos claros da Verdade, que a guerra é o mais idiota dos costumes humanos, e que o homem devia ir de quatro pés, e não de dois, render homenagens a Napoleão? Quando chegará o dia em que a religião, verdadeiramente inspirada por Deus, tire Jeanne d'Arc do Paraíso para levá-la pela orelha, ou pela saia, ao olvido e ao Inferno? Eu amo, sinceramente, a terra em que nasci. Só me levantarei, porém, desta mesa em que recolho o trigo, semeando o alfabeto, em um dia de festa militar, para ir, com outros homens pacíficos, dizer a Osório ou a Caxias, diante das suas estátuas:

– General, a Pátria agradece a vossa boa vontade em servi-la. A uma ordem vossa, morreram milhares de brasileiros e foram mortos milhares de paraguaios. Mas, passou o vosso tempo, e deve desaparecer a memória do vosso exemplo. O mundo inteiro está arrancando dos pedestais os heróis que para eles subiram ensopados de sangue. Por uma convenção universal, as crianças não brincam mais com soldados de chumbo, e será preso, e metido no hospício, todo o indivíduo que ande fardado. Não há mais militares, nem guerras, nem esquadras, nem canhões. Esses vocábulos foram riscados dos dicionários; e todo sujeito que inventar um engenho de morte será enforcado, alto e curto, com toda a sua descendência, para que não fique a menor lembrança da sua passagem na terra. Fazei-nos a gentileza de descer daí, e atirar-vos ao mar na praia mais próxima, tendo o cuidado de bater com a cabeça na pedra. A esta hora, em todo o planeta, por deliberação unânime dos povos esclarecidos por Deus, está se fazendo o mesmo em todas as cidades. Estão sendo arrastadas para os rios e mares, em nome da tranquilidade universal, as estátuas dos Condé, dos Carlos XII, dos Marlborough, dos Artigas, dos Bonaparte, dos San-Martin, dos Joffre, dos Moltke, dos Hindenburgo, dos Mangin. A Humanidade vai tomar banho no Letes para esquecer o Passado. Raiou a alvorada. Vai recomeçar o mundo!

Essas palavras parecerão, talvez, horríveis e sacrílegas, à mentalidade contemporânea, constituída de indivíduos que, quando meninos, ouviram dizer, e leram nos livros dos que nunca foram à guerra, que o maior homem de um país é o que mata, com a mão dos seus soldados, o maior número de homens do país que lhe fica vizinho. Urge, porém, que proclamemos a verdade. Urge que nos sacrifiquemos por ela. É preciso acordar as nações, despertar, mesmo com o risco da vida, a consciência adormecida dos povos. Nos últimos dias de julho de 1914, um homem de grandes barbas, chamado Jaurés, clamava no Parlamento da França contra a loucura da guerra, prestes a deflagrar. Convinha evitá-la. Convinha costear o abismo, procurando, com um pouco de calma, os caminhos da Paz. O punhal de um fanático fez calar a voz desse homem. No dia seguinte, a guerra estalou. E qual foi o resultado? Quinze milhões de mortos! Os alicerces do mundo sacudidos, abalados, na sua maior profundidade. Por toda parte a morte, a fome, o luto, o crime, a inquietação. Quebrados os ritmos da economia e da vida universais. Povos miseráveis errando sem destino no círculo geográfico de nações devastadas. Os campos abandonados, as cidades em agonia, as barreiras econômicas, o ódio das raças, o desaparecimento da fraternidade e da simpatia entre os homens! Destruídas as conquistas de quatro séculos de civilização e trabalho. E para quê? Para quê? Para quê? Para que prosperassem alguns industriais, que exploram com a guerra e a morte!... E, sobretudo, para que, sobre a montanha de quinze milhões de caveiras, e sobre os escombros de duzentas cidades, se levantassem as estátuas de meia dezena de generais?!... Não é estúpido, isso? Não é idiota, isso? Não é vergonhoso, isso, para a dignidade humana?

Já desceu, porém, sobre alguns homens públicos, em uma assembleia internacional, um frouxo raio de luz. Já reconheceram eles, abrindo ligeiramente os olhos, que as vitórias militares devem constituir acontecimento doméstico. Virá o dia em que elas constituam a vergonha dos povos?

É possível que não. Mas, enquanto esse dia não raia para o mundo, vamos, nesta noite da Civilização, sonhando docemente com ele...

Lagartas e libélulas, 1933

A ÚLTIMA PROEZA DE "LAMPIÃO"

Um telegrama da Bahia, publicado ontem no Rio de Janeiro, descreve mais um feito sanguinário do maior e mais terrível facínora que tem imperado nos sertões do Brasil: à frente de 60 apaniguados ferozes e bestiais, "Lampião" invadiu a vila de Curuçá, estuprou, roubou, depredou, matou, afixou, enfim, em cada rua e em cada casa, o selo fatídico e vermelho que assinala sempre a sua passagem. Quinze homens válidos e pacíficos tombaram sangrados pela sua mão. E o coração de um deles, arrancado pela garganta, foi levado em troféu entre gritos de animação, de entusiasmo e de vitória.

A princípio, ao ler a comunicação de uma destas façanhas, o país se comovia e indignava, reclamando dos poderes públicos o ponto-final para o feio poema de sangue e lama. As vozes que se erguiam, foram, porém, caladas nos peitos que as emitiam. E hoje é com indiferença quase criminosa que se tem conhecimento dessas selvajarias do bandoleiro. Parece que os fatos noticiados estão ocorrendo na China, na Armênia, na Berbéria ou no Turquestão. Ninguém os comenta. Ninguém protesta. Ninguém se comove...

E "Lampião", de pavio aceso, continua desafiando o Brasil.

O governo da República tem, sem dúvida, uma infinidade de problemas a resolver e que reclamam os seus cuidados imediatos. Mas há, no organismo nacional, energias ociosas, forças disponíveis, reservas materiais e morais que podem ser empregadas no combate a essa calamidade sertaneja. Será possível, acaso, que os estados nordestinos não possam reunir um contingente de 200 homens, escolhidos entre os melhores elementos das suas milícias policiais? Os seus governos, que mobilizam sem custo algumas dezenas de soldados quando se trata de hostilizar no sertão um chefe político adversário, não poderão fazer esforço idêntico para destruir um flagelo social cuja sobrevivência é a maior vergonha do Brasil? A sofreguidão com que se organizam forças para a politicagem dos governos, e a impossibilidade que se encontra em mobilizá-las para defesa do povo e da dignidade nacional não constituirão um índice triste e amargo da capacidade ou da incapacidade dos homens públicos do nosso tempo?

O cangaço penetrou, parece, já, no rol dos nossos males crônicos e inextirpáveis. "Lampião", que há doze anos parecia uma fatalidade imprevista e inadmissível, tornou-se uma calamidade comum, ordinária, como a lepra, como a tuberculose, como as epidemias que, pela persistência e continuidade, se tornaram familiares. Refere o velho historiador paraense Inácio Moura que, no Alto Araguaia, há quarenta anos, o bócio era tão vulgar, e se achava tão generalizado, que as pessoas sem papo eram olhadas, quase, como defeituosas. Os estados que "Lampião" percorre já se habituaram, mais ou menos, com ele. E quem nos dirá que dentro de alguns anos, Alagoas, Bahia e Sergipe não venham a olhar com superioridade os estados do Sul, cujos sertões não se achem assolados por bandoleiros?

Já é tempo, entretanto, dos homens que têm uma pena apelarem para os homens que têm uma espada, em lugar de se dirigirem, apenas, àqueles que têm o mando. Há no Exército, e nas milícias dos estados do Sul, numerosos oficiais briosos e valentes, nascidos nas regiões que "Lampião" castiga com a sua ferocidade e humilha com a sua depravação.

São baianos, alagoanos, sergipanos, pernambucanos, cearenses, rio-grandenses-do-norte. A sua dignidade, a sua bravura, o seu patriotismo não podem consentir que um celerado degrade a terra em que nasceram. Essas moças que ele estupra, essas mães que ele macula, essas famílias que ele atira à miséria, esses varões que ele degola são do mesmo sangue de centenas de oficiais cuja cultura e cujo civismo são, hoje, orgulho civil e patrimônio militar da nação. Está nesses soldados, agora, toda a esperança do Nordeste desolado. Unam-se eles, associem o prestígio e a energia, e peçam forças ao governo da República e, por intermédio dele, aos estados, e ponham termo a essa vergonha.

É tempo, já, de extirpar esse cancro.

A lembrança aí fica, para ser aproveitada pelos homens que têm uma espada e um coração. A esses brasileiros do Nordeste que a civilização salvou do punhal de um sicário, cabe a missão de proteger os homens da mesma terra que não tiveram o mesmo destino feliz. Se eles se não condoerem e moverem, a quem pedir, então, no Brasil, esse gesto de misericórdia?

Bato, neste momento, pela primeira vez, com a minha mão de paisano, à porta dos quartéis. E tenho quase a certeza de que meus olhos não verão em nenhuma delas o dístico da porta do Inferno, o qual ordenava aos que entravam, que deixassem, ali, toda a esperança...

Notas de um diarista (*1ª série*), 1935

ELOGIO DA LOUCURA

O dr. Xavier de Oliveira, major-fiscal do brilhante e infatigável batalhão de médicos eminentes e caridosos que trabalham neste momento para arrancar à unha suja da Morte, ou à noite apavorante da cegueira, um desventurado amigo que eu tenho, penetrou na literatura, em 1920, como pesquisador de originalidades sertanejas com um livro bizarro, e de sucesso, estudando os beatos e cangaceiros do Nordeste. Familiarizado com as terras aonde ninguém ia, voltou-se o dr. Xavier de Oliveira para as regiões misteriosas e escuras aonde ninguém vai: fez-se sertanista de alma e, êmulo de Fernão Dias e Borba Gato, investiu, acordado, a "selva selvaggia" em que Dante penetrou dormindo. E, como resultado da viagem terrível, acaba de publicar, sob o título *Espiritismo e loucura*, um forte e vigoroso volume contendo as suas observações de alienista.

Secundado pelo professor Juliano Moreira, que lhe prefacia a obra, o dr. Xavier de Oliveira levanta um grito de alarma contra o espiritismo, que considera, no momento, a undécima praga do Egito e a primeira do Rio de Janeiro. "Em uma estatística de doze anos" – diz – "de 1917 a 1928, por nós levantada no Pavilhão de Observações, registramos em 18.281 insanos entrados, 1.723 portadores de psicopatias provocadas exclusivamente pela prática do espiritismo, em indivíduos mioprágicos do sistema nervoso. É dizer que, no correr desse tempo, o espiritismo concorreu, ali, com uma proporção de 9,4%, no total das entradas. De onde se vê que, depois da sífilis e do álcool, é o espiritismo, nesta atualidade, o maior fator de alienação mental entre nós." E como consequência, entrega os discípulos de Kardec aos teólogos, para que os combatam ou os examinem do ponto de vista religioso, e à Polícia, para que os fiscalize de perto, impedindo o que houver, entre eles, de charlatanismo e exploração. A psiquiatria tomá-los-á à sua conta quando se apresentem como loucos, na sua metamorfose final.

O dr. Xavier de Oliveira considera o Rio de Janeiro uma cidade dominada por essa forma de misticismo ou de especulação. "A sociedade do Rio" – diz – "está, de fato, invadida, avassalada pela onda do espiritismo, com o caráter de uma verdadeira epidemia". Parece-me, a mim, que isso é verdade incontestável. Mas, que é que isso significa? Ignorância do povo? Absolutamente, não, pois que não é nas camadas populares, mas nos círculos superiores da sociedade, que a nova religião, ou o novo "pathos", tem conquistado a maioria dos seus adeptos. Qual, então, a causa daquilo que o jovem e ilustre psicopata considera um flagelo nacional?

As ondas de misticismo são peculiares aos povos pobres e tristes e, às sociedades desgraçadas. Quando o sentimento é atingido, são inúteis as reações da inteligência. O homem que sofre com o coração precisa de consolo e vai buscar onde pode encontrá-lo, falso ou verdadeiro. Quais são, por exemplo, entre as figuras sociais de relevo, as que o espiritismo conquistou? O pai que perdeu um filho querido; a esposa que se viu separada do companheiro a quem amava; a mãe a quem a morte arrebatou uma filha que era o seu bastão e os seus olhos na terra; os doentes abalados por uma enfermidade sem cura; os corações sacudidos, em suma, pelas tempestades do sofrimento sem remédio terreno.

O Homem tem necessidade do sobrenatural. Nos tempos em que a Igreja realizava milagres era para ela que apelavam os que padeciam. O milagre fortalecia a fé. No Coliseu romano, Marcus Vinícius vacila ainda entre os deuses pagãos e aquele cujo culto se refugia nas catacumbas da Cidade Eterna, quando vê Lígia na arena, presa aos cornos do uro selvagem. É nesse momento que ele, que sempre duvida, solta o seu grito de desafio e desespero:

– Cristo, faze um milagre!

O milagre é feito. Ursus atira-se à fera, subjuga-a, e ergue a virgem, nua, e viva, e branca, nos seus braços robustos, diante da multidão.

E Vinícius crê.

O espiritismo é, atualmente, das religiões ou das abusões permitidas, a única, talvez, que ainda faz milagres, ou que dá a ilusão do milagre. Abatido pelo sofrimento, sugestionado pela esperança, aquele que a ele recorre já leva, no coração ferido, metade do milagre. Mas o adepto volta contente, e consolado, com a divina realidade ou com a piedosa mentira. O pai viu seu filho morto. A esposa teve notícias do companheiro, e soube que, mesmo na outra vida, na mansão em que há, só em um grupo, onze mil virgens, ele ainda não a esqueceu. A mãe escuta, em boca estranha, a voz da filha que Deus lhe arrancou dos braços, e que lhe manda um beijo nas pontas dos seus dedos de espírito.

O espiritismo pode fazer loucos. Mas os que chegam ao hospício marcham, geralmente, para ele, em uma ponte de Felicidade triste, enfeitada por flores de sepultura...

O autor do *Espiritismo e loucura*, em quem o professor Juliano Moreira reconhece um dos nossos psiquiatras mais eminentes, apresenta-se, igualmente, neste livro, como um escritor vigoroso e claro, cujo estilo enérgico se transforma, não raro, pelo brilho literário, em vistoso ornamento do assunto. Se o homem de Ciência não se impusesse pelo valor do depoimento e pela importância da matéria, impô-lo-ia o homem de letras. A palavra, na sua prosa, veste, sob medida, o pensamento.

Terá ele, contudo, razão em condenar tão sumariamente o espiritismo? "Eu não tenho notícia de que a Ciência tenha, jamais, secado uma lágrima vinda do coração", disse Francis Charmes na Academia Francesa, no dia em que sucedia a Berthelot. E o espiritismo, dizem, tem secado lágrimas.

Tem feito ele muitos malucos, é certo. Mas a loucura não será uma das formas incompreensíveis da felicidade e, porventura, a mais perfeita? Erasmo não teria razão?

"Tous les hommes sont fous et, malgré tous leurs soins.
Ne diffèrent entre eux que du plus ou du moins"*.

Boileau

Notas de um diarista (1ª série), 1935

---

* Todos os homens são doidos e, apesar das precauções, só diferem entre si em virtude das proporções.

A SUPERSTIÇÃO DEMOCRÁTICA

*E*ntre os livros novos, feitos com artigos velhos, que as casas editoras de Paris nos têm mandado nas últimas semanas, está o de Daniel Halévy, e que o autor intitulou, sugestivamente, *Décadence de la Liberté*. Compõe-se o volume de quatro estudos escritos nos últimos dez anos, mas que encontraram, agora, motivo para divulgação proveitosa e mais ampla.

Um dos temas abordados pelo publicista francês no seu primeiro estudo de psicologia eleitoral é a incapacidade das democracias modernas para a formação de grandes figuras políticas. Os regimes em que a liberdade é amplamente distribuída anulam as individualidades. E só estas podem governar, imprimindo uma direção consciente ao Estado. O povo marcha, mas não sabe para onde. "De Felipe-Augusto a Napoleão ou a Thiers" – escreve o comentador, aplicando a tese ao seu país – "de Felipe-Augusto a Napoleão ou a Thiers, a França foi um país governado, a França teve chefes. E eis que eles lhe faltam subitamente. Os reis desapareceram, e, com eles, os chefes de que eram apoio. Em lugar de uma grande massa dirigida por vontades e inteligências lúcidas, o que encontramos é uma aglomeração confusa, embora organizada, pois que ela vive, age, reage, obedecendo a leis que nos são ainda desconhecidas". Para que surja nesse tumulto uma entidade de relevo, torna-se preciso interromper a marcha da democracia, e que um homem, usurpando a autoridade da massa, passe a dirigi-la, submetendo-a à sua vontade e, consequentemente, escravizando-a. Por isso mesmo, a maior figura da França, na Terceira República, foi Clemenceau, isto é, o único homem que possuía, nela, temperamento de ditador.

As grandes épocas da História são assinaladas, na realidade, não pelo império da democracia, mas pelo predomínio de um homem, ou de um grupo de homens superiores. Os nomes dos grandes homens públicos são o rasto que os povos deixam no tempo, na sua passagem. Sem eles, as nações passariam desconhecidas, e seriam mortas para a posteridade. As nações podem ser opulentas e poderosas. Mas não sobreviverão, se não tiverem grandes homens representativos. Os grandes homens públicos constituem o fruto da árvore da Civilização. Um povo militarmente forte, e econômicamente rico, é árvore imponente, mas sem fruto e, consequentemente, sem posteridade. Sabe-se que os fenícios dominaram os mares conhecidos no seu tempo. Sabe-se que Cartago era tão rica, e tão sólida nas suas armas, que as levou às portas de Roma. Que se sabe, porém, da grandeza dos fenícios? Que restaria de Cartago se não sobrevivesse a memória de Aníbal? Que se sabe da Pérsia, senão o nome dos seus reis e as marchas dos seus exércitos, e isso mesmo porque nô-los forneceram os gregos, isto é, um povo de intensa vida política, e cuja atividade pública sobreviveu cristalizada em nomes gloriosos?

Nos dias da nossa Primeira República, era comum encontrar-se na imprensa de oposição a crítica ao regime eleitoral, então vigorante. Os jornais entendiam que, marcada uma eleição, o eleitorado devia acorrer às urnas, independente de sugestões. As chapas dos partidos, as insinuações dos chefes pareciam ao jornalista uma usurpação, uma burla, uma deturpação do regime democrático. Ignoravam eles que as sociedades precisam de pastores, como os rebanhos, e que, quando esses pastores lhes faltam, elas tombam na anarquia, se desagregam, e desaparecem. As leis dão corpo, e estabilidade ao Estado. Mas as boas leis são, sempre, obra de grandes homens. Uma boa legislação é, em suma, um homem, ou uma teoria de grandes homens, consubstanciada e fixada em palavras para o serviço e conservação dos povos.

Na *Grandeza dos romanos e sua decadência*, Montesquieu atribui o destino magnífico de Roma à circunstância de terem sido os seus primeiros reis, todos eles, grandes homens. Dando o ritmo à vida nacional, puderam esses varões eminentes construir o mais soberbo monumento político da Antiguidade, senão de todos os tempos. E é esse talvez, ainda, o segredo da solidez que apresentam em nossos dias os Estados Unidos da América do Norte, cujos primeiros presidentes foram, quase todos, figuras de Panteon.

A unidade da nação brasileira, e o seu progresso nos dois reinados, foi o produto, pode-se dizer, de uma política assim compreendida e praticada. Uma década do Primeiro ou do Segundo Império produziu maior número de figuras capitulares do que duas da República. As grandes conquistas que ilustram aqueles dois períodos da vida brasileira correspondem à ação e à vontade de varões ilustres, cujos nomes a elas se ligaram. A Lei do Ventre Livre chama-se Rio Branco. A reforma eleitoral tem o nome de Saraiva. A de 13 de Maio é João Alfredo. E se alguém objetar que Rodrigues Alves e o barão do Rio Branco representam, igualmente, acontecimentos notáveis da vida republicana, devemos nos lembrar que se trata de individualidades que a monarquia legou à República.

Urge acabar, pois, com a superstição de que o povo pode marchar sem chefes, e de que as nações se podem organizar, politicamente, sem a cabeça e o braço de homens fortes, que lhes imponham a disciplina e o princípio da obediência. A democracia pura é uma invenção de demagogos. Quando os povos se querem guiar por si mesmos tombam na anarquia, da qual só escapam quando se levanta um homem e, Napoleão ou Lenin, os arrasta, de novo, ao regime da ordem, com escalas pelo da servidão.

O mal desta Segunda República, herdado da Primeira e agravado na hereditariedade, é precisamente esse, consubstanciado na igualdade dos homens. Urge a formação de agrupamentos, que selecionem os valores humanos, e dos quais se levantem os chefes que se defrontem e meçam como os Horácios e Curiácios, em nome dos seus exércitos.

O povo não pode guiar-se, porque só dispõe do instinto, em uma época em que se tornam indispensáveis a perspicácia e a inteligência. Que eles se ergam, pois, e comandem.

A confusão atual está reclamando a supressão da Távola Redonda, para que se saiba, como na lenda medieval, onde está, entre os cavaleiros, o capacete do rei Artur.

Mande quem pode. Obedeça quem deve.

Reminiscências..., 1935

OS MALES DO ENSINO PRIMÁRIO

A Diretoria da Instrução de São Paulo vai proceder, segundo referem as notícias de imprensa, a uma revisão dos livros escolares adotados nos estabelecimentos de ensino primário. E o assunto é, pela sua natureza, tão delicado e complexo, que eu tenho, talvez, de calçar luvas no estilo e no espírito, para abordá-lo sem constrangimento. Ele é como esses botões elétricos, os quais, aparentemente insignificantes, fazem, contudo, apenas tocados, explodir uma cidade ou desviar o curso de um rio.

Confiado aos governos estaduais, que o encaram cada um sob forma diversa, o ensino primário constitui, no Brasil, um problema geral dividido em vinte e um problemas parciais. E cada um desses reclama, não apenas um exército de professores capazes, alguns estadistas de boa vontade, e meia dúzia de homens de ciência, mas, sobretudo, um filósofo, que oriente, no sentido profundo da alma humana, todas essas energias generosas.

Eu trouxe da escola para a vida o horror aos processos de ensino do meu tempo, e conservo esse horror aos métodos atuais. É verdade que o Estado tem feito muito em proveito da criança, na esfera das suas atribuições. Em São Paulo, principalmente, e no Distrito Federal, a instrução primária sofreu, nas escolas públicas, modificações profundas e louváveis, que a tornam, tanto quanto possível, racional e proveitosa. Mas o Estado não devia, nem podia, esquecer o ensino particular. As crianças matriculadas nos colégios pagos pelos pais, por não conseguirem matrícula nas escolas públicas ou pela conveniência do internamento, são brasileiras, como as demais. E o Estado devia impor os seus processos de ensino, os seus programas, o seu regime didático a todas as casas de educação primária, a fim de que a infância do Brasil não se divida em duas castas, uma das quais torturada, martirizada, atormentada por professores incapazes, e de emergência, a que os colégios dão preferência pela modicidade do salário. Internatos há, no Rio, em que as matérias do curso primário são lecionadas pelos roupeiros e porteiros, que levam para o magistério ocasional a intolerância da profissão. E como os pais confiam nas palavras dos ditadores, os filhos crescem numa atmosfera de terror e de ignorância, sob os aplausos silenciosos do Estado, ocupado unicamente com as escolas que dirige e administra.

O ensino primário particular devia sofrer a fiscalização rigorosa dos poderes públicos, e obedecer ao regime a que se acha submetido o ensino primário oficial. É sobre ele que assenta o ensino secundário. E não se compreende que um arquiteto, interessado na solidez de um edifício, comece a fiscalizar a construção do meio para cima, esquecendo inteiramente os alicerces.

A Constituinte, agora eleita, abordará, sem dúvida, o problema do ensino primário. Mas as diretrizes já se acham traçadas no anteprojeto da Constituição. E qual foi o educador, o pedagogo, o especialista chamado a opinar sobre assunto de tanta magnitude? O ensino primário deve ser uniformizado, senão na República, pelo menos dentro de cada estado, regendo-se os colégios particulares pelos grupos escolares indicados para modelo. A liberdade atual é, além de perturbadora, inepta e desumana.

Combata-se, principalmente, o atual processo de ensinar a língua nacional. Elimine-se a gramática, sob a forma por que é ministrada. Quando eu era criança, obrigaram-me a dar, na escola, uma coisa que se chamava paleógrafo. O paleógrafo era um livro em caracteres manuscritos que ensinava o aluno a ler cartas nas caligrafias mais confusas que se pode imaginar. Partindo da letra clara, elegante, singela, o paleógrafo levava o aluno, em breve, à presença dos documentos mais confusos, que reclamavam às vezes um dia para decifração de uma palavra. Ora, o que se devia fazer não era forçar a criança a ler os documentos complicados: era ensinar o autor do documento a escrever claro, para que toda gente o pudesse ler. Com a gramática está sucedendo o mesmo: o gramático, instituindo uma nomenclatura preciosa para os fenômenos mais rudimentares da linguagem, não procura senão complicar o ensino, avaliando, pela sua, a mentalidade infantil. O gramático não deve tentar, como atualmente acontece, elevar a criança a uma condição de adulto, para ensinar-lhe o idioma; o seu dever é descer à condição da criança, para entender-se com ela, e subirem juntos, gradualmente, a escada do Conhecimento.

Eu jamais me meti, na minha vida, em uma conspiração. No dia, porém, em que as crianças do Brasil se reunirem secretamente para linchar um gramático ou um professor de português, podem contar comigo.

A primeira paulada é minha.

Reminiscências..., 1935

O VERME DO DIA

Há três meses, ao verificar-se na Alemanha a penúltima crise governamental, houve um movimento de espanto, seguido de um sorriso de zombaria, quando, convidados os racistas para uma composição de gabinete chefiado por Von Papen ou Von Schleicher, Hitler declarou, com firmeza insolente:

– Só entraremos em negociações com a condição de assumirmos as responsabilidades integrais do poder.

Essa imposição parecera tão absurda e representava tamanha desconsideração à consciência pública e ao espírito metódico do povo alemão, que o presidente Hindenburg, solicitado para uma conferência com o chefe nazista, abandonou Berlim na mesma tarde, pretextando uma viagem de repouso para evitar esse encontro. Repugnava à mentalidade aristocrática do velho soldado tratar de igual para igual com o aventureiro de nacionalidade estranha, que chegava à sua altura trepado nos ombros da plebe nacional.

Hitler não era, porém, um homem só, agindo arbitrariamente, mas o resultado humano de fatores históricos, a deflagração espantosa de fenômenos que se vinham processando no mundo, e, particularmente, na Alemanha, desde o dia em que o exército do grande Império desmoronado descansou o fuzil no ombro, na fronteira francesa, e recuou sobre Berlim. O povo alemão, messiânico e abatido no seu orgulho, precisava de um Homem que lhe prometesse a vingança e a vitória. Conscientes das suas responsabilidades perante o mundo, nenhum dos velhos chefes nacionais, saídos das cinzas da Monarquia ou das chamas da Revolução, tivera a coragem, ou a loucura, de corporificar num programa e inscrever na bandeira de um partido essa aspiração delirante. Mas eis que se ergue no meio do povo um estrangeiro louro, de olhar ardente, que se arvora em Moisés desses hebreus perdidos no Deserto, e promete-lhes a terra do leite e do mel, e, pelo caminho, o maná do céu e a água do Horeb. E a Alemanha quase inteira o acompanha cantando, para o Sonho ou para a Morte!

O caso alemão é, todavia, uma simples reprodução do caso italiano, que foi, já, por sua vez, não obstante o seu antagonismo aparente, um reflexo do caso russo. Mussolini desce de uma escada de pedreiro, e marcha sobre Roma à frente da nação em armas. Hitler sai de uma pequena oficina de pintor, e toma o comando ao povo alemão. Amanhã, um operário levantará a Espanha e tomará a direção dos seus destinos. E chegará o dia da Inglaterra; e o da Polônia; e o da França; e o da Romênia; e o da Bélgica; e o da Holanda; e o da Grécia; e o de Portugal; e o de todos os demais pequenos povos da Europa em decomposição. E virá o efeito do seu exemplo em todo o mundo, de cujo cenário político se afastarão, cada vez mais, os homens de pensamento, os homens refletidos, os homens de alta cultura, cedendo o campo aos homens impetuosos, aos homens instintivos, aos homens de ação. E a Civilização atual terminará numa fogueira universal e imensa, de cujas cinzas sairá, séculos mais tarde, um mundo novo.

Baldados serão, pois, os esforços de quantos tentem opor-se a essa degradação progressiva da política, no mundo inteiro. Passou o reinado das "elites", o domínio dos espíritos aristocráticos, a época da cultura e do Direito. O governo da terra pertence, já, e vai pertencer cada vez mais, aos espíritos primitivos e robustos, sem preocupações jurídicas nem complicações filosóficas. O poder caberá ao mais forte. Os rios da Vida volvem aos seus leitos naturais, abandonando os canais artísticos para onde os homens os haviam desviado, e tornado mansas e claras as suas grandes águas profundas.

Os cadáveres em putrefação têm, cada vinte e quatro horas, o seu verme novo. A Civilização apodrece. Hitler é o verme do dia.

Sepultando os meus mortos, 1935

CARTA A HANS SARRASANI

*P*atrício – O requerimento em que você pede para ser naturalizado cidadão brasileiro ainda não foi despachado pelo chefe do Governo Provisório. Transita, ainda, condecorado de estampilhas, pelas Secretarias de Estado. Tamanha é, porém, a certeza que eu tenho de que o seu papel será bem recebido pelos poderes públicos do meu país, que desde já me permito a alegria orgulhosa de dar-lhe o tratamento de "concidadão".

Brasileiro, ligado a esta formosa terra pelo coração e por um decreto, passa você, Hans amigo, a ser, agora, meu irmão. E é como irmão que lhe falo. É como irmão que venho conversar com você cordialmente sobre as vantagens que desfrutará como filho adotivo desta pátria, e, também, sobre as desvantagens que encontrará como dono de circo.

O Brasil é, na verdade, na hora presente, um dos raros paraísos do mundo. A terra é boa, e o povo é bom. Não temos vulcões, que sepultem os homens em lama fervente, nem invernos rigorosos, que enregelem as crianças nas ruas. As nossas revoluções são amáveis, e os revolucionários não guardam rancores. É verdade que, no correr da luta, os fuzilamentos multiplicam-se, e há verdadeira chacina nos campos de batalha. Restabelecida, porém, a concórdia, os fuzilados reaparecem, e são contados os mortos que não retomam o caminho de casa, sem o menor vestígio da areia do túmulo.

Eu não sei, todavia, amigo Hans, se o seu circo não virá a ser prejudicado com a sua mudança de nacionalidade. A sua coleção de bichos é uma das mais ricas do mundo. A datar de Noé, eu não tenho notícia de quem comandasse arca mais populosa, nem mais variada na sua população. Até agora, quando queria preencher as vagas existentes no circo, ia você a um porto africano ou asiático, desembarcava, e com o chapéu de cortiça à cabeça, o pavilhão germânico na esquerda e a carabina na direita, penetrava o sertão. Chegado à cubata, ou ao pagode do chefe siamês, à tenda do árabe ou ao "bungalow" do hindu, exibia-lhe você a bandeira preto-vermelho-amarela, e havia, logo, um alvoroço lá dentro. Aquela bandeira não existia mais na Europa. Aquelas cores lavadas em nobre e heroico sangue humano tinham-se dissipado. Mas, ali, à margem do Ganges, na orla do Deserto ou à vista das ondas mediterrâneas do Niassa, ainda eram tudo. Negros armados de azagaias, semitas armados de cimitarras ou anamitas armados de punhais de osso partiam, gritando, floresta adentro, ou areal afora, atrás da girafa ou do leão. O nosso pavilhão verde-amarelo é, porém, desconhecido por lá. E, para prover suas jaulas unicamente na terra que seu coração escolheu para nova pátria, acabará você, em breve, transformando o enorme circo de praça em modesta barraca de feira.

O Brasil, amigo Hans, não tem sortimento de bichos, como talvez você suponha. Você compreendeu mal aquele rapaz magro, maltrapilho, escaveirado, que, olhando para um lado e para outro, lhe foi oferecer, um destes dias, o camelo, o elefante, o leão, o tigre, o urso e o jacaré. E interpretou mal o que dizia aquele espectador a um outro, quando afirmava ter passado a semana inteira a cercar o cavalo e o touro, ao mesmo tempo, "pelos quatro lados". Sabe você o que dizia aquele caboclo descalço, ao afirmar-lhe que "matava o bicho" com duzentos réis? E aquele outro, que estava com os pés tortos por causa dos *bichos*? O Brasil é, na verdade, a terra do *bicho*. Mas o nosso bicho não é dos seus. No gênero dos que você procura, as nossas florestas são pobres. Aqui, por muito favor, arranjaria você a onça, o macaco e o tamanduá. Estes dois acham-se, porém, na hora presente, protegidos pelas imunidades parlamentares. O nosso macaco é de pequeno porte, mas habilíssimo. Para trabalhar no trapézio, não há outro. Pula de galho em galho com uma facilidade assombrosa. Quanto ao tamanduá, seria um sucesso, se você lhe lançasse a mão. O tamanduá, quando vê o caçador, põe-se de pé, escancara os braços e marcha para ele como se fosse o mais leal dos amigos. Assim, porém, que o cinge, mete-lhe as unhas nas costas, e não o abandona senão depois de morto. É, em nossa fauna, o animal político por excelência. E, no entanto, ainda há caçadores que se fiam nele!...

Nós temos, também, por aqui, um bicho que talvez lhe convenha. É a guariba. A guariba é o orador parlamentar da floresta. Ronca que é uma beleza. Mas não diz nada. De longe, amedronta. De perto, faz rir quem a vê, na sua tribuna, trepada num pau.

Exceção desses, não encontraria você, entre nós, animais interessantes. E poder-se-ia admitir Sarrasani unicamente com animais do Brasil? Um Sarrasani trabalhando com saguis, preás, mocós, quatis, cotias e tatus? Um Sarrasani que substituiu o tigre pelo cachorro-do-mato, a foca pela ariranha, o hipopótamo pelo macaco-prego? Um Sarrasani, cujo mundo, que hoje enche um navio, não encheria mais, sequer, uma chalupa de Niterói?

De qualquer modo, Hans, tome a nossa nacionalidade e coloque-se, desinteressado e amigo, sob a proteção do pavilhão verde-amarelo. Dizem os seus auxiliares que você é um homem de coração, e que os seus bichos, todos eles, têm por você uma veneração religiosa. Conta-se, mesmo, que você percorre os continentes há vinte anos, conduzindo, vivos, dois patos que lhe deram para comer. Dotado de sentimentos assim, seria possível que você não acabasse brasileiro?

Seja, pois, e para sempre, dos nossos. Fique entre os seus irmãos, que se dará bem.

Todos nós, aqui, somos de circo.

Um sonho de pobre, 1935

UM COMENTÁRIO E
UMA SUGESTÃO

Convidado há poucos dias para assistir à exibição, em sessão especial, de um "film" americano em que se utilizava um cenário de guerra para explorar o mais pacífico dos assuntos, aproveitei a emoção que me deixara o drama cinematografado e, escrevi, sobre ele, uma crônica. No dia seguinte, alguém me telefona:

– Você perdeu o seu tempo; sabe? Os seus leitores iam ver a "fita", e ficaram apenas no desejo.

– Por que não vão?

– Porque a "fita" não será mais levada nos cinemas brasileiros. Foi proibida a sua exibição.

– Proibida por quem?

– Pelo governo, está claro.

A notícia despertou-me a curiosidade.

– Mas, qual o fundamento da proibição? – indago.

– Um pedido da Embaixada Italiana. O "film" que você viu, *Adeus às armas*, foi condenado na Itália, quando as empresas americanas ali o quiseram exibir. O governo de Roma considerou antipático um médico italiano interpretado por Adolphe Menjou, e o embaixador da Itália no Brasil quis estender até aqui a execução daquele ato condenatório.

A informação, confirmada horas depois por uma notícia de jornal, constituía, evidentemente, um assunto. E o assunto reclamava, positivamente, um comentário e uma sugestão. E eu dele me apossei para esta ligeira palestra dominical.

O Brasil é, sem dúvida, entre as nações, em todo o mundo, o país que cerca de maior respeito as autoridades e os interesses estrangeiros. A nossa lei de imprensa é de tal modo rigorosa nesse ponto, que será severamente punido o jornalista que faça qualquer referência desairosa, ou mesmo espirituosa, a um chefe de governo de nação amiga. Fossem menos gentis alguns representantes diplomáticos europeus e sul-americanos no Rio de Janeiro, e haveria, talvez, poucos homens de imprensa fora da Detenção. Qualquer porteiro de legação, ou contínuo de consulado, é sagrado e inviolável. Há, mesmo, um caso típico desse respeito. Uma ilha do Pacífico ou uma das Antilhas, habitada por meio milhão de negros irrequietos que o governo americano manobra de longe, possui no Rio de Janeiro uma agência consular provida por um comerciante português ou espanhol. Um dia, apareceu no programa de um dos cinemas cariocas um "film" com algumas dúzias de calungas de saiote, e que eram apresentados como originários daquela ilha. Pois bem: bastou isso para que o comerciante requeresse, em nome do governo que ele nem sabia se era republicano ou monárquico, a proibição do "film", e para que as autoridades brasileiras executassem imediatamente essa proibição! Enquanto se dão aqui fatos desse gênero, o Brasil e os brasileiros são depreciados pelo mundo todo, sem que os governos se preocupem com as insinuações amáveis que lhes são feitas pela nossa representação.

O que determina estas considerações é, porém, uma lembrança, que me parece oportuna. Os Estados Unidos são o grande fornecedor de "films" do mundo inteiro. Todas as produções que alguns governos consideram ofensivas à dignidade ou aos melindres do seu país procedem de lá. Por que, em vez de andarem a catar "films" pelos continentes, constrangendo nações menos fortes, não agem eles perante às autoridades norte-americanas a fim de que não sejam produzidos e exportados trabalhos dessa ordem? Os Estados Unidos não são uma nação amiga? Não são um país civilizado? Por que não se dirigem diretamente ao seu governo?

Essas cerimônias e esses rodeios é que vão estabelecendo no mundo a atmosfera de desconfiança que ameaça a cada instante a paz universal. Tratem as nações, frente a frente, umas com as outras. Se se tem de matar o rato aqui fora, procure-se logo o rato no buraco. Se chega ao Brasil um "film" americano ou alemão em que há alusões desagradáveis à China ou à Rússia, que a Rússia ou a China protestem junto ao Reich ou à Casa Branca, que permitiram a sua confecção, e a sua exportação. Quem não quer que o rio lhe inunde as terras deve desviar-lhe o curso nas nascentes. Essa é que é a boa política, a política de povos que se estimam, se prestigiam, e se respeitam.

No caso, porém, do "film" agora proibido por solicitação da Embaixada Italiana, deve ter havido um equívoco. Eu, pelo menos, nada vi nele que pudesse melindrar o seu grande povo, e ofender o seu grande país. A não ser que haja algum subentendido que escapasse à minha capacidade de penetração.

O dono do pé, é aliás, que sabe onde lhe aperta o sapato.

Contrastes, 1936

O SOFÁ DA SALETA

*P*elo sr. ministro da Marinha foi submetido há quatro dias à assinatura do chefe do Governo Provisório, que lha deu, um decreto que se acha no *Diário Oficial* mas que não teve, parece, aqui fora, a conveniente divulgação. Esse decreto é o que muda o nome da *Escola Naval de Guerra* para o de *Escola de Guerra Naval*.

A muita gente parecerá, talvez, estranho que, em um momento em que são incontáveis os problemas gerais reclamando solução urgente, se preocupe o novo ministro da Marinha com essa questão de nomes, como se o bom funcionamento dos estabelecimentos públicos dependesse da sua denominação. A esses maldizentes eternos poderia, entretanto, s. ex. responder com os ensinamentos da História, mostrando que os bons administradores são, ordinariamente, os que se interessam pelas miúdas coisas do governo. Com alguns algarismos insignificantes e meia dúzia de sinais algébricos os matemáticos tomaram a dimensão da Terra. O mosquito que entrou pelo nariz do imperador Tito foi, na opinião de alguns historiadores, a causa inicial da queda do Império Romano. E é do domínio público a história que Lamprídio conta de Heliogábalo, o qual só teve conhecimento da extensão de Roma pelo monte de aranhas colhidas pelos seus servos.

Em matéria de éditos ou decretos aparentemente graciosos, mas realmente úteis, avulta, todavia, em primeiro lugar, nos domínios da fantasia, o do imperador de Lilliput, relativo ao modo de quebrar os ovos à mesa. Tendo o príncipe herdeiro, quando pequeno, cortado o dedo ao partir um ovo pelo lado fino, foi imediatamente expedido um ato oficial determinando que, em todo o país, se passasse a quebrar os ovos pelo lado rombudo. Acostumado a comer os ovos pelo lado fino, o povo rebelou-se contra o édito imperial, sucedendo-se seis revoltas em dois ou três anos. Perseguidos pelas autoridades, os promotores desses movimentos refugiaram-se em Blefuscu. Onze mil revolucionários foram levados à forca. Uma guerra estalou entre os dois impérios.

E tudo isso por causa de um decreto modificando o processo de comer o ovo cozido.

Nos limites, mesmo, da História, as pequenas medidas sábias preocuparam, também, sempre, os homens prudentes, quando no exercício do governo. Tornaram-se notáveis, em Roma, os éditos de Cláudio. Em um dos seus dias felizes assinou ele, segundo refere Suetônio, nada menos de vinte, um dos quais regulamentando o modo de brear os tonéis, e outro, recomendando o suco de teixo contra as mordeduras de cobra. O mais importante de todos é, todavia, ou devia ser, o que Suetônio resume nestas palavras, que vão mesmo na língua do historiador para suavizar a escabrosidade do assunto: "Dicitur etiam meditatus edictum quo veniam daret flatum crepitumque ventris in convivio emittendi; com, periclitatum quendam prae pudore ex continentia, reperisset".*

Napoleão é outro legislador minucioso. Legislava miúdo e executava graúdo. É Chateaubriand quem conta, nas *Mémoires d'outre tombe* [Memórias de outra tumba], que, na

---

* "Diz-se que chegou inclusive a preparar um édito permitindo soltar flatos à mesa; isso só por saber que um de seus convivas, contendo-se por pudor, arriscara a vida". Édito é o termo jurídico utilizado para designar ordens de autoridade superior ou judicial, divulgadas por meio de anúncios chamados editais, afixados em locais públicos ou publicados nos meios de comunicação de massa.

campanha da Itália, ele expedia, ao mesmo tempo, ordens do dia com planos de batalha e instruções sobre as festas a Ariosto, fazendo acompanhar umas e outras de notas literárias sobre personagens de Homero. E para não ir mais longe e incluir nesta mistura de citações um exemplo nacional, basta citar a provisão régia de 12 de março de 1691, em que a Corte de Portugal regula o modo de pescar tainha nas águas do Amazonas, conforme propusera o governador Antônio de Albuquerque Coelho de Carvalho.

O nosso decreto da pasta da Marinha pertence ao número de medidas sábias e capitais, que lembram aquele botão elétrico montado na Casa Branca, em Washington, e que, comprimido levemente, fez saltar as eclusas do canal do Panamá, pondo em contato dois oceanos. A Marinha brasileira tornou-se notável, nestes últimos decênios, pela sua ineficiência militar. Navios velhos, canhões antigos, munições obsoletas. Cascos gemendo no mar, caldeiras espirrando água quente, máquinas bofando de fadiga. Quem sabe, porém, se não vinha tudo isso da cábula daquele nome de Escola Naval? É conhecida de toda a gente, por suficientemente contada a vinte gerações de humoristas, a velha história do sofá da saleta.

Um cavalheiro casado e de pouca sorte, reentrando uma tarde em casa, encontra na saleta, sentados em um sofá que aí havia, a esposa e um médico da vizinhança, que se beijam escandalosamente. Indignado, o honrado homem resolve acabar de uma vez com aquela miséria, e corre a procurar um amigo íntimo, a quem narra o fato, pedindo um meio de desafrontar-se.

— Divorcia-te! — aconselha o outro.

— Não; não basta!

— Então, mata-a.

— Também não me serve.

— Nesse caso, mata-os, a ela e ao conquistador.

— Não me satisfaz.

E como não cheguem a um acordo, separam-se os dois amigos, marcando um novo encontro, para troca de ideias. No dia seguinte, ao se avistarem, o esposo enganado, mais tranquilo, vai logo exclamando:

– Sabes?, resolvi o caso.

– Que fizeste?

– Mandei retirar o sofá da saleta!

Agora, as coisas na Marinha vão andar direito. Mudado o nome da Escola Naval o material flutuante fica renovado.

Está retirado o sofá da saleta.

Notas de um diarista (2ª série), 1936

AS MISÉRIAS DA OPOSIÇÃO

O chefe do Governo Provisório está no dever, na irrefragável obrigação moral, de mandar instaurar um inquérito para apuração da mais clamorosa mistificação que jamais se tentou no Brasil e, porventura, no mundo inteiro. Trata-se, parece, da existência de um grupo de indivíduos audaciosos, possivelmente pertencentes à Velha República e apeados do poder pela Revolução de Outubro, os quais, associados impatrioticamente, vêm praticando atos de grande responsabilidade em nome das autoridades revolucionárias. Servindo-se da assinatura do sr. Getúlio Vargas, do sr. Osvaldo Aranha, do sr. Assis Brasil, do sr. Whitaker, do sr. Francisco Campos, do sr. José Américo, do sr. Melo Franco, do sr. Lindolfo Collor, do sr. Bergamini, do sr. Juarez Távora, do sr. Miguel Costa e de outras figuras de relevo político, têm esses desconhecidos lavrado decretos, publicado artigos, proferido discursos e concedido entrevistas, procurando, com isso, comprometer esses eminentes brasileiros perante a opinião nacional. É essa organização oposicionista e secreta, cuja sede a polícia do sr. Batista Luzardo ainda não conseguiu descobrir, que têm demitido ministros do Supremo Tribunal, adquirido aviões, nomeado indivíduos pequenos para lugares grandes, ameaçado empresas estrangeiras que aqui empregam avultados capitais, desrespeitando normas universais de direito público, contribuindo, assim, para que se estabeleça uma atmosfera de pânico, de incertezas, de ameaça, de que é índice a queda do câmbio e a expectativa inquietante fora do Brasil, da qual o sr. Melo Franco já deu ciência, há dias, aos seus colegas de ministério.

Para tornar, talvez, antipática e impopular a obra da Revolução, um deles, utilizando do nome do general Miguel Costa, velho capitão da liberdade de pensamento, expediu circulares restringindo a atividade da imprensa, expressão gráfica daquela liberdade. Um dos membros daquela associação secreta chegou, mesmo, segundo se diz, a tomar o nome do ilustre sr. Getúlio Vargas e a seguir para uma estação de águas no momento em que o país se encontra diante de problemas que demandam vigilância e solução imediatas ao passo que outro, fazendo pilhéria com um assunto sério, e com o mesmo intuito de comprometer os estadistas revolucionários, manda para os jornais a notícia de que o sr. ministro da Fazenda vive a escolher retratos de moças para as moedas de tostão, em vez de arrancar os últimos cabelos com a maior crise financeira que jamais assoberbou o país.

Para completar esse trabalho de difamação (*maledicus a malefico non distat nisi occasione**), a maldade oposicionista tem espalhado que alguns próceres revolucionários, puritanos inflexíveis, se vão apossando, numa disputa feroz, dos rendosos lugares de advogados de empresas ricas, e de diretores de Bancos e companhias prudentes, os quais eram ocupados, antes de 24 de outubro, por indivíduos felizes que a imprensa apontava à execração popular como especuladores inescrupulosos. Trabalha-se, enfim, em todos os setores da vida pública brasileira, para desmoralizar a obra patriótica e honesta da Revolução.

---

* A distância entre a maledicência e a maldade é a oportunidade.

É verdade que uma das imposturas dos mistificadores da opinião foi, já, descoberta, e sofreu o necessário corretivo: o Tribunal Revolucionário, cuja iniciativa se atribuiu ao Governo Provisório. Este soube, porém, do fato, sitiou o referido Tribunal, e matou-o de inanição. Há, todavia, outros abusos que estão reclamando a mesma atitude enérgica da parte do governo, e dos seus amigos mais prestigiosos, os quais não têm, parece, noção precisa dos limites a que pode atingir a maldade humana. Não há, por exemplo, quem espalhe que o bravo capitão Juarez Távora anda pelo norte fiscalizando os interventores, atribuindo-se uma investidura da qual não apresenta documento? E não há, por outra parte, quem diga que isso é verdade e que ele faz isso porque o chefe do Governo Provisório não se preocupa, mesmo remotamente, com o destino dos estados setentrionais?

Os homens de boa-fé, que ainda não desesperaram do Brasil, sabem que, para felicidade nossa, tudo isso é falso. O sr. Getúlio Vargas, compreendendo a gravidade da situação, não se afastou do Rio de Janeiro; e se não aparece em público, é porque se acha entregue, dia e noite, ao estudo de problemas que não permitem dilação, e que interessam diretamente à salvação nacional. Em vez de divertir-se ou passear, ele está sofrendo com os seus concidadãos, reforçando a confiança que estes depositam na sua autoridade, portando-se, em suma, como o piloto experiente e abnegado que não abandona o leme enquanto não se desvanece no céu e nas ondas o último vestígio da tempestade. Essa é que é a verdade. E é isso que passará à História.

Indivíduos filiados às antigas correntes políticas em boa hora dissolvidas prevalecem-se, para dar maior relevo à mistificação, da atitude da própria imprensa revolucionária. Todos esses fatos têm sido, na verdade, divulgados pelos jornais que mais se bateram pela Revolução. Pode-se mesmo alegar que esses jornais constituem hoje verdadeiras polianteias de ataques, de censuras, de crítica amarga, de condenação aos atos pretensamente oficiais, os quais são em maior número, e mais veementes, do que aqueles que se liam antes de 24 de outubro. O leitor inteligente verá, porém, sem custo, que o Governo Provisório não é responsável por esses atos; tanto assim que, atacando-os, a imprensa não ataca, jamais, nem o sr. Getúlio Vargas, nem o sr. Osvaldo Aranha, nenhum, enfim, dos homens públicos a quem eles são imputados. O que prova, logicamente, de modo inequívoco, que estes não são responsáveis por eles, e que há, portanto, por aí, uma instituição secreta que está agindo em nome dessas autoridades. Haverá, realmente, quem admita que a imprensa carioca, livre, altiva, independente, censurasse persistentemente os atos públicos de determinados homens, e elogiasse ao mesmo tempo, com a anterior confiança e entusiasmo, os autores desses atos. Poder-se-á condenar permanentemente a criatura louvando permanentemente o criador?

Urge, pois, que o chefe do Governo Provisório, libertando-se um pouco dos estudos acurados e pacientes a que se vem entregando no interior do Guanabara, e de onde não sai há vinte dias, atente um pouco para o que está sucedendo aqui fora, e tranquilize a consciência pública.

Se não o fizer, será um desastre. A imprensa acabará identificando os atos com os homens, e quem nos dirá se na sua credulidade ingênua e confiante, o povo não chegará a fazer ao sr. Getúlio Vargas a injúria de acreditar que s. ex. se acha, mesmo, em um momento destes, repousando em São Lourenço?

Notas de um diarista (2ª série), 1936

DIREITO DE MATAR

A 9 de julho do corrente ano, precisamente à hora em que se trocavam em São Paulo os primeiros tiros inaugurando a guerra civil, realizava o professor Ari Azevedo Franco, na Faculdade de Direito de Belo Horizonte, uma conferência interessante, tendo por tema, e título, *O Direito de Matar*. Proferidas, ou lidas, nesta hora militar da República, essas palavras darão, talvez, a ideia de batalhas sangrentas, de massas humanas atirando-se contra massas de ferro, da chacina estilizada que permanece, como um tumor maligno, reminiscência dos tempos primitivos ou da pura animalidade, enquistado na Civilização. E não é disso que se trata, mas da eutanásia, da *morte caridosa, do homicídio piedoso*, do direito, em suma, que se deve, ou não, conferir ao médico, de abreviar e suavizar a morte do enfermo de cuja salvação se perdeu inteiramente a esperança, e em quem o prolongamento da vida corresponda ao prolongamento desumano do sofrimento.

Dissertando longamente sobre a matéria, o ilustre magistrado carioca historia a revolução do pensamento que a cristaliza, os debates que têm determinado a sua interpretação entre os povos antigos, e o seu estado atual, isto é, o modo por que a encara a mentalidade jurídica e o espírito científico do nosso tempo. E conclui, como jurista, recusando ao médico o *direito de matar*. Tendo de optar, optou pela escola conservadora. A morte artificial, *in anima nobile*, continua a constituir, aos seus olhos de homem da lei, um crime, e não, ainda, um direito...

A bibliografia em que se podem apoiar os partidários das duas teorias é, conforme se conclui da conferência de Belo Horizonte, vasta, e complexa. Exumada, é restituir o problema às suas origens, levar à boca da serpente a cauda do próprio réptil, estabelecendo um círculo vicioso. Examinemo-lo, pois, diretamente, sem consultar o passado, enunciando uma opinião de leigo, mas sincera e pessoal. O assunto é da atribuição de médicos e juristas. Mas interessa, sobretudo, aos doentes. Nos debates judiciários, fala o promotor, falam os advogados, mas concede-se, também, às vezes, a palavra ao réu, ao indivíduo cujo destino depende da discussão entre aquelas entidades. Eu sou, aqui, o réu. Peço a palavra.

A eutanásia vem descrevendo, historicamente, no tempo, uma parábola que nos dá quase a segurança da vitória, não remota, do princípio que ela encarna. Ordinariamente adotada pelos antigos, sofreu uma flexão considerável com o espírito católico, na Idade Média, quando o corpo humano se tornou inviolável, rigorosamente vedado às sacrílegas investigações da ciência. Pouco a pouco, porém, a ponta do arco vem fletindo, e de tal modo que alguns códigos já não consideram um crime a *morte caridosa*. Os mais severos estabelecem, para o caso, pena de homicídio atenuado. E outros, como o das Repúblicas Soviéticas, reconhecem, francamente, o *direito de matar*, quando se trata de pôr termo a um sofrimento inútil e desnecessário.

A reação contra essa faculdade constitui, assim, o remanescente de uma superstição católica, e tende a desaparecer. É espantosa a sua resistência, mas terá de ser vencida. E, se me não engano, uma das causas da lentidão na marcha dessa ideia generosa e humanitária tem sido a interferência excessiva dos juristas em um assunto cuja orientação inicial devia caber exclusivamente aos médicos. A supressão do sofrimento pela precipitação da morte é matéria médica. Ao jurista cabe, apenas, assegurar os direitos da sociedade contra os exageros da ciência. À medicina compete decretar a eutanásia. Aos juristas, regulamentar o seu emprego. O jurista é o advogado da sociedade. O médico, o da humanidade. Mas o direito social não deve prevalecer sobre o direito humano. A sociedade não pode, em suma, recusar ao médico, de modo absoluto, o direito de matar.

A regalia que se arroga a sociedade de condenar a *morte caridosa* é, ademais, uma hipocrisia. Senão, vejamos. A sociedade impede que um médico mate um homem que se acha condenado a morrer dentro de alguns dias, e cuja resistência é um tormento para ele próprio e para os demais. Nas dores desesperadoras que o afligem, o enfermo pede a morte, e o médico não lha pode dar. Mas essa sociedade que condena esse ato de caridade humana é a mesma que mantém o direito de matar milhares de homens sadios, fortes e jovens, atirando-os à fogueira da guerra! O médico, homem de coração, que, para pôr termo a um sofrimento sem remédio, matar docemente um doente de mal incurável e cuja vida não iria além de alguns dias, será, pela nossa legislação, preso, julgado, e condenado a dez ou quinze anos de cárcere. O general, porém, que matar vinte mil homens vigorosos numa batalha, esse será considerado herói nacional, e glorificado por essa mesma sociedade... Que autoridade tem, assim, um instituto, que pune severamente um homicídio praticado em nome dos mais nobres sentimentos humanos, e louva e aplaude, e festeja as chacinas coletivas, em nome da vaidade humana?

A dor é, sem dúvida, uma necessidade, é um dos fatores do aperfeiçoamento moral do homem. Admitamos a teoria do Andrei Etimytch da novela de Tchekhov, em que ela figura como fator principal na ascensão da alma cristã. Mas o sofrimento é, mesmo nestes casos, moeda com circulação unicamente dentro da vida. Que importa ao moribundo aperfeiçoar-se para a vida, se ele não voltará mais a ela? De que lhe serve a dor nos dias que antecedem a morte, senão para que ele morra em danação, amaldiçoando a dor e a vida?

Entregue-se, pois, à medicina a função de resolver esse problema, que os juristas vêm debatendo, fora de tempo e lugar. E estou certo que eles opinarão pelo direito de matar. O homem da ciência é que acompanha o desfazer-se da carcaça humana, e sabe quanto ela sofre para integrar-se na morte. O homem da lei só conhece do morto, em geral, o testamento e o espólio.

Armemos, finalmente, a ciência do direito de suprimir a dor nos casos irremediáveis. Só votarão contra isso os que nunca viram a Morte de perto. E eu voto a favor porque a conheço.

Conheço-a, e a tenho aqui, agora mesmo, a meu lado, prendendo a pena na minha mão.

Últimas crônicas, 1936

O ENSINO RELIGIOSO

Instalada na Inglaterra com o esposo, Maria Eduarda, mulher de Afonso da Maia, nutria uma invencível repugnância pelo país de que se tornara hóspede. O seu horror não era, porém, aquele clima que a asfixiava entre peles e cobertores nem aquela gente que a cercava de intérpretes e desconfianças: era a irreligiosidade daquela raça, aquelas igrejas sem santos, aquela maneira de adorar a Deus que a obrigava, à noite, a refugiar-se no sótão da casa para rezar o terço, de joelhos, com as suas criadas do Minho. Aquele catolicismo sem romarias, sem fogueiras pelo S. João, sem imagem do Senhor dos Passos, sem frades nas ruas – diz o Eça – não lhe parecia religião. E temia, então, pela sorte do filho. Como se poderia compreender um português sem catecismo? Que diria lá no céu a rainha Isabel de Aragão, pia e santa, ao saber que havia na terra um descendente de lusitanos que desconhecia o prestígio do "Creio em Deus Padre"?

Não foram essas, penso eu, as preocupações do sr. conde de Frontin, ao sugerir ao Conselho Municipal a restauração do ensino religioso nas escolas públicas da cidade. A um homem da sua feitura moral e, sobretudo, com a sua atividade profana, o que menos importa é, geralmente, o destino dos deuses. Às divindades são, porém, indispensáveis as oblatas dos homens, não para satisfação delas próprias, mas para felicidade dos seus devotos. Mudem os nomes, aos seres superiores que instalamos acima de nós; substituamos os inquilinos dos altares, dando-lhes novas formas, concedendo-lhes novos reinos, dizendo-lhes novas orações – mas deixemos sempre no peito, de pé, o altar, e na imaginação, impelindo-nos para a perfeição e para a bondade, a fé, o temor, o respeito, um sentimento qualquer, em suma, que nos mantenha nos limites de uma certa disciplina moral.

Eu sou dos que acreditaram, fiados no equilíbrio do raciocínio humano, que as sociedades pudessem viver sem religião. A situação social dos países representativos do aperfeiçoamento da espécie, e a do Brasil, em particular, convenceu-me do contrário. A religião é o único sal que pode impedir o apodrecimento do mundo. E aí está, entre nós, como documento impressionante, essa anarquia dos costumes políticos e esse desregramento nascidos, evidentemente, da indisciplina da consciência. Entregue a si mesma, sem confiança, mais, em uma justiça infalível e incorruptível, a sociedade recorda, hoje, no seu tumulto, na sua desordem, dominada pela tirania dos sentidos, um exército que se entregasse ao saque de uma cidade após o assassinato dos seus generais. O egoísmo instalou-se nas almas como a erva se instala no telhado das casas sem dono. Cada homem, cada mulher, cada criatura desabrochante, perdido o respeito que lhe inspirava a possibilidade de um julgamento inflexível, é um lobo entre lobos, uma fera entre feras. E não há quem, olhando esse curral de tigres de garras polidas, não se pergunte a si mesmo até onde irá esta orgia do coração e do espírito, se não houver, de pronto, uma enérgica reação da inteligência moral.

As observações que me estão acudindo à pena são as mais insuspeitas e leais. A minha convicção de que a sociedade brasileira se desmorona e se dissolve não veio da observação longínqua do fenômeno. Eu penetrei com Jafet e Cam as escadarias de Babel, e confundi com as deles a minha língua sem intérpretes. Os nove círculos deste inferno de vivos não me são desconhecidos. Ao abrigar-me à sombra da Árvore da Ciência eu tomei nas duas mãos os frutos do Bem e do Mal, e provei-os. E voltei dessa experiência com o horror estampado nos olhos, como um vivo que saísse de repente do fundo da terra, onde tivesse passado uma noite entre cadáveres putrefatos.

A sociedade brasileira está arriscada a apodrecer, a decompor-se, a desagregar-se. Ela constituía, até ontem, um colar precioso, cujo fio era o temor de Deus. Partido o fio, as pérolas desunem-se, inutilizando a joia. Isolada, a pérola tem o seu valor; mas é preciso que o fio seja reatado, que o colar seja reconstituído, que as unidades se ajustem, de novo, para que possamos aparecer no mostruário da eternidade, aos olhos do joalheiro dos mundos.

A guerra cujo último capítulo foi agora encerrado teve a vantagem de interromper o espírito humano na sua marcha vertiginosa para o abismo. O espetáculo da morte, fatal e eterno, ainda não deixou de atemorizar os que pecam. Diante de um morto, de um rosto impassível, de duas mãos geladas para sempre, de dois olhos que para sempre se apagaram, o homem estremece, reconhecendo nessa imobilidade o mais profundo mistério do universo. E é, então, que lhe vem a ideia de ser bom, ou, pelo menos, a necessidade de não ser mau. *"Mors sola fatetur, quantula sint hominum corpuscula."*[*] A grandeza humana está contida, inteira, nos duzentos centímetros de uma cova. Um caixão de sete palmos pode comportar a biblioteca de Alexandria. O mosquito que envenenou o sangue de Tito destruiu o Império Romano. E daí, da verificação cotidiana da sua miséria, da sua condição de átomo, de grão de areia, de partícula inclassificável na harmonia universal, o ímpeto que teve o homem de, repentinamente, voltar os olhos para as alturas.

---

[*] "Basta a morte para revelar quão pequenos são os corpúsculos dos homens."

A humanidade tem hoje, mais do que nunca, necessidade de fé. As suas feridas são horrendas. O corpo de Oliveiros está coberto de chagas, que são bocas pedindo bálsamo. E de onde virá esse remédio senão dessa fonte secular e inesgotável que é o cristianismo? Quem lho poderá dar senão Deus, pelas mãos caridosas dos médicos da alma e do coração?

A geração brasileira atual, criada sem temor e sem fé, ressente-se da falta de um freio nos costumes. O casamento é, hoje, um ato de luxo, de vaidade, de interesse. Antes do nascimento do primeiro filho, do aparecimento do primeiro laço de sangue, os casais já desmancharam o laço provisório, estabelecido pelas convenções civis ou canônicas. No lar, quando não são inimigos irreconciliáveis, os esposos têm vida e costumes à parte. E como esses costumes, que se tem levado à conta das ideias novas e da educação americana, chegaram ao Brasil sem um preparo anterior da sociedade que os devia receber, o resultado é o exagero que se vai observando na geração que agora alvorece, à qual vai caber, talvez, o destino dos camponeses da Lícia, condenados a habituar-se, mudados em rãs, com o cheiro nauseante dos pântanos.

O ensino religioso, se os professores souberem ministrá-lo, ajustando a letra dos mandamentos às necessidades da alma infantil e desbastando-o, tanto quanto possível, das superstições parasitárias com que o fanatismo o deturpou, será, sem dúvida, a salvação da sociedade brasileira no seu círculo mais representativo, que é este a que pertencemos. Os efeitos serão, inicialmente, lentos, pautados, quase insensíveis. Não se purifica, de súbito, um paul cujo fundo se desconheça.

Desde, porém, que a mocidade se identifique com o Deus dos seus antepassados, acendendo no caminho as lâmpadas das virtudes cristãs que eles praticaram, o pântano terá ilusão de que já está saneado, pelo reflexo, em seu seio, das altas estrelas do céu...

Fatos e feitos, 1949

AS SEREIAS DO VÍCIO MODERNO

"A MODA É, ALIÁS, A ÚNICA FORÇA
QUE DÁ À MULHER, NA TERRA,
A NOÇÃO DE DISCIPLINA."

("A MODA", *FATOS E FEITOS*)

A CONDENAÇÃO DE OTELO

1

Os jornais de ontem divulgaram mais um caso triste em que a mão de um homem, respondendo ao apelo súbito do coração desesperado, abateu a esposa, que o enganava. No seu depoimento prestado na Polícia, fez ele, chorando, o histórico da sua desgraça. A traição vinha de longe, no espaço e no tempo. Surpreendida, certo dia, pelo marido, no momento em que tomava o automóvel para ir a um encontro marcado, a perjura declarou que ia atirar-se debaixo de um bonde. E ele, em vez de comprar o bonde e pô-la debaixo, reconduziu-a para casa, onde continuou a ser honradamente enganado. Até que, anteontem, tendo perdido a cabeça, e não podendo ser mais, portanto, cabeça do casal, como recomenda o artigo 23 do Código Civil, deu o dedo no gatilho, e derrubou a infiel. Estava, na opinião dele, desagravada a honra conjugal.

Trata-se, evidentemente, de um homem que chegou aos tempos atuais com vinte anos de atraso no espírito e no coração. Para ele, ainda não houve a guerra de 1914 com todas as suas consequências econômicas e sociais. E daí a ilusão de que fez mal à mulher, quando só o fez a si mesmo sacrificando o próprio destino com a própria liberdade.

A terra em que vivem as sociedades humanas partiu-se, moralmente, há dezessete anos, como aquela montanha no Alto Amazonas que Conan Doyle ideou no *Mundo perdido*. Há uma fauna primitiva que ficou no planalto, e outra que, embaixo, na planície, se modifica e desenvolve. Uma não compreende a outra. Daí a impossibilidade de viverem em comunhão pacífica, e sem que o dinossauro antediluviano devore a inquieta cabra selvagem. No caso de ontem, o marido era o dinossauro. A mulher, moderna e fútil, era a alegre cabra do bosque.

A mentalidade antiga, em relação à honra conjugal, constituía, apenas, e logicamente, uma consequência dos costumes. Quando a moça brasileira casava, o marido ficava sendo o seu guia, o seu orientador absoluto e incontrastável. A palavra deste era acatada, e o seu conselho uma ordem. Ele era o senhor e o dono. As sogras eram mansas, e os sogros camaradas. É famoso o caso daquele árabe que, tendo casado a filha com um francês, viu, dias depois, a rapariga lhe entrar pela porta, vermelha de indignação, os olhos como duas cachoeiras de lágrimas.

– Meu pai, uma infâmia!, meu marido me deu uma bofetada! – exclamou.

– Teu marido deu-te uma bofetada?!... – rugiu, pondo-se de pé o ancião. – Pois bem: eu vou vingar-me!

E aplicando na moça outra bofetada:

– Vai! Ele deu uma bofetada na minha filha, eu dei outra na mulher dele! Estamos pagos!

E empurrou-a para a porta, devolvendo-a ao marido.

O antigo poder do marido sobre a mulher investia-o de uma grave responsabilidade, pois que, se a mulher um dia errava, era porque o marido não tinha sabido conduzi-la. A mulher era uma pedra preciosa confiada a um homem. A pedra não caía sem que o depositário abrisse a mão.

É o documento literário dessa compreensão da sociedade matrimonial, ou de uma das variantes da sua interpretação, o romance que Lúcio de Mendonça escreveu, ou pretendia escrever, e a que Pedro Lessa se refere, se me não engano, no seu discurso de posse na Academia Brasileira de Letras. Pela teoria que Lúcio sustentava nesse livro curioso, o marido, verificada a infidelidade da esposa, não devia matá-la: devia matar-se. A sociedade, então, condenaria a motivadora daquele gesto, repelindo-a da comunhão humana. E não só a ela, como aos pais, que a não tinham orientado no caminho da virtude, em que as flores têm, de mistura, espinhos e perfume.

É teoria, como se vê, para o século passado. Hoje, quando o marido se suicida porque a esposa procede mal, a sociedade toda quer ver como é a cara da viúva.

Os tempos atuais deram rumos novos à educação doméstica, estabelecendo um novo regime de relações entre a mulher e o marido; mas os homens que aceitam esse novo regime não conseguiram, ainda, pôr a legislação e a moral na conformidade dos costumes. O estigma que acompanhava os maridos enganados, justificável outrora, é hoje perfeitamente absurdo. Antigamente o homem era responsável pelos atos da mulher porque era o seu guia, o seu guarda, o seu mentor. Hoje, na sociedade burguesa, a mulher se considera livre, faz o que entende, vai aonde quer. A responsabilidade do marido é, pois, nenhuma. Se ele a detiver em casa pela força, a polícia virá em auxílio da vítima, e a imprensa dará os epítetos de bárbaro, de selvagem, de tirano, ao sujeito que pretendeu impedir que a mulher andasse pela cidade sozinha. Logo, o estigma não tem mais razão de ser, porque ninguém o possui com o próprio consentimento, que só a violência, condenada pelas leis, poderia evitar.

A moral que a nova ordem de coisas preceitua é, pois, a de Esganarelo:

Peste soit qui premier trouva l'invention
De s'affliger l'esprit de cette vision.

Et d'attacher l'honneur de l'homme le plus sage
Aux choses que peut faire une femme volage:
Puisqu'on tient à bon droit tout crime personnel,
Que fait là notre honneur pour être criminel?
Des actions d'autrui l'on nous donne le blâme,
Si nos femmes sans nous ont un commerce infâme,
Il faut que tout le mal tombe sur notre dos:
Elles font la sottise, et nous sommes les sots!

A esses versos, que os costumes vão atualizando, deu o nosso Artur Azevedo esta tradução, que é, como se vê, muito mais fiel do que a mulher de Esganarelo:

Oh! maldita a vez primeira
Em que, por extravagância
Ligaram tanta importância
A semelhante frioleira!
A honra do homem mais liso,
Como me prezo de ser,
Depende do proceder
De uma mulher sem juízo!
Se todo o crime é pessoal
Como o Direito apregoa,
O crime de outra pessoa
Não me pode fazer mal.
Tenho das ações alheias
A responsabilidade;
Se a minha cara metade
Faz por aí coisas feias,
Contra o meu nome, que é meu,
O mundo todo arremete;
Ela as asneiras comete,
E o asno devo ser eu!

Urge, pois, localizar essa responsabilidade, não lançando mais sobre os maridos a pecha do ridículo, unicamente porque as mulheres lhes enxovalham o lar. No dia em que isso acontecer, isto é, em que as ironias da sociedade caiam sobre as mulheres que traírem, e não sobre os homens traídos, eles deixarão, talvez, de matá-las.

2

Esta semana foi assinalada, no calendário policial, por três tentativas de uxoricídio. Três mulheres se encontram, a esta hora, nos hospitais da cidade, crivadas de balas ou retalhadas a navalha. E os autores desses crimes acham-se, todos três, na Detenção. E os filhos desses casais choram, em casa, sem pai e sem mãe.

O homem precisa, evidentemente, perder essa noção da vingança, imaginando que a mulher que o engana fica suficientemente castigada com a morte. A morte é a mais idiota de todas as formas de punição. E tanto é assim que o próprio Deus, exercendo a sua onisciência, tanto mata as mulheres impuras como as honestas. Há um epigrama grego do século IV, atribuído a Páladas, no qual se conta que um assassino, cometido o seu crime, se deitou ao pé de um muro e dormiu. Dormiu, e sonhou. E no seu sonho viu que o deus Serápis lhe aparecia, e ordenava-lhe:

– Desgraçado que dormes à sombra deste muro, levanta-te e vai deitar-te em outra parte!

O criminoso desperta, ergue-se, distancia-se. E não havia dado muitos passos quando o muro se esboroa no lugar de que se tinha ele levantado. Comovido com a graça divina de que havia sido objeto, corre o celerado ao templo do deus e, imaginando que os seus crimes haviam sido perdoados, rende-lhe sacrifícios, exclamando:

– Serápis, pai dos homens, graças te sejam dadas porque me salvaste a vida, o que é sinal, ó deus, de que esqueceste as minhas culpas!

À noite, porém, dorme. Dorme e sonha. Sonha e Serápis, no seu sonho, lhe aparece outra vez, e diz-lhe:

– Não suponhas, criminoso, que eu vejo pelos maus.

Eu não te impedi de morrer com pena de ti. Se eu te despertei para que não morresses sob aquele muro, foi para que não tivesses morte suave. Porque te está reservado na vida, ó celerado, um castigo pior!

Matar a mulher que esquece a honra doméstica, a esposa que come o pão conquistado por um homem e vai consumi-lo em beijos nos braços de outro, é positivamente, consoante a sabedoria de Serápis, poupá-la ao castigo que a espera. A punição para as debilidades do coração ou dos nervos femininos não está dentro da morte, mas dentro da vida. Por isso mesmo, o marido que se considera ultrajado pela mulher não a deve matar: deve, por vingança, deixá-la viver.

Qual é, na verdade, o prêmio da mulher que envelhece? A posse de um lar, o afeto dos filhos, a amizade de um companheiro. O pior dos maridos é, sempre, na velhice, um amigo. E quando à mulher falta esse amigo, sobra-lhe, no anoitecer da vida, a alegria interior de haver beijado sempre os filhos com lábios puros. O amante é, ordinariamente, a larva dourada da borboleta negra de uma desilusão. Ao divisar a primeira ruga na face da mulher que tomou ao seu dono legítimo, ele pensa logo em outra. O cabelo branco é o fiapo de neve dessa andorinha. Moço ou velho, o amante quer, na mulher, a mocidade. Velha por velha, o marido bilontra prefere sempre a que tem em casa.

E haverá, na verdade, maior tormento para a mulher, entidade que geralmente só vive no coração e na alma, do que entrar na velhice sozinha, sem o marido, que perdeu, sem o amante, que lhe fugiu e, sobretudo, sem o respeito alheio ou de si mesma? Acresce que o amante é, sempre, um móvel provisório. Mulher nenhuma ficou no primeiro. Eles são formados, substancialmente, da matéria de que são feitos os maridos, de modo que as mulheres jamais lucram na troca. E tanto isso é verdade que elas vão passando dos braços de um para os de outro, e chegam assim ao fundo do abismo em busca de uma felicidade que não há...

A mulher que escorrega uma vez, escrevi eu não sei onde, fica sempre com um pedaço de sabão no salto do sapato. E esse pedaço de sabão é que vai vingar o marido.

Os maridos shakespearianos precisam considerar, ademais, que a sociedade brasileira, a camada de baixo como a de cima, atravessa um dos períodos mais críticos da sua evolução. As mulheres estão reclamando uma soma de liberdade para o uso da qual nem todas se acham convenientemente educadas. Elas supõem que a liberdade a que se referem os sociólogos e as feministas ilustradas consiste em ir para a rua todos os dias sem dar satisfação ao esposo, em comparecer ao futebol com o primo Juvêncio, em ir dançar no golfinho, em transformar, enfim, a vida numa pândega sem o controle de um homem, seja ele pai, irmão ou marido. Essas pobres criaturas encontrarão, porém, o castigo de sua leviandade, escorregando no sabão e não se levantando mais. E com isso, e com o desprezo que lhe vote, o homem estará vingado.

Nada, pois, de sangueira, de rugidos de Otelo, com estampidos de revólver e cintilações de navalhas. A mulher vulgar é a mais desgraçada das criaturas. O homem tem uma infinidade de paixões superiores que lhe podem encher a vida. A mulher, que não é senão mulher, só tem o amor. E a sua desventura é tamanha que, para vingar-se de um homem a que dá a denominação de marido, só tem um recurso: ir entregar-se a outro homem a que dá a denominação de amante, e que é pior que o primeiro porque não tem, sequer, obrigações a cumprir para com ela, tomando-a simplesmente para instrumento do seu prazer.

Não mateis, pois, as vossas mulheres, cavalheiros a quem elas atraiçoam. Abandonai-as, fulminai-as com o desprezo; expulsai-as da porta do vosso coração e do vosso bolso. Entregai-as, enfim, a Deus. E podeis ficar certos de que, na hora oportuna, Deus as entregará ao Diabo.

3

Há uma fase, na vida de um homem de letras, em que ele se sente pago de todos os esforços e penas com as referências lisonjeiras ao seu nome e com o aparecimento do seu retrato nos jornais. Para obter esse prêmio, percorre ele as redações insinuando a notícia amável, estabelece o regime do elogio mútuo, e solta um suspiro de alívio, de ambição satisfeita, no dia em que se vê publicamente louvado. A essa idade sucede, porém, outra, que é uma compensação da primeira. É aquela em que o escritor, ao enunciar a sua opinião, não pensa nem no retrato, nem no elogio dos companheiros, nem na opinião da crítica literária, mas unicamente na simpatia anônima dos que sofrem, na gratidão surda dos que o compreendem perdidos na multidão, e a que ele levou uma palavra de consolo, de afeto e de esperança. Em determinado ponto do caminho, o soldado, que partiu pensando na glória, troca a sua farda vistosa pelo hábito franciscano, e passa a consagrar ao seu próximo o tempo e o cuidado que consagrava a si mesmo. O cão de luxo, custoso e sem préstimo, transforma-se, de repente, em cão de São Bernardo, que arrisca a própria vida para salvar a dos peregrinos perdidos na montanha.

Eu cheguei a essa segunda condição sem me haver demorado, senão em pensamento, na primeira. A crítica não me conhece. Os homens de letras não me leem. As classes ilustradas ignoram a minha passagem pela terra. Os jornais não têm o meu retrato nos seus arquivos. Mas, como eu me sinto pago de todos os tormentos da vida quando recebo essas cartas que diariamente me chegam, assinadas com os nomes mais obscuros e vagos, mas que me dão a certeza de que eu penetrei em uma casa pobre, na intimidade de um coração dolorido, e alegrei um triste, e confortei um desesperado, e fui, como um sacerdote cego que visita os seus paroquianos sem os conhecer, o amigo manso e caridoso daquele que não tem amigo!

A minha coleção de cartas alheias, que eu guardo como os escritores novos guardam os artigos que lhes citam o nome, constitui o índice da minha possível utilidade entre os simples. Gemem, ou gritam, nelas, surdamente, todas as angústias humanas, todos os órfãos da vida a que levei a extrema-unção de uma esperança. As palavras de gratidão desses mártires são as moedas do meu cofre. E eu guardo esse tesouro de lágrimas como o usurário Grandet guardava o seu ouro.

Ocasiões há, porém, em que se faz mister utilizar essa documentação íntima, recorrendo ao depoimento de uma alma que sofre para consolar outra, vítima do mesmo destino. E é esse o caso de hoje.

Nos primeiros dias de outubro deste ano, eu escrevi um artigo sobre os maridos que vingam a honra, matando a mulher que os havia ultrajado. Eram palavras sinceras, de homem que supõe conhecer alguns refolhos da alma humana, de observador que vive curvado sobre os corações que tem ao seu alcance como Lineu se debruçava sobre uma planta e Fabre sobre um inseto. Sobre esse artigo, recebi quatro cartas, das quais uma, apenas, não desperta interesse. Uma destas é de um esposo que matou a companheira, e sofre, hoje, em uma cadeia do interior mineiro, os tormentos da sentença humana e do arrependimento divino. E as outras, de maridos que não mataram, e que abençoam o céu que lhes deu serenidade para afrontar uma situação desesperada, sem a agravarem com um crime. Antes de embarcar para Montevidéu, no desempenho da missão literária com que me distinguiu o governo da República, era pensamento meu publicar a primeira dessas cartas, como uma satisfação a quem a escreveu. Parti, porém, no dia seguinte ao do seu recebimento. E não quero, agora, que o ano termine sem que o seu signatário, no cárcere em que cumpre a pena que lhe foi imposta pela justiça humana, saiba que o seu gemido não morreu sem eco no meu coração. Para dar-lhe este consolo, mostrando-lhe que alguém, nestes dias de festa, pensou na sua desdita, interrompo as crônicas de viagem que vinha escrevendo, a fim de divulgar o grito de alma que, por meu intermédio, mandou ao mundo.

É esta a carta, que me veio de uma prisão mineira, em quatro folhas visadas pelo diretor do estabelecimento penitenciário, sr. A. R. Pereira:

Cadeia de Guaxupé, 6 de outubro de 1931. – Ilmo. sr. Humberto de Campos. – Senhor. – Não sei por que vias, chegou às minhas mãos *O Jornal*, de 3 deste, no qual li as *Notas de um diarista*, assinadas pelo seu ilustríssimo nome. Não tenho instrução suficiente para conhecer todos os assuntos que interessam à coletividade, e isto o senhor vê logo pelo estilo desta, daí compreender-se que o meu campo de ação se reduz ao pequeno círculo dos meus interesses pessoais, embora tenha vontade de ser útil ao mundo. E essas notas me interessam, porque tocaram em cheio a minha ferida, como o senhor verá.

Sou um dos inúmeros que escorregaram no sabão até o abismo. E o meu pedaço de sabão é, justamente, o uxoricídio, que o senhor condena com razão, e com tão justos argumentos, aos quais eu quero acrescentar os meus, adquiridos com a mais dura experiência.

O senhor disse: "A morte é a mais idiota de todas as formas de punir", e isso é uma grande verdade. Não só por não castigar quem a sofre, como pelas consequências que acarreta ao que foi instrumento dela. Eu penso lhe dar uma pequena demonstração dessas consequências, pois que há quase dois anos estou preso, sofrendo as maiores privações materiais e morais.

Imagine: lançado em uma masmorra, envolvido por tão ínfimo ambiente onde até o arrependimento (tão justo em quem erra) é considerado uma vergonha; sabendo que meus filhos choram sem pai e sem mãe, sob o pedaço do manto negro da miséria com que meus pobres pais cobrem a sua numerosa família; tendo sempre no pensamento, traçado com tinta indelével, o quadro rubro da tragédia; torturado pelo arrependimento e sempre cheio de outras tantas amarguras; é assim, então, que se castiga, sendo castigado mil vezes mais? Antes nunca se tivesse inventado essa palavra convencional que se chama honra, e que tantos desastres tem causado ao mundo!

Quem foi o castigado com isso? Ela nada mais viu... Eu aqui fiquei, para suportar, sem poder mexer-me (pois que estou preso) o peso de toda esta infelicidade. Fiquei para sentir a falta dela mesma, e de todo o carinho de pais, de filhos e de amigos. Fiquei, para ser injuriado, maltratado, espezinhado, desprezado e julgado por todos como um homem sem coração e sem alma, e a nada disto podendo responder. Eu, que tinha o direito de desprezar, renunciei, para quê? Para ser desprezado! De que me valeu defender tal honra, se ela acabou se perdendo, pisada justamente comigo?...

É incontestável verdade o que o senhor diz que Páladas dissera: que não é com a morte que se castiga, e sim deixando viver... Mas que me adianta compreender esta verdade agora? Não estarei eu já sem remédio, mesmo que me ponham em liberdade? Poderá alguém pensar que tudo isto não me será cruelmente doloroso para todo o resto da minha existência?

Se não fosse pelos que ainda dependem de mim, eu daria de bom grado a vida, para que não se repetissem no mundo casos como este. Mas, que adiantará isto? Julgo que o único remédio para os que ainda estão em tempo é procurar fazer com que desapareçam das ideias esses preconceitos de honra etc., que os nossos antepassados nos imbutiram no cérebro.

Acrescento: as pessoas que não puderem se conformar com a desonra, e que também não sintam forças para desprezar a quem amam (este era o meu caso), antes devem se suicidar, como se fazia no tempo dos césares da velha Roma, do que delinquir, que é muito mais funesto. Antes morrer que matar.

Termino, pedindo desculpas de ter roubado seu valioso tempo. Se o fiz, foi pensando ser útil ao psicólogo. E se não prolongo estas linhas é para não aborrecê-lo mais do que já, naturalmente, aborreci, com isto só.

Infeliz criado às ordens.

Moisés Karan

O comentário que esta carta reclama não pode ser escrito com uma gota de tinta, mas com uma lágrima. E essa ela terá de quantos a lerem com o coração. Esta carta é, na verdade, o grito de um enterrado-vivo, que a manda aos homens aqui fora, da úmida e lúgubre escuridão do seu túmulo.

4

Antigamente, eu trazia o rosto voltado para o céu como os druidas e os astrólogos egípcios, e, como eles, buscava compreender o mundo pelo canto dos pássaros, pela música do vento e pela misteriosa direção das estrelas. Pouco a pouco, porém, fui voltando os olhos para a terra. E hoje sigo o exemplo do indígena, que, para decifrar os segredos da floresta, aplica o ouvido ao solo, aparentemente surdo e cego mas povoado, dia e noite, de rumores profundos e desconhecidos. Um trovador medieval, Walter Vogelweide, refletindo sobre as tristezas e misérias do coração humano, exclamava, num espanto:

– Esta vida, eu a vivi ou a sonhei?

E é isso que eu me pergunto a cada hora, ao estender o olhar em torno, perscrutando a sombra incendiada, e ao auscultar corações estranhos e aflitos, almas desamparadas ou em desespero, que de longe me pedem uma palavra de consolo e de coragem como o mau rico da parábola pedia, entre os tormentos do Inferno, a gota-d'água de Lázaro.

São dois gritos de socorro que os felizes vão, hoje, escutar. São, ainda, duas vozes que sobem do abismo, uma das quais é multiplicada por todos os ecos das grandes e soturnas profundidades.

Aqui está o primeiro. É a carta de um homem que, como aquele Moisés Karan, cuja confissão se encontra no capítulo anterior, matou, também, a mulher a quem amava. Suas palavras são, mesmo, inspiradas por aquelas que aqui foram lidas. Ei-las, com a supressão, perfeitamente explicável, dos louvores ao humilde escritor que se vê transformado, hoje, em alto-falante de um hospital de almas:

Rio de Janeiro, 4 de janeiro de 1932 – [...] – Por achar-me envolvido em um caso bem doloroso, compreendo, talvez melhor do que ninguém, a situação daquele infeliz encarcerado. Como ele, peço-lhe algumas palavras de consolo e a publicação desta carta, a qual poderá, provavelmente, ter a virtude de pôr no caminho do juízo e da razão algum tresloucado, desvairado pela paixão. Pelas circunstâncias especiais que o envolvem, meu caso é bem triste. A não ser pequenas faltas cometidas no período da juventude, a minha consciência de nada me acusava. Era um homem de bem. Sempre coloquei a honestidade, o dever e a dignidade acima de tudo. Sempre procurei praticar o bem. Nunca fui vingativo. Nunca tive ódios. Sempre que fui ofendido ou prejudicado, soube perdoar. Quando, por palavras violentas, ou mesmo por ações, molestei alguém, nunca hesitei em procurar a reconciliação, e em retratar-me. Não via nisto desdouro algum. Reconhecia, apenas, uma falta. Assim sendo, podia orgulhar-me de ser um homem de caráter e sentimentos bem formados. Entretanto, sou um criminoso. Um criminoso de morte. Parecerá isto incrível, mas é verdade.

Vivia eu uma vida honesta e de trabalho, usufruindo conceito na sociedade e meios que me cercavam, quando o acaso pôs no meu caminho uma mulher. Amamo-nos loucamente, desesperadamente, apaixonadamente, O ciúme, o desespero, a loucura, que me fizeram perder o raciocínio e o senso da responsabilidade, armaram, porém, o meu braço. Destruí o meu grande amor, o objeto da minha violenta paixão. A fatalidade, a cruel fatalidade, quis que eu sobrevivesse à horrível tragédia.

A não ser o indivíduo perverso, que nasceu para o crime, todo criminoso de morte deve sofrer horrivelmente. Mas aquele que, com as suas próprias mãos, exterminou para sempre a criatura a quem amava, e para quem só poderia desejar todo o bem no mundo, esse padece torturas incomensuráveis. Neste número, estou eu.

A compreensão exata do mal irremediável que pratiquei num instante de desvario, o sentimento completo da dor que causei a pessoas que muito estimavam a mim e à minha vítima, o remorso, a saudade, as recordações que encontro em cada coisa, em cada objeto e em cada lugar são terríveis instrumentos de tortura para a alma.

A morte devia ser um grande alívio. Não sou covarde. Não a temo, portanto. Poderia promovê-la novamente. Exterminando--me, talvez encontrasse o sossego espiritual de que careço. Uma mãe extremosa e duas crianças inocentes condenam-me, porém, "à vida". Não posso nem devo buscar a morte. Sou condenado a viver, a carregar comigo, até o dia de entregar minha alma a Deus, essa terrível cruz, a suportar esse monstruoso Calvário.

O senhor, que tão bem soube ler o íntimo daquele desgraçado uxoricida de Guaxupé, melhor do que qualquer outro terá uma noção nítida dos sofrimentos e das torturas de um homem que, como eu, teve a desgraça, o infortúnio de destruir a criatura que, por certas afinidades de gênio, de espírito, de caráter, de gosto, de sentimentos e, mesmo, de volúpia, amara desesperadamente e quisera ter como companheira durante a existência. Sou, etc.,

(a.) Condenado à Vida.

A segunda carta, mais antiga, refere-se à crônica por mim escrita em princípios de outubro e que determinou a carta de Moisés Karan. Ei-la:

São Paulo, 6 de outubro de 1931. – Sr. – As *Notas de um diarista*, hoje publicadas no *Diário de S. Paulo*, me despertaram tantas emoções que não resisti ao desejo de escrever ao seu autor. Não me era possível ficar calado. Nenhum médico pode ser maior nem ficar em igualdade com aquele que nos cura a doença da alma; e o senhor vem de receitar o remédio único e infalível contra a tremenda epidemia das mulheres sem pudor e dos maridos traídos. O senhor disse tudo. Escreveu tudo. Nenhum outro caminho. Nenhuma outra filosofia.

Lá no meu sertão longínquo, onde o marido é o juiz e o punhal é a lei, no dia em que percebi minha desdita, quando vi que todos me olhavam como um grito surdo a reclamar o sangue da maldita, agarrei-me à fé, e abandonei a mulher, a terra e os bens.

Sinto-me curado. O senhor tem razão. A morte é realmente muito pouco para quem deve muito. O senhor vem de apontar o remédio máximo para um mal epidêmico e tido como incurável. A página "A matança de mulheres no Rio de Janeiro" só e só vos daria por aclamação os bordados de ouro de Marechal das letras se o senhor ainda os não possuísse.

A calamidade é assombrosa! A Polícia ou a Saúde Pública fariam obra humana se, em centenas de milhares de impressos, fosse a vossa receita distribuída de casa em casa, nas escolas, nas igrejas e pretorias de casamentos, e pregada nos bondes e nos para-brisas de cada automóvel, neste Brasil imenso. Menor seria a venda de armas e munições. Menos mulheres para os cemitérios; menos homens para as Detenções e menos crianças ao desamparo.

Sua receita, ilustre brasileiro, veio acabar de cicatrizar o ferimento da minha alma. Chegou ainda a tempo. Pelo muito que me fez de bem, Deus o proteja e abençoe. Disponha do seu etc.,

(a.)...

Esta última carta vem assinada com o legítimo nome do seu autor, e acompanhada do respectivo endereço, numa demonstração de confiança. A primeira é, como se vê, anônima, e merece uma observação. O seu autor data-a do Rio de Janeiro: o carimbo do correio é, porém, de São Paulo.

De qualquer modo, porém, darei a este a resposta que pede, o conselho que reclama, enviando-lhe em reflexões oportunas o conforto de que o seu espírito e o seu coração necessitam. E que os maridos enganados, ou desenganados, que tergiversam ainda entre o olvido e o crime tirem desses dois depoimentos a lição que eles oferecem. Lembrem-se que a vingança, quando premeditada, se chama alegria, e que, quando consumada, se chama remorso.

5

Eu tenho escrito tantas vezes, nesta mesma seção, condenando a versão de que a honra conjugal deve ser lavada com o sangue da mulher culpada, que me poderia limitar, na resposta à primeira das cartas que ontem publiquei, a recomendar ao seu autor a leitura dos meus artigos anteriores. Os argumentos contra essa tradição sanguinária são, porém, tão numerosos, e tão vasta a farmacopeia para esses ferimentos do coração, que eu prefiro, tornando ao assunto, recorrer a novos elementos de convicção, procurando chegar ao mesmo termo utilizando novos caminhos.

A nossa mentalidade brasileira, ou latino-americana, segundo a qual a mulher adúltera, como na lei de Moisés, deve ser lapidada, é, parece-me, uma herança de mouros, recebida por intermédio da Ibéria. Mas o mundo vem evoluindo e dá, neste momento, o maior salto da Idade Moderna. A sociedade universal e, particularmente, a nossa, está passando pela mais violenta das revoluções. O que outrora se justificava e louvava hoje não se justifica mais e perde, por isso, direito ao louvor. De modo que o uxoricida sentimental não passa, em nossos dias, de um inadaptado, de um indivíduo que sobreviveu ao seu tempo e que desnorteado, deslocado do meio para o qual fora criado, pratica o mais lamentável dos desvarios. Há, hoje, entre alguns psiquiatras, uma tendência para considerar certos loucos não como doentes, mas como cérebros retardados na sua evolução, indivíduos pertencentes a épocas mortas, atrasados de séculos ou de milênios, que surgiram e entraram em conflito com o espírito e os costumes dos nossos tempos. O criminoso por amor, por paixão sexual, por antigos sentimentos de honra, é um caso análogo de sobrevivência e inoportunidade. E o que se faz mister, para evitar que essa família de desventurados se desenvolva e eternize, é educar as novas gerações masculinas na escola da realidade, fazendo-lhes compreender que o homem não tem mais os mesmos direitos antigos no ambiente novo, uma vez que cessaram os motivos que os asseguravam. Refere Renan que, no lago Baikal, na Sibéria, alguns peixes, que ali vivem na água doce, pertenciam primitivamente à fauna marinha e, no entanto, entram em grande agitação quando se tenta acostumá-los, de novo, à água salgada. Com a mulher sucedeu o mesmo. A vida moderna deu-lhe nova alma, novos sentimentos, nova concepção de deveres e direitos. E é impossível fazê-la voltar, mesmo com um cano de revólver, ao ponto de partida. Nossa geração, a atual geração masculina, tem de sofrer o choque, os efeitos trágicos dessa transformação. Ela contribuirá com maior número de criminosos e de torturados morais, que pagarão com a liberdade ou com o sofrimento as custas dessa revolução social. O que se está observando era inevitável. Mas o mal pode ser consideravelmente remediado nas suas consequências com a vacina preventiva da educação.

As condições atuais da vida, trazendo a mulher para a rua e expondo-a a todos os riscos, exigem a supressão do direito de matar. Hoje, não há pai ou marido urbano pertencente à classe média que tenha autoridade para governar discricionariamente a filha ou a esposa, impondo-lhe vida rigorosamente doméstica. A filha, ou a mulher, entende que, se pode sair sozinha para um emprego, a auxiliar o chefe da família na conquista do pão ou, pelo menos, a ganhar o necessário para vestir-se, pode, também, ir a qualquer lugar sem a companhia dele, orientando-se com inteira liberdade. Com a independência econômica, mesmo parcial, desapareceu a tutela. O pai, ou o esposo do nosso tempo, sofre intimamente os efeitos dessa nova organização ou melhor, dessa desorganização da família. Mas é inútil rebelar-se. O mal é coletivo, e o que ele tem a fazer é submeter-se, lamentando apenas o destino que o escolheu para bode expiatório, pondo-o na vida num dos momentos de transformação do mundo. De nada valerão, hoje, nem a religião nem a palavra dos filósofos. A sociedade está na hora mais grave da sua metamorfose. Observando a liberdade da mulher que trabalha, a mulher burguesa, parasita do marido, exige a mesma liberdade de movimentos e de ação. E dessa liberdade é que resultam os desastres conjugais sem remédio, e desses desastres, as tragédias que ensanguentam hoje os anais forenses do Brasil.

O que os homens devem fazer, para que os mais infelizes não se tornem criminosos nem ridículos, é, pois, insisto, dar à honra conjugal uma interpretação mais de acordo com os costumes, e preparar o coração da mocidade para a sua função nova. Em primeiro lugar, é preciso não dar, nele, grande lugar ao amor. Urge impermeabilizá-lo, de modo que esse sentimento não aprofunde exageradamente as raízes, dominando-o de modo absoluto. A mulher deve ser, no coração masculino, uma visita, que se possa fazer levantar e despedir no momento conveniente, e não uma dona de casa com direito à destruição do prédio. Não há mulher nenhuma insubstituível, porque as qualidades morais ou físicas não estão nelas mesmas, mas na imaginação do homem apaixonado. Convença-se disso cada homem, lembre-se que os gregos deram a Vênus as mais variadas denominações para que a deusa mais formosa do Olimpo não fosse uma só, e terá remediado, de antemão, os malefícios do amor. Tenha cada um na memória que uma debilidade, uma capitulação ligeira pode transformar a comédia ou o drama em tragédia e mudar um homem morigerado em assassino. Nada de amores absorventes e carrancudos. Nada de deificação da mulher. Procure cada um ter na lembrança os defeitos daquela a quem quer bem, e não as suas virtudes do corpo ou da alma, para fazê-las valer diante do coração e do espírito quando se tornar oportuno o remédio impedindo, assim, que o canto lírico se modifique em hino de sangue e de morte. E essa recomendação aos homens eu as tenho feito, igualmente, às mulheres.

Enquanto isso, procuremos acomodar, também, as leis aos costumes, de modo que os Códigos reflitam melhor a mentalidade do século. Eu creio que parte dos uxoricídios tem origem no amor-próprio ferido, no orgulho masculino humilhado publicamente. Entre o marido prevaricador e a mulher nas mesmas condições há uma diferença para a qual as esposas ainda não atentaram: é que o homem, quando pratica uma leviandade, é portador apenas do seu nome, e, que a mulher, em idêntica situação, usa o nome do seu marido. A lama de que aquele se cobre fica sobre ele mesmo, não macula a parte pura do casal; a que tomba sobre esta, macula os dois, e humilha mais a ele do que a ela. Madame, casada, usa sempre o nome do esposo. Proferir o nome que ela usa é dizer o dele. E eu acredito que ante a precariedade, cada vez maior, do casamento, faria obra prudente o legislador que individualizasse no casal o uso dos nomes, de modo que a mulher casada continuasse com o seu, de família, estabelecendo assim responsabilidade uniforme na conservação da sociedade conjugal. Se os direitos e deveres são recíprocos, e a mulher se considera hoje na mesma situação do homem, para que há-de ela usar o nome dele, se tem o seu próprio, e ele não usa o dela? O nome dos esposos deve ser, insisto, de uso individual. E eu, de mim, confesso que nada me revolta mais do que ouvir certas senhoras se dizerem madame Fulano, ou madame Sicrano, especulando com o nome de um marido a quem desprezam e que as despreza, em lugares em que esse marido não se acha, nem vai. O nome do marido é, hoje, em grande número de lares, uma bandeira cobrindo a carga por mares perigosos. E se muitos deles se rebelam, é porque, naufragando o navio, em cuja carga não têm interesse, naufraga também a bandeira. Que os navios, quaisquer que sejam as relações entre eles, naveguem cada um com o seu pavilhão, desde o início da viagem.

Suprimam-se, em suma, todas as causas conhecidas dos gestos desesperados, desses que têm levado ao cárcere tantos homens e ao túmulo tantas mulheres. Não é punindo, mas prevenindo, que se curam as chagas sociais. Facilite-se o divórcio integral, em que o homem, restituindo à mulher a sua liberdade, nada tenha mais com a sua subsistência. Nem vida em comum, nem nomes, nem interesses. Recorra-se, finalmente, a todos os meios para que o mundo atravesse sem dispêndio de muito sangue este grave período de transição.

Quanto a esse *condenado à vida*, que me escreve, procure ele esquecer o mal que fez com o bem que pode fazer. A mulher que sacrificou era inocente, ou culpada? Se era inocente, o comentário não cabe nestas notas. Se, porém, era culpada, o criminoso tem a sua justificação na mentalidade antiga, de que é um remanescente. Nesse caso, nem a saudade, nem o amor póstumo se justificam. Viva ou morta, ela estaria perdida para o seu coração. Não tivesse cometido o crime de que se acusa, e continuaria a sofrer, com a atenuante, apenas, de não haver derramado sangue humano, e de poder esquecer sem remorso. Não atormente o seu coração com angústia irremediável. Se foi traído pela mulher a quem se votava inteiro, foi desumano exterminando-a, mas obedeceu inconscientemente a velhas tradições de honra. A causa do crime não justifica, do ponto de vista sentimental, a saudade que a morta deixou ao esposo, embora explique o arrependimento que legou ao homem.

Seja, pois, forte e viva. E dignifique a vida enchendo-a de coisas nobres, generosas e cristãs. Destrua o túmulo que tem no seu coração e faça, dele, um canteiro de jardim, todo coberto de rosas.

Os párias, 1933

O FEMINISMO TRIUNFANTE

Diário de um rapaz solteiro em 1960

"*1960* – *Terça-feira, 15 de abril* – Evidentemente, não é mais possível a um rapaz de folia andar sozinho na cidade do Rio de Janeiro. Ia eu, ontem, à noite, pela avenida nº 9, quando percebi que era seguido por uma senhora morena por uma outra loura, mais moça do que a primera, as quais me olhavam de modo significativo. Apressei o passo, e entrei, com o coração batendo forte, em uma casa de comércio, que ainda estava aberta àquela hora. De repente, olho para o interior do estabelecimento, e vejo que, nas mesas bebendo e gesticulando, não havia senão mulher. E atirei-me novamente para a rua, onde pedi proteção a uma senhora que fazia o policiamento do quarteirão, a qual me trouxe, embora com olhos insultantes ao meu corpo, até a casa de minha mãe. Quando cheguei, papai e meus irmãos já estavam recolhidos. Mamãe entrou pela madrugada ignorando, portanto, o que me aconteceu."

* * *

"*Sexta-feira, 18 de abril* – Meu irmão Tibério foi pedido em casamento, hoje, pela dra. Inês de Albuquerque, engenheira da fábrica de aviões da firma Ana Maria & Filha. O pobre rapaz estava nervosíssimo. E só não desmaiou porque o pedido foi apenas por seis meses. Mesmo assim, mamãe declarou à dra. Inês que só o daria em casamento por cinco meses e meio, pois se trata de um homem fraco, e que casa pela primeira vez.

A noiva tem 32 anos, e acaba de divorciar-se do vigésimo segundo marido, o qual fica, pode-se dizer, ao desamparo. O penúltimo está empregado em um 'atelier' de costura, e o antepenúltimo, como ama-seca na casa da senadora Carmen Pappagenti. Os outros desventurados degradaram-se depois de abandonados, vivendo como o Diabo quer e Deus consente."

* * *

"*Sábado, 3 de maio* – Hoje, antes de sair para o escritório, mamãe nos comunicou, a mim e aos meus irmãos, que vai abandonar o nosso pai atual, dando-nos outro, que já escolheu. Papai chorava aflitamente, pedindo-lhe que não fizesse isso, pois já nos havia criado amizade. De fato, ele já estava em nossa companhia há sete meses e nove dias, e, de todos os que mamãe nos tem dado, era um dos melhores. Tomava conta da nossa roupa, cuidava da cozinha, e tinha grande cuidado com a limpeza da casa. De que irá agora viver essa pobre criatura, santo Deus?

Triste, desgraçada vida a de um homem! E será possível, Senhor, que não chegue o dia da redenção masculina!"

* * *

"*Quinta-feira, 8 de maio* – Ao passar pela avenida nº 11, ontem à tarde, de regresso da minha aula de canto e danças clássicas, vi muita gente diante de um estabelecimento, do interior do qual vinham as vozes de um jornal falado. Aguardei a nova edição, e verifiquei que a curiosidade pública era determinada por uma notícia que a todos causava estranheza: um casal, marido e mulher, ia festejar as "bodas de prata". E ninguém sabia o que isso significava.

– Parece que "bodas de prata" significa o aniversário dos dois no mesmo dia, observou alguém, entre as pessoas aglomeradas para ouvir as novidades da hora.

– Creio que não – atalhou outra. – "Bodas de prata" parece que significa "baixela de prata". Com certeza esse casal recebeu algum presente desse gênero.

Ao chegar em casa, porém, fui consultar o *Dicionário da Academia Brasileira de Letras*, de que acaba de sair precisamente a parte relativa à letra B, e vim a saber que "bodas de prata" é a mesma coisa que vinte e cinco anos de casamento... Vinte e cinco anos casados, o mesmo homem com a mesma mulher!... Nossa Senhora!... Será possível? Muita gente não acredita, e há grande animação na cidade para ver esse fenômeno, que deve sair da igreja, onde manda rezar missa, amanhã, às nove horas. Vou pedir licença à mamãe para me deixar ir ver esse casal, em companhia das minhas irmãs. Triste coisa é um homem de vinte e quatro anos, como eu, ter de ficar na dependência de mulheres de 14 a 18!

Ah, meu Deus, por que não me fizeste mulher?..."

* * *

"*Sexta-feira, 9 de maio* – Fugi de casa, sem o conhecimento de mamãe, e fui ver, também, a passagem do tal casal das "bodas de prata", isto é, que se acha unido há vinte e cinco anos. Os jornais falados deram edições especiais, com explicações. Um deles informa que o Brasil é o único país do mundo que possui um casal humano nessas condições. Na Austrália havia outro, constituído há vinte e dois anos, mas foi linchado em janeiro último. Na Bolívia há outro, ligado há dezenove anos. Esse casal vive em uma pequena sala, e, para vê-lo, paga-se certa quantia. Parece, porém, que ainda não houve o divórcio por causa do lucro que os dois tiram do negócio.

Pela manhã, fui colocar-me à porta da igreja por onde os dois mártires deviam passar. A praça fronteira já estava repleta de mulheres. Como, entretanto, se tratava de um homem, todas elas se afastaram para me deixar passar, embora dirigindo-me filhérias nem sempre delicadas, que me faziam corar. Infeliz terra, esta, em que um rapaz solteiro não pode andar sozinho sem ser desfeiteado pelas mulheres, com palavras e olhares insultantes!

Momentos depois, o parzinho saía do templo. O marido ia de olhos baixos, verdadeiramente comovido. De vez em quando parava, para soluçar. Pessoas conhecidas consolavam-no, dirigindo-lhe palavras de conforto e de coragem. A senhora, pelo contrário, ia calma, serena, confiante. Assim, porém, que desceram a escadaria, rompeu a vaia formidável, nos dois. Até as moças da Polícia Militar metiam os dedos na boca, assobiando. Algumas senhoras treparam nas árvores, para atirar batatas no casal. Outras arrancavam pedras, querendo linchar os tais das "bodas de prata". Felizmente chegaram as "Fuzileiras Navais", o garboso batalhão que a cidade tanto teme e conhece, e o bando de mulheres se dispersou em tumulto, ficando feridos, no chão, quatro rapazes e cinco crianças. Eu próprio teria sido atirado ao solo pelas moças da Escola Militar, se não tivesse encontrado minha tia Heloísa, que tomou conta de mim, e me protegeu contra a multidão.

Estou, desde ontem, tomando calmantes, mas, ainda, tão nervoso, que sou sacudido, de vez em quando, por uma horrível crise de choro."

* * *

"*Sábado, 17 de maio* – Desfilou ontem pela cidade, comemorando o aniversário da Revolução Feminina de 1952, a Academia Feminina de Guerra, cujo garbo fez estremecer todos os rapazes de família. Levado por minha tia Clara, cuja cunhada é tenente-coronel do 4º Batalhão, fui para a avenida nº 8, que se achava toda enfeitada. Em determinado momento, senti que uns olhos negros e ardentes procuravam os meus. Eram da dra. Éster de Souza, engenheira do caminho aéreo Corcovado-Itatiaia e que mamãe considera uma das moças do Rio de Janeiro mais capazes de amparar um rapaz como eu.

Será, porém, para casar ou quererá, ela, abusar de mim?"

* * *

"*Sexta-feira, 13 de julho* – Completo, hoje, vinte e cinco anos. E continuo solteiro, e ameaçado de ficar para tio! É verdade que o meu feitio retraído, o meu temperamento de tímido contribuem muito para que não tenha, até hoje, sido casado, sequer, uma vez. Mas, isso não seria motivo bastante. Meu irmão Otávio, filho das terceiras núpcias da minha mãe, é mais moço do que eu dois anos, e já se acha casado pela quarta vez. O Leôncio, um primo, de minha idade, está divorciado da quinta mulher. E eu, até agora, nem ao menos fui pedido uma vez! No entanto, não sou, que se diga, um rapaz feio, nem desprovido de prendas domésticas. Tenho bonitos olhos, boca benfeita, e visto-me com elegância. Sei tocar piano, danço bailados clássicos, e posso, como poucos, tomar conta de uma casa. A mulher que me escolhesse para esposo conservar-me-ia ao lado, pelo menos um ano. Nenhuma, entretanto, aparece com propósitos honestos."

* * *

"*Quinta-feira, 24 de julho* – Graça vos sejam dadas, Deus meu senhor! Graça vos sejam dadas! Vou, enfim, conhecer a delícia do casamento! Uma filha da sexta esposa do atual marido de mamãe resolveu pedir a minha mão. Chama-se Fernandinha, e é divorciada apenas do terceiro marido. Seu coração está, ainda, quase virgem, e sua alma quase pura. É verdade que, antes de casar, teve uma vida um pouco boêmia, excedendo-se na bebida e sustentando amantes. Mas, hoje, não tem mais, que se saiba, ligação nenhuma. Ela me haverá pedido, porém, por interesse, ou por amor? Tomo uma flor nas mãos e desfolho-a:

– Mal me quer... bem-me-quer... mal me quer... bem--me-quer.... mal me quer... bem-me-quer...

Ah, se as mulheres soubessem quanto sofre um pobre rapaz honesto, e como lhe bate o coração ao saber que vai, enfim, dormir, sozinho, ao lado de uma criatura de outro sexo, entregando-lhe a sua pureza e a sua fragilidade!...

Que susto, meu Deus! Como estou gelado!...”

Sombras que sofrem, 1934

A CRISE DAS MODAS FEMININAS

Quem descansa os olhos, hoje, em uma fotografia das nossas reuniões elegantes, encontra, nela, o mais curioso documento da anarquia que caracteriza o nosso tempo. Antigamente, a desordem podia reinar na política, nas artes, na literatura. Podia haver monarquistas, republicanos, niilistas; ou românticos, futuristas ou parnasianos; uma coisa permanecia uniforme: a moda feminina. As damas podiam divergir nas ideias sobre a virtude ou sobre os homens. Mas quando Paris mandava que se usasse cabelo comprido ou saia curta, a submissão era universal. A Moda era uma só, para o mundo todo, isto é, para todo o mundo que é ou se considera civilizado.

Hoje, não se observa mais essa uniformidade. Uma reunião chique no Rio de Janeiro ou em São Paulo parece mais uma exposição de figurinos destes dois últimos séculos do que uma festa comum, exibindo toaletes da época. Observa-se no vestuário feminino o mais disparatado ecletismo. Há saias compridas, saias curtas e saias que não são nem curtas nem compridas. Há chapéus grandes e chapéus pequenos e chapéus que não são nem pequenos nem grandes. Há vestidos apertados e vestidos frouxos; de tecidos pesados e de tecidos leves; decotados até o estômago ou afogados até o queixo. A impressão, em suma, de que os costureiros ficaram, todos, malucos ao mesmo tempo.

Essa anarquia nos domínios da moda não é, entretanto, senão o reflexo daquela que domina os espíritos e que se espraia, em preamar, pelos vários departamentos da comunhão social. Porque, na verdade, a moda nos seus grandes e profundos movimentos obedece a motivos superiores, de ordem econômica e psicológica. Nossas avós, ou bisavós, usavam anquinhas, crinolinas ou vestidos arrastando, porque a vida lhes era tranquila e parada. Uma senhora aristocrática movia-se como uma grande boneca de molas delicadas. Pouco a pouco, porém, a vida foi acabando com essas comodidades reais ou supostas. Tendo de entrar em bondes a mulher teve de suprimir a manga estufada. Tendo de correr para tomar um veículo coletivo, encurtou o vestido. E como, a partir de 1914, tivesse de fazer concorrência ao homem na atividade prática, simplificou as modas complicadas, cortou o cabelo que lhe tomava muito tempo a compor, tirando de uma necessidade todas as vantagens nos domínios do gosto.

Quando, em princípios ou meados de 1930, Marcel Prévost iniciou em Paris uma campanha contra a restauração da saia comprida, eu tive oportunidade de escrever um artigo em que assegurava que, se a moda fosse readotada, o seu reinado seria breve. A necessidade determinaria a volta ao regime da saia curta e do cabelo cortado. A mulher de saia comprida de 1900 regressou, acaso, ao regime da saia-balão de 1885? Porque havia a mulher de saia curta de 1930 voltar ao regime da saia comprida de 1900? Seria uma confissão de inferioridade injustificável e, mesmo, incompreensível, quando ela afirma, hoje, por toda parte, as suas excepcionais qualidades de inteligência.

É Platão quem conta, se me não engano, que o traje da mulher ateniense reflete a mentalidade grega. É o vestuário leve, unido ao corpo, oferecendo na intimidade do lar, a graça dos movimentos, e a que se adicionava apenas a caliptra, ou peplo, quando pretendia sair. Era vestuário, diz, pronto a cair para o banho, para a ginástica ou para o amor.

O século XX deu à mulher, em todo o mundo civilizado, essa graça e essas facilidades. Por que, pois, abdicar vantagens tão lenta e merecidamente conquistadas?

Eu folheei, há pouco tempo, com o pensamento neste assunto, dois álbuns: um de 1866, da Exposição de Paris, e outro de 1912. O primeiro apresenta as damas pelo braço dos seus maridos no recinto da Exposição. Trajam elas saia--balão, chapéu enorme, uma capa cobrindo o busto. A impressão que se tem é que todas elas se encontram com febre alta, submetidas a um suadouro. Os homens, de sobrecasaca pesada, calça estreita e chapéu alto. Lembram, na gravidade, os antigos bolieiros de carro funerário. Em 1912 os homens conseguiram já fixar a moda. As mulheres ainda pertencem, porém, mais ao século passado do que ao nosso. O vestido é comprido, com uma pequena cauda varrendo a rua. E à cabeça um chapéu de casa de aves e ovos, cujo dono se tivesse associado ao quitandeiro da vizinhança: flores, frutos, e, no meio do tabuleiro, penas de galinha e cabeças de rouxinol. Um chapéu daqueles mereceria, hoje, medalha de ouro do Ministério da Agricultura.

O ecletismo das modas, observado nas fotografias das festas mundanas, tem, pois, a sua significação. Ele demonstra que a mulher está resistindo heroicamente ao industrialismo dos costureiros. Eles puxam a saia para baixo porque não podiam mais puxá-la para cima. A fixação prejudica-lhes o comércio. A inteligência feminina está, todavia, reagindo, conservando aquilo que lhe convém contra aquilo que lhe impõem – decorrendo daí a evidente anarquia das modas, ou, melhor, a absoluta falta de modas predominantes, na hora presente.

Continue, pois, a mulher a reagir. Conserve a saia curta, consolidando a conquista feita. Vestido simples, em que a elegância dispense o luxo. Braços livres. Busto sem compressões para que o coração bata com liberdade. Cabelo cortado, que lhe deixe à mostra a beleza dos ombros.

Se os homens ainda são senhores da sua cabeça – a ponto de haver uma cabeça de casal –, declarem-se elas senhoras absolutas do seu pé, proclamando a liberdade da perna – do joelho para baixo.

> Padres, não me negueis, se estais em calma,
> Um coração no pé, na perna uma alma!
>
> *José Bonifácio, o moço.*

Ser dona da sua perna e do seu pé é, consequentemente, na opinião de um Andrade, ser dona da sua alma e do seu coração.

Notas de um diarista (*1ª série*), 1935

ASPECTOS NOVOS DE UM
VELHO PROBLEMA

Vai para dois meses, o *Diário de Notícias*, do Rio de Janeiro, iniciou um inquérito sobre a instituição do divórcio no Brasil, e mandou, por um dos seus redatores mais inteligentes, ouvir a minha opinião. O jornalista fez-me algumas perguntas, guardou de memória as minhas respostas, e ofereceu, destas, um resumo, tão fiel como as senhoras cujo destino era vivamente vigiado pelo seu jornal. Em uma entrevista, porém, o entrevistado não diz o que deseja dizer, mas unicamente o que o jornal quer saber. Daí, não conterem esses inquéritos, quase nunca, o pensamento integral de quem a eles responde, especialmente quando se referem a assuntos que reclamam profundo exame e larga explanação e de que o jornalista não quer conhecer, em geral, senão as conclusões.

Eu não sei de questão mais grave, e, que tenha sido tratada, no Brasil, tão superficialmente. Não é que a matéria tenha sido descurada, pois que se a vem agitando mais, talvez, do que se fazia preciso; mas pela feição unilateral dos argumentos; pela paixão partidária dos divorcistas e dos antidivorcistas; pela falta de consulta, em suma, à realidade, sem o conhecimento da qual se torna inatingível, e impraticável, uma solução judiciosa.

O divórcio é, entre nós, não só um problema social, mas, também, geográfico.

– É você a favor do divórcio? – perguntar-me-á um jornalista do Rio de Janeiro, de São Paulo, da Bahia, do Rio Grande ou do Recife.

– Sim – responderei.

Faça-me, porém, a mesma pergunta o prefeito de Lábrea, no Amazonas, ou de Teófilo Otoni, em Minas Gerais, e a minha resposta será rigorosamente diversa:

– Não!

O Brasil tem, na verdade, dois climas, no domínio dos costumes, apresentando, cada um deles, um ambiente para as leis. Há o clima das grandes cidades, e há o do interior. Aquela situação, que Frei Vicente do Salvador definia comparando os portugueses aos caranguejos, que viviam arranhando ao longo da praia, persiste ainda hoje, em relação às inovações que nos chegam de fora. Há medidas legais que podem ser excelentes nas cidades brasileiras de primeira ordem, mas que se tornarão nocivas quando aplicadas nas demais. E o divórcio está neste caso. Sedativo nos centros populosos e arejados pelos grandes sopros da Civilização, seria, penso eu, um veneno, quando estendido ao país inteiro. E não se torna difícil apresentar os fundamentos dessa previsão, ou, se o quiserem, dessa suspeita.

O divórcio é a emancipação integral da mulher. Concedido com a extensão que lhe querem dar os seus advogados, os divorciados podem ir a novas núpcias. Entre marido e mulher divorciados, cessam todas as responsabilidades, desaparecem todos os direitos, findam todos os compromissos. Em uma grande cidade, a mulher divorciada encontrará, imediatamente, campo em que conquiste o seu pão, sem sacrifício da sua independência. Os escritórios, as fábricas, os consultórios, as repartições públicas, as casas de comércio oferecem-lhe trabalho, com que possa viver honrada, sem o auxílio de um homem, seja ele marido, pai ou irmão. Nas pequenas cidades, porém, e nas vilas, e nos povoados, de que irá viver uma pobre senhora que se tenha separado do marido? Onde ir buscar os recursos econômicos para a sua subsistência?

Nesses lugares, é o homem, exclusivamente, quem estabelece o ritmo da vida social e da vida pública. O juiz é um homem, o vigário é um homem, o chefe político é um homem. A mulher é elemento amorfo e, quando muito, decorativo. Até hoje, nessas pequenas cidades, os homens que exercem autoridade mantiveram amante ou amantes, conservadas fora da cidade ou da vila, com as quais constituem prole clandestina. A esposa legítima permaneceu, porém, sempre, garantida. É a dona da sua casa. Não tem a exclusividade do marido, mas tem o conforto e a consideração. Ela tem do seu lado, garantindo-lhe essa situação, a lei. No dia, porém, em que seja permitido ao coronel chefe político abandonar, legalmente, a velha companheira para constituir nova família com a professora chegada da capital, não haverá mais, por esse Brasil adentro, matrona honrada que se considere em segurança. O instinto poligâmico da raça, herança que os mouros deixaram na Ibéria, manifestar-se-á sob a proteção da lei, não na multiplicidade das mulheres, que continuará sendo feita à sombra, mas na substituição da esposa idosa pela esposa jovem com a cumplicidade do juiz de direito, que não contrariará, jamais, o desejo do chefe local.

E abandonada, substituída no seu lar, de que irá viver, e como irá viver, a triste e usada senhora? Fazendo cocadas em casa? Vendendo verduras na feira? Pedindo esmolas na rua?

Nas cidades, há o policiamento dos costumes, a fiscalização da imprensa exercida sobre os atos dos magistrados, e, para mulher divorciada, ambiente em que exerça a sua atividade. No interior, porém, o divórcio será, fatalmente, mais um fator da prostituição. A mulher divorciada, ou terá que morrer à fome, ou ver-se-á na contingência de vender a sua carne para comprar a do boi.

Os divorcistas urbanos são assim injustos quando criticam a atitude combativa dos vigários sertanejos, e a das senhoras do interior, contrária àquela inovação em nossa legislação civil. É que eles sabem os perigos a que ficará sujeito o organismo social, no meio estreito em que vivem. Eles não seriam, possivelmente, adversos ao divórcio no Rio de Janeiro ou em São Paulo, se a lei que o instituísse não fosse válida, igualmente, na sua vila, na sua aldeia, no seu arraial. Se eles pedem que se não vote e decrete semelhante medida no país, é porque eles estão dentro do país, e sabem a perturbação que determinará, no meio estreito em que vivem, a implantação dessa novidade em nosso Direito Civil. Dirão, talvez, as senhoras divorcistas das cidades brasileiras de primeira ordem que não podem aguardar a evolução das populações sertanejas para adotarem um regime que beneficiará as populações urbanas. Mas é preciso convir que esses sertanejos constituem a maioria da nação, com os seus 30 milhões de almas, e que, no Brasil, apenas 12 milhões de pessoas vivem nas grandes cidades.

Que fazer, pois, para satisfazer a uns e outros? Estabelecer o dualismo da legislação: conservar o regime atual para as populações do interior e instituir o divórcio nas capitais e nas cidades que tenham acima de 80.000 habitantes. Somente no foro de centros populosos dessa categoria poderiam ser instaurados processos de divórcios, com a presença dos interessados. A magistratura das cidades dessa ordem é sempre mais policiada, e mais íntegra, pela ausência de pressão dos chefes municipais.

Eu não sou, como se vê, contrário ao divórcio. Considero-o, mesmo, necessário, uma vez que os nossos costumes urbanos já evoluíram suficientemente nesse sentido. O que é preciso é que, instituído para fazer o bem a certo número de brasileiros, se evite, quanto possível, que ele faça mal aos demais.

Reminiscências..., 1935

O SUSTO DAS
OVELHAS VITORIOSAS

Grandes, grossas, pesadas nuvens se levantam, neste momento, nos horizontes do mundo feminino, ameaçando tormenta. Reina o alarme nas legiões que emprestam graça e elegância à tristeza do mundo. Estão aparecendo, já, depois das cinco da tarde, na Avenida, chapéus minúsculos apressadamente postos, e faces em que a roda de "rouge" se apresenta mais viva, e mais alta, de um lado do que do outro. E isso pela suspeita, mais ou menos fundada, de que se vão fechar às mulheres, e de que já se vão gradualmente fechando, as portas das repartições públicas!

O primeiro indício da reação contra a invasão feminina apareceu no Ministério das Relações Exteriores, com o decreto regulando o casamento das funcionárias da casa. Por esse ato do Governo Provisório, tornou-se proibido o casamento burocrático no Itamarati e suas dependências. Funcionária do Ministério não poderá casar com funcionário da mesma pasta, sob pena de ser dispensado um dos dois. Nem poderá, igualmente, contrair matrimônio com qualquer outro candidato, mesmo nacional, sem que a isso preceda licença especial do Ministro, ao qual é concedido, assim, o pátrio poder sobre as filhas dos outros, sem distinção de idade. Em seguida, veio o despacho do Sr. Ministro da Fazenda, desaprovando a inclusão de uma senhorita entre as "trabalhadoras de campo", no

Piauí. E agora, é a notícia, oficialmente confirmada, de que o Banco do Brasil não admite a inscrição de mulheres para o concurso que se vai realizar na sua matriz e respectivas filiais, fazendo, assim, a mais desesperadora das surpresas a centenas de moças que vinham, nos últimos meses, trocando a sessão de cinema pelo curso noturno e os figurinos parisienses pelos tratados de contabilidade, na esperança honesta e louvável de derrotar os competidores masculinos.

– É a reação organizada! Os homens estão com medo de nós! – dizia-me, ontem, uma jovem senhora que me veio chamar a atenção para estas coisas.

Alega o Banco do Brasil que a exclusão das mulheres no seu próximo concurso provém da circunstância de se tratar de cargos que a mulher não poderá exercer. O pretexto é, porém, insubsistente. Qual é, no Banco, a principiar pela de presidente, a função que uma senhora inteligente não possa desempenhar? A de cobrador? A de contador? A de caixa? Seria difícil a especificação, tamanha é, na hora presente, a capacidade da mulher para desempenhar os mais complicados misteres. Eu creio mesmo que, dos títulos atualmente usados pelo homem, a mulher só não se arranjará muito bem com o de pai. Mas o Banco do Brasil não tem nada com isso. Esse título não é da sua carteira.

O movimento que se vem operando para restringir as conquistas femininas tem, talvez, sem que os seus promotores disso se apercebam, um objetivo de alta significação, e a que se poderia dar, para usar uma expressão da moda, o nome do "reajustamento social".

A concorrência da mulher nas atividades públicas brasileiras tem determinado, na verdade, um desequilíbrio profundo na estrutura econômica da sociedade, e cujas consequências finais não podem ser facilmente previstas.

Trabalhando mais, e mais barato; podendo, pelo seu gênero de vida, e pelo repouso de espírito, estudar mais e tirar maior proveito desses estudos; tendo despesas menores, pois que a maior parte, quando trabalha fora de casa, não emprega o salário senão nas despesas do seu luxo ou de um conforto supérfluo, permanecendo o custeio da casa a cargo do chefe da família – a mulher começou, com a sua concorrência, a perturbar a economia social. Milhares de homens, alguns deles chefes de família, encontram-se, hoje, desocupados, porque os lugares que poderiam preencher encontram-se nas mãos de moças e senhoras, muitas sem as mesmas responsabilidades domésticas, e algumas, até possuindo fortuna, e que trabalham por desfastio. Essas senhoras conquistaram esses postos legitimamente. Fizeram belas provas em concurso porque puderam estudar com tranquilidade. O seu trabalho dá rendimento, porque as mulheres, em geral, são mais metódicas, mais organizadas, e mais permanentes nos ofícios sedentários.

Por isso, o que têm conseguido nos escritórios e nas repartições não é o resultado de um favor, mas de um direito.

Sob a aparência de um capricho fútil, o que o Governo tem sob os olhos é, assim, um dos problemas de maior relevância do século. Reconduzir a mulher ao lar, fechando-lhe o caminho nas atividades em que se iniciou depois da Guerra, é uma utopia. As leis sociais são regidas pelo código do Destino. E a mulher pretende ir muito longe.

Fechado o seu caminho, essa ovelha abrirá outro entre os espinheiros, mas não voltará ao redil.

Sepultando os meus mortos, 1935

A MENTIRA FEMINISTA

*E*ntre as amizades preciosas e encantadoras que obtive com as minhas letras, está a de Mlle. Irene Rocha, empregada de balcão em um dos grandes armarinhos da cidade. Mlle. Irene é morena, esguia, elegante e pálida. Anda com graça, conversa com espírito, veste-se com elegância, sorri com doçura e tem olhos verdes e lindos dentes sadios. E ganha, na casa comercial que lhe aproveita a formosura para atrair os fregueses, e a honestidade para servi-los, a subida quantia de duzentos mil-réis por mês.

Às vezes, acontece que nos encontramos no bonde, no seu regresso para casa, às sete e meia. E palestramos. E como a sua palestra seja sempre, para os meus ouvidos, rica de esclarecimentos e informações, é sempre com alegria que me vou sentar a seu lado. Sobra à mocidade o calor que falta aos velhos. E como eu já tenha nas articulações aquela ferrugem que denuncia a temperatura baixa na alma e no sangue e Mlle. Irene não tenha mais de vinte e dois anos, nada mais legítimo do que essa aproximação, procurada por mim. Se as andorinhas e as cegonhas voam milhares de quilômetros em busca do sol que lhes falta durante o inverno em determinados países, por que não atribuir à Natureza, também, a ansiedade com que um ancião corre a procurar, num bonde, a vizinhança de uma rapariga bonita?

Ontem, ao anoitecer, verificou-se uma daquelas coincidências que eu desejara repetidas todas as tardes. Mlle. Irene tomou o bonde na Galeria Cruzeiro. Havia, com ela, cinco pessoas no banco. Sofrendo da vista, contei apenas quatro. Um cavalheiro começou a resmungar, e foi sentar-se adiante. E um momento depois, conversávamos, como se fosse um tio feio e uma sobrinha formosa, Mlle. Irene e eu.

Eu – Oh! Que surpresa feliz! A menina por aqui?

Ela – É verdade. Parece até de propósito!

Eu – Parece, mas não é. É que Deus, sendo velho, protege os velhos... Mas, vem agora do seu emprego, não? Ah! como eu admiro a mulher que trabalha, que luta pela vida, à semelhança da minha amiguinha!...

Ela – E olhe que nós, as mulheres, temos direito a essa admiração. A peça que os senhores, homens, nos pregaram deixando-nos ir por onde queríamos, não foi das menores. Por minha parte, muito obrigada!

Eu – Mas, *mademoiselle*, o trabalho eleva, e dignifica a mulher. A frase não é minha, mas é tão verdadeira quanto idiota. Hoje, economicamente, há igualdade de sexos! A minha amiguinha mesmo não está fazendo concorrência aos homens em uma casa comercial? Não é uma conquista?

Ela – O senhor quer escutar-me com atenção durante cinco minutos?

Eu – Não estou aqui para outra coisa. Para ouvir-lhe a voz, irei ao fim do mundo.

Ela – Não quero tanto. Basta que vá até o Largo do Machado...

Eu – Fale.

Ela – A mulher está sendo, mais uma vez, vítima da sua boa-fé, e da sua irremediável ingenuidade. Nós vivíamos, outrora, no lar, como escravas de um homem, que era para nós o pai, o irmão ou o marido. Entendemos que isso era um cativeiro, uma escravidão humilhante. Quisemos sair para a rua, a fim de conquistar o nosso pão, e os senhores, homens, concordaram. Mas qual é a nossa situação aqui, fora, especialmente no comércio, senão de escravas do homem? O "senhor" não é mais o pai, o irmão ou o marido; mas é pior, porque é um estranho; é o nosso patrão, são os nossos colegas masculinos. Quer que lhe diga com franqueza? Há, verdadeiramente, na vida moderna, uma conspiração contra a mulher; uma conspiração para explorar-lhe o trabalho, humilhando-a, agora, não na intimidade de um lar, mas diante do mundo!

Eu – *Mademoiselle* exagera. Talvez esteja um pouco nervosa, com o calor que fez durante o dia...

Ela – Não faça pilhéria. Examinemos o caso como ele exige... A mulher trabalha em um escritório comercial tanto quanto um homem; não é verdade?

Eu – Às vezes mais.

Ela – Tem, quase sempre, aptidões iguais às dos seus colegas masculinos; não é certo?

Eu – Às vezes maiores.

Ela – Pois, bem: onde o senhor já viu uma mulher ser distinguida, num estabelecimento comercial, com um lugar de relevo? Qual a moça, ou a senhora, que já foi admitida como sócia do seu patrão? Nós trabalhamos, mas não saímos dos postos iniciais. E se os comerciantes nos dão emprego é defendendo os seus próprios interesses: é porque nós, mulheres, trabalhamos mais, melhor e mais barato do que os homens. Por isso, e nada mais... O empregado masculino, ao fim de oito ou dez anos em uma casa, começa a ter parte nos lucros. E a mulher? A mulher trabalha no comércio; mas ainda não se pode dizer que tenha sido integrada no comércio. Ela é como o soldado raso no Exército: pode praticar os atos de bravura que quiser; as promoções são para os oficiais!

Eu – Mas o costume de dar sociedade aos empregados de um estabelecimento já passou. O único empregado que passa a sócio é o que casa com a filha do patrão. Sempre foi assim.

Ela – Bem; admitamos que assim seja. A mulher veio trabalhar no comércio para libertar-se do cativeiro do lar. Um empregado, homem, namora a filha do patrão, e casa. Passa a sócio. Uma empregada, mulher, namora o filho do patrão, e casa-se. Que acontece? Passa a sócia da casa? Nada disso! Uma vez casada, o esposo a arranca do comércio, e leva-a para casa outra vez, tornando-se ela, assim, depois de muito sacrifício, precisamente aquilo que não queria ser: escrava do marido!

Eu – Lá isso é.

Ela – Isso, quando se trata de escritório, que é, no comércio, onde vive a aristocracia da classe. No balcão, é mil vezes pior.

Eu – Pior?

Ela – E então? Já observou o senhor a vida de uma "vendeuse"? Já imaginou o que é, para uma criatura quase sempre frágil, e alimentando-se mal, permanecer de pé desde as sete e meia da manhã às sete da noite? Já viu o senhor alguma de nós sentada dentro do balcão, tenhamos ou não, fregueses a servir? E para ganhar quanto? Duzentos mil--réis, algumas vezes um pouco mais, e outras, um pouco menos! Isso então é que se chama emancipação da mulher? Um cativeiro novo, é o que isto é. E pior que o antigo, fique sabendo o senhor.

Eu – Mas, Mlle. Irene, as senhoras hoje são felizes... Comem o seu pão, não são pesadas a ninguém... E envelhecem em liberdade...

Ela – Envelhecemos?... Ah, felizmente, isso não acontece conosco... Cada uma de nós tem uma grande amiga que nos assegura a liberdade ou, melhor, a libertação... E essa amiga sabe onde está? Está aqui, no fundo do peito.

Eu – No coração?

Ela – Não; no pulmão...

Tossiu devagarzinho. Levou o lenço à boca miúda e linda. Olhou-o. Havia uma nodoazinha vermelha.

Eu – É o "rouge"?

Ela – Não... É a vida...

Sepultando os meus mortos, 1935

O FEMINISMO E O PECADO

Um jornalista que saísse a auscultar a opinião das mulheres brasileiras sobre a orientação que vêm imprimindo à política feminista as damas ilustres que lhe assumiram a liderança, voltaria, sem dúvida, com a notícia de uma dolorosa decepção. Casadas ou viúvas, meninas ou solteironas, noivas ou desquitadas, as nossas patrícias que se preocupam com os problemas sociais referentes ao sexo não se mostram, na verdade, satisfeitas, nem com a senhora Berta Lutz, nem com a senhora Carlota de Queiroz. Uma e outra fizeram, no julgamento das suas leitoras e partidárias, como os indivíduos que vão à festa, e, uma vez lá dentro, esquecem que deixaram o "chauffeur" à porta, à espera do dinheiro do "taxi".

Essa crise nos arraiais femininos era, todavia, inevitável. As mulheres que, no Brasil, se ocupam de problemas sociais ou políticos são unicamente as que desejam a modificação profunda e radical da sociedade. As de espírito conservador, que não querem alterações no instituto da família, não se movem nem se manifestam. A estas, que conservam, entre a agitação pecadora do mundo, a inocência que trouxeram do Paraíso, pouco importam a inércia ou a atividade da senhora Berta Lutz e da senhora Carlota de Queiroz. Daí, acharem-se as duas ilustres feministas submetidas neste momento a rigoroso julgamento secreto pelas suas próprias companheiras de sexo, e sem que apareça, entre elas, um advogado de defesa.

Foi, com certeza, temendo igual situação, que as mulheres que chefiam no México o movimento feminista acabam de tomar, num congresso, medidas revolucionárias de alta significação; votaram elas, entre outras providências que contribuam para a dignificação do sexo, a extinção do "dancing" e do "cabaret", lugares em que a mulher se degrada para satisfazer a vaidade e a concupiscência do homem. O "cabaret" e o "dancing", na opinião das pioneiras do feminismo mexicano, são os dois laços de seda armados à mulher pela prostituição.

Resultarão, todavia, eficientes, essas providências, como preveem as damas que as promoveram? Na sua simplicidade aparente, essas medidas se acham ligadas a problemas gravíssimos e complexos, de ordem moral e de ordem econômica. O "dancing" é um lugar de prazer, e, possivelmente, de depravação. Mas é o lugar em que, nas grandes cidades, centenas de raparigas pobres, ameaçadas de morrer à fome, vão buscar, no correr de cada noite, o pão de cada dia. Fechá-lo sem oferecer à moça pobre outro lugar em que ela possa lutar honradamente contra a miséria é mandá-la diretamente para o alcouce. Antes de destruir a fonte envenenada, devem as almas generosas abrir, para dessedentá-la, a fonte pura, assegurando-lhe, em lugares honestos, o trabalho e o pão.

A modificação da "psyché" feminina não pode ser, ademais, obra de uma geração. Nem eu sei, mesmo, se dentro de um século, ou de dois, as novas condições da vida conseguirão arrancar ao sexo a porção de frivolidade que é o seu encanto e tem constituído, até hoje, uma das delícias do mundo. As amazonas, conforme referem os velhos historiadores, fizeram o possível, e o impossível, para se não submeterem ao domínio masculino. Para manejarem o arco destruíam, desde a puberdade, pelo fogo, o seio direito. Para manter, entre elas, o título de rainha, Orítias, segundo conta Justino, manteve a sua pureza até à morte. Mas não perseveraram muito na sua intransigência. Narra, na verdade, Heródoto, que, na sua vida errante, foram as amazonas estabelecer-se, um dia, nas proximidades do acampamento dos citas. Certa manhã, um cita surpreendeu uma das amazonas em um bosque. A língua, entre eles, era diferente. Já dizia, porém, Mme. de Bergis, que, em coisas de amor, as francesas compreendem perfeitamente o que lhes dizem os tupinambás. O cita fez um gesto. A amazona entendeu-o, sorriu, e esperou. No dia seguinte, o cita aparecia no mesmo lugar, levando um amigo. A amazona lá estava, com uma companheira. E de tal modo as entrevistas se foram multiplicando, que, em breve, os dois campos se tornavam em um só. E extinguia-se, na terra e na História, o reino das amazonas.

Os "cabarets" e os "dancings" vão ser extintos no México, por iniciativa das senhoras virtuosas. Mas é preciso uma vigilância rigorosa em todo o território nacional, para que não fique um só desses estabelecimentos de recreio e de perdição, funcionando clandestinamente. Porque, se isso acontecer, toda a conquista ficará inutilizada: a moça que o descobrir convidará uma das amigas; esta convidará outra; esta, uma outra. E, em breve, toda a mocidade mexicana, que hoje dança nesses lugares, lá estará dançando de novo.

Deus criou o mundo. E entregou-o ao Diabo. E o Diabo o enfeitou com o Pecado, que é, parece, a falar com franqueza, a única boa coisa que ele tem.

Sepultando os meus mortos, 1935

A MULHER E A SUA MISSÃO SOCIAL

*U*m dos mais belos e profundos símbolos da mitologia mosaica é, sem dúvida, o que se encontra no *Gênesis*, e se acha consubstanciado no episódio do fruto proibido. O homem vivia feliz, na inocência e na simplicidade da sua existência primitiva. Não sabia que andava nu, e ignorava se essa nudez era pecado ou vergonha. Um dia, comeu o pomo da Árvore da Ciência, que era o pomo do Bem e do Mal. E com a ignorância, perdeu a felicidade, porque, para ser feliz, é preciso ignorar a verdade da vida e o mistério das coisas.

O que se deu com a espécie humana no símbolo bíblico repete-se na história e na vida de cada criatura. Para conhecer a felicidade, é preciso ser simples, e passar pela vida de olhos fechados. É na Árvore da Ciência que está a origem da desventura humana. Ao provar o seu fruto, o primeiro homem viu que estava nu, e sentiu-se desgraçado. À proporção que entram no conhecimento da verdade da sua condição, os homens que vieram depois se sentem mais infelizes. Daí a crescente inquietação humana, à medida que as sociedades se vão ilustrando e abrindo os olhos com o fruto da Árvore da Ciência, que é do Bem porque dá o conforto, e é do Mal porque dá a ideia de novas necessidades, anulando, assim, o Bem de uma aspiração satisfeita com o Mal de um novo desejo despertado.

O surto feminista, e a situação atual do feminismo no mundo inteiro, vieram mostrar, ainda, uma nova aplicação do velho conto simbólico. A mulher vivia tranquila no seu lar, e sem cuidados, pode-se dizer, naquilo que ela chama hoje a sua escravidão. Ignorava, como Eva no Paraíso, os perigos e encantos da liberdade. Leu, porém, e estudou, colhendo o fruto na Árvore da Sabedoria. Viu que era desgraçada, e quis ser venturosa. E surgiu o feminismo, batendo-se, clamando, esforçando-se em favor da igualdade dos sexos. E é ela feliz com essa igualdade? A liberdade de ação tê-la-á feito mais feliz ou, admitamos, menos infeliz? Não irá suceder com os paladinos do feminismo o que se deu com Joaquim Nabuco, o qual, tendo-se batido pela extinção da escravatura, se arrependeu desse apostolado, ao ver que cinco anos de liberdade haviam feito maior mal à raça negra do que dois séculos de servidão? A nova literatura russa em que a mulher é apresentada na situação autônoma que a Revolução lhe destinou constitui, talvez, um grito de alarma dirigido às feministas do mundo inteiro. A desilusão de Verucha, na novela de Panteleimont Romanot, é a mais funda e terrível que pode ferir um coração de mulher. E não é outro o aviso que começa a chegar dos Estados Unidos, onde Lucien Romier descobria, já, em 1928, os indícios do arrependimento na vida das mulheres que não admitiam felicidade feminina sem absoluta igualdade social dos sexos.

Participa, talvez, desse propósito, desse programa em que se cuida, principalmente na América do Norte, de restituir a mulher à pureza e à simplicidade da vida, um filme que será exibido por estes dias no Rio de Janeiro, e que me foi permitido ver com antecipação de uma semana. A circunstância de tratar-se de um trabalho cujos intuitos morais haviam sido recomendados pela Associação Brasileira de Educação, despertou em mim o desejo de conhecê-lo. E o problema que ele põe em foco merece, realmente, estudo e comentário.

O tema é singelo como o objetivo que ele colima. Filha mais velha de uma viúva que tem oito ou nove órfãos na sua granja pobre, Rebeca, jovem e ingênua, é tomada por uma tia rica, que a leva para criar na sua opulenta residência urbana.

Espera-se, naturalmente, que a menina, transplantada para esse ambiente novo, se civilize, adquira hábitos polidos, trocando a rusticidade que trouxe da vida rural pelos gestos e sentimentos do meio em que vai viver. Rebeca triunfa, porém, principalmente porque é simples e boa. Vence porque é ingênua. Com os seus encantos despreocupados, transforma a velha tia aristocrática, religiosa e convencionalista, em criatura doce e compadecida. Com a sua bondade, domestica a alma brutal de um trabalhador grosseiro e sem fé, permitindo-lhe existência honrada e cristã. E, espalhando a felicidade em torno, faz, ao mesmo tempo, a sua própria felicidade, conquistando o coração de um homem forte e inteligente, que oferece, com o seu amor e a sua situação social, a cravação requerida por aquela preciosa pérola humana.

Esse filme, ao que se diz, despertou comentários interessantes na imprensa americana. Pondo em evidência o problema da felicidade feminina, ele responde à interrogação que se levanta de todo o mundo sobre os efeitos da educação nova, em relação ao amor. A missão da mulher não será, na verdade, a daquela rapariga simples, alegre e casta, que, sem discutir direitos políticos, espalha o bem e a alegria por onde passa? Serão mais venturosas do que ela as que se envenenam da literatura social, e abandonam a casa tranquila pela rua tumultuosa, em que se entrechocam todas as paixões cujo simples conhecimento é, já, uma profanação?

Refere Plutarco que, certa vez, perguntaram a uma lacedemônia que é que sabia fazer.

– Sei ser fiel! – respondeu ela.

E não será essa, ainda, ao lado de outras virtudes congêneres, a missão natural da mulher? Que nos respondam as mulheres de hoje, inquietas com o seu destino público, e a memória das mulheres de ontem tranquilas e santas na mansidão da sua vida e na doce quietude da sua casa.

Um sonho de pobre, 1935

AS MULHERES E A POLÍTICA

Um dos semanários da cidade publicou, há dias, uma página inteira de retratos femininos. Supondo tratar-se de algum novo concurso de beleza, protegi com as lentes que auxiliam na visão do mundo exterior o caco de olho que me resta, a fim de ver, qual era, das concorrentes, a mais bonita. Mesmo cego, Mílton preferiu a mulher formosa e irascível à mulher amável e feia – tanto é certo que a formosura feminina é mais uma volúpia do tato do que dos olhos... Atendendo, porém, melhor, para a página, verifiquei que os retratos eram as candidatas à Constituinte, as quais são tão numerosas que, se eleitas, formarão um bloco respeitabilíssimo, na Câmara que vai entrar pelo bico do pato e sair pelo bico do pinto.

Essa interessante galeria fotográfica, destinada talvez, a fazer sorrir os antifeministas, fez-me, todavia, mergulhar em cogitações inesperadas e profundas. As mulheres vão realizar, possivelmente como poder legislativo, serviços que os homens não puderam levar a efeito em quarenta anos de parlamento republicano. Elas vão agir com mais liberdade. Elas vão votar com mais consciência. Elas vão, em suma, se entrarem no conhecimento exato do seu dever e dos seus direitos, fornecer à História exemplos de coragem e desassombro que os homens não puderam dar ao país por motivos de ordem econômica perfeitamente explicáveis.

A mulher está, na verdade, entre nós, mais apta a ser independente em política do que o homem. O político brasileiro é sempre um chefe de família premido por enormes responsabilidades financeiras. Romper com o Governo, desgostar o Governo, divergir do Governo não representa para ele simplesmente o ostracismo, o afastamento das posições, a perda do prestígio pessoal: representa a fome na sua casa; representa a discórdia doméstica, a indignação das filhas sem luxo, dos filhos sem colégio, e da parentela numerosa que vive, quase sempre, à sua custa, no regime de patriarcado. A queda política de um homem tem uma repercussão profunda no seu lar, e constitui, por isso, uma catástrofe, que ele evita com todas as forças, sacrificando muitas vezes as melhores reservas do seu caráter. O congressista brasileiro vende, em suma, o seu voto ao Governo, não por si mesmo, mas para dar o pão e conforto à família sempre numerosa e, quase sempre, exigente.

A mulher vai entrar para o parlamento sem esses deveres e responsabilidades. Casada, o marido é o responsável pela manutenção do lar. O seu voto é livre, porque ela não tem necessidade de convertê-lo em pão para a despensa do casal. Solteira, as suas despesas são pequenas, quase insignificantes. É conhecida a história do marido a quem a mulher pedia, constantemente, dinheiro para custeio pessoal o que, um dia, estranhou:

– Mas, filha, que é que fazes com o que eu te dou? Tu não fumas, tu não jogas, tu não bebes, tu não gastas com mulheres... Em que é que se vai o teu dinheiro?

É verdade que, hoje, há muita senhora que fuma, e algumas que, dizem, não gastam com mulheres, mas gastam com homens; mas, ainda assim, neste caso, quando uma senhora dá dinheiro a um rapaz, o dinheiro não é dela, é do marido.

De qualquer modo, as responsabilidades econômicas da mulher são incomparavelmente inferiores às do homem. O que uma senhora elevada à Câmara ganhar, é dela própria.

Dela só. O marido continuará a sustentar a casa, a educar os meninos, a pagar as contas do fim de mês. Se a mulher se submeter a injunções políticas, não encontrará, para isso, a menor justificação.

Esperemos, pois, os acontecimentos. A mulher brasileira poderá, se quiser, salvar o Brasil. Todas as circunstâncias militam a seu favor. O eleitor não lhe pedirá dinheiro como pedia e continuará a pedir aos deputados masculinos. Exigir-lhe cem mil-réis para o banquete ao "leader" ou a um ministro será uma deselegância. De modo que, nas votações, não há razão nenhuma para que ela vote contra a sua consciência.

São justas, assim, as esperanças que alvorecem em alguns corações. As mulheres são os únicos brasileiros capazes de votar com independência. E eu me sinto contente ao ver que elas vão tomar à sua conta, em breve, os destinos da Pátria.

Os da Pátria, e o meu.

Contrastes, 1936

A SENTENÇA DO FARAÓ

Quando, há duas semanas, a Leopoldina Railway esteve em greve, um dos auxiliares de escritório, entrevistado, divulgou os motivos públicos e secretos do movimento. E entre esses motivos achava-se a situação, cada vez mais precária, dos empregados masculinos, ante a concorrência dos candidatos do outro sexo.

– A situação dos auxiliares de escritório em todas as grandes empresas que funcionam no Rio de Janeiro – dizia ele – está reclamando uma providência e, mesmo, uma reação. Como o empregado público, esses auxiliares depositam toda a sua esperança na promoção, que corresponde a um aumento de vencimentos. Com a concorrência feminina, porém, essa esperança começou a ser burlada. Antigamente, se falecia um empregado que ganhava oitocentos mil-réis, era nomeado para o lugar um dos seus companheiros, que ganhava seiscentos. Hoje, não. Ao morrer um empregado com aqueles vencimentos, em vez de fazer a promoção, as empresas admitem, para substituir o defunto, uma senhorita a quem pagam apenas quatrocentos mil-réis, preterindo, dessa maneira, um velho trabalhador da casa, que permanece no seu posto até a morte, quando será substituído por uma menina, que fará o seu serviço por trezentos mil-réis.

Essas palavras revelam, como se vê, um aspecto delicadíssimo dos nossos problemas sociais e econômicos. Trabalhador barato e de grande rendimento, a mulher vem sendo preferida, naturalmente, pelos empregadores. Mas essa preferência se resolve em prejuízo para a economia coletiva e contribui, de modo sensível, para o desequilíbrio social. Porque, na verdade, cada mulher que conquista um emprego numa casa de comércio ou numa repartição pretere um homem, que é, na maior parte das vezes, um chefe de família. Essa substituição, que vai gradualmente se verificando por toda parte, tem como resultado a crise dos empregos, porque, em geral, o homem trabalha para dar o pão a muitas bocas, enquanto que a mulher trabalha, quase sempre, unicamente para si própria, e ser esse, precisamente, o motivo por que ela pode submeter-se aos pequenos ordenados. Os grevistas da Leopoldina procuraram, parece, atenuar os efeitos desse regime, estabelecendo, no acordo com a companhia, uma base para as promoções. Mas essa providência constituirá apenas um paliativo. A transformação social operar-se-á da mesma forma e o carro de Jaggrenat continuará a rolar sobre o mundo, esmagando as formigas.

Aonde iremos, porém, nesse caminho, do qual já não poderemos voltar? O exame do presente dar-nos-á, sem custo, uma perspectiva do futuro. No círculo dos nossos conhecimentos, quantos lares passaram, já, das mãos do homem, transformado em títere, em personagem secundário, para as da mulher, promovida, pela sua eficiência econômica, a chefe de família? Não há muitos dias, um amigo, que me visitava, deu-me notícias de um conhecido nosso, antigo gerente de uma casa de comércio, que perdeu o seu lugar.

– Nunca mais – dizia-me o informante –, conseguiu ele outro emprego. Publicou anúncios, ofereceu-se como datilógrafo, e nada obteve. Hoje, quem sustenta a casa é a mulher, fazendo chapéus e vestidos. Ele, a sua função, consiste em ir à cidade comprar botões, fitas e miudezas, e em entregar pequenas encomendas. Ela lhe dá dinheiro para o bonde, para os cigarros, para o café. E ele está satisfeito!...

142

Outro amigo dizia-me, de outro conhecido:

– Quando a Revolução rebentou, ele perdeu o seu lugar, que lhe rendia três contos por mês. Procurou emprego para si, para a senhora e para as duas filhas. Conseguiu colocação para as três. Para ele, nada! Conformou-se. Agora, as mulheres saem, e ele fica em casa. Varre os aposentos, arranja as camas, lava a louça do café. É ele a dona da casa!

Não há muito tempo, em visita que me fez, dizia-me uma senhora:

– Meu marido ganhava mais de quatro contos de réis antes da crise no comércio. Administrava uma grande companhia estrangeira. Foi despedido porque a companhia mandou para o Brasil um novo gerente. Ficamos sem recursos. Para podermos viver montei uma pensão familiar. E o senhor não imagina a tristeza com que eu vejo meu marido, aquele homem tão enérgico, tão altivo, e tão digno de uma sorte melhor, espanando os móveis e contando a roupa que vem da lavadeira!... Que quer, porém, o senhor? Um chefe de família não pode ganhar o que ganha uma datilógrafa. E, daí, os escritórios preferirem hoje as mulheres aos homens...

Conta-se de um faraó, príncipe rigorosíssimo no exercício da justiça, que, tendo os seus exércitos perdido uma batalha cuja vitória ele supunha assegurada, determinou que, em todo o Egito, e por largo tempo, os homens passassem a vestir-se como as mulheres e a substituí-las nos mais humilhantes misteres caseiros. Heródoto refere-se a essa degradação e fornece, a respeito, informações pitorescas sobre a extensão que, na prática, tomou a determinação real. Os homens perderam, ao que parece, perante Deus, uma grande batalha, nos dias largos desta Civilização que agoniza.

E Deus lavrou, agora, contra eles, a sentença do Faraó.

Últimas crônicas, 1936

AS SOMBRAS DOS PÁRIAS

"EU NÃO NASCI PARA AMIGO DOS FELIZES, MAS PARA CONFIDENTE DOS DESGRAÇADOS."

("CARMEN CINIRA",
SOMBRAS QUE SOFREM)

ADUBOS PARA OS MELÕES

*P*elo sr. Lebrun, presidente da República Francesa, foi inaugurado, anteontem, em Verdun, um ossuário, em memória dos 400.000 soldados nacionais que pereceram na defesa daquela praça-forte. "Nunca, em época nenhuma, em nenhum país – disse ele no seu discurso – a terra bebeu tanto sangue." E acentuou, num grito impetuoso do coração: "Este monumento é um testemunho de uma grande loucura dos homens!".

O sangue assim derramado não é, talvez, inútil. "Seiscentos mil seres de dois pés se exterminam na Ciméria; que poder infernal pode impelir essas criaturas racionais?" – pergunta Fagus. E ele próprio dá a única resposta que lhe acode ao espírito investigador: "Apenas a harmonia universal: essa terra deve estar com falta de fosfatos!". E não será isso verdade? A ideia da guerra não será, na realidade, a consequência de um fenômeno químico, no qual os homens, com todo o seu orgulho, figuram automaticamente como um punhado de matéria-prima, utilizado por Deus, pseudônimo sintético da Natureza? Refere Maurício Barres, nos seus *Cahiers*, que, de regresso da América do Sul, Fournier lhe contava que, nos países novos, os alimentos não têm, ao paladar humano, o mesmo gosto dos congêneres europeus; nem os ovos, nem o leite, nem as frutas. E Barres observa, em nota íntima: "Não será que o gosto das coisas vem da poeira dos cadáveres, da decomposição dos nossos mortos?".

Na hora atual, em que ressoam pelo planeta, ao mesmo tempo, as palavras de paz proferidas em Genebra e as reflexões sobre a necessidade das guerras, lançadas em Roma por Mussolini, a sabedoria deve estar, desgraçadamente, com este último. "A guerra é qualquer coisa de irresistível, e que parece obedecer a não sei que diabólico determinismo" – gemia, há oito ou dez anos, Thomas Hardy, contemplando o panorama do mundo, saído de uma guerra devastadora e preparando-se para outra.

E insistia: "Quando os homens estão em guerra, não intervêm nesse fato a sua razão nem a sua inteligência". E isso quer dizer, simplesmente, que a guerra, qualquer que ela seja, restabelece o domínio dos instintos sobre a inteligência e a razão, isto é, constitui uma volta repentina e inevitável à tirania da Natureza, da qual se havia o homem libertado nos tempos de reflexão e de paz. A guerra corresponde, em suma, a um eclipse da razão. Debalde se procurará em boa consciência um responsável pela sua deflagração ou pela sua duração. Quando a terra precisa de fosfatos, para dar melhor seiva às suas plantas ou mais apurado gosto aos seus frutos, impele o adubo, e este, formando batalhões, vai cair onde ela quer.

É preciso, pois, olhar com filosofia o ritmo a que obedecem as sociedades humanas. O homem nada dirige na terra. O seu domínio na Natureza é mera presunção. A palha, que o vento leva, não tem, certamente, a veleidade de imprimir direção ao vento que a carrega. O homem, palha na ventania, alimenta essa ilusão: é ele que dá o rumo à tempestade que o arrebata. Que é a guerra? Destruição; negação da vida. Ao homem ficaria bem reconhecer, e proclamar, que a guerra não depende dele, que há uma força sobrenatural que o arrasta para essa catástrofe. Ele é, porém, orgulhoso demais para confessar-se um autômato. E prefere considerar-se mau, perverso, criminoso, a confessar a sua fraqueza, a sua impotência, a inutilidade do seu esforço diante dos acontecimentos.

Admitido, assim, o determinismo da guerra, a impossibilidade de proscrevê-la dos destinos humanos, restaria, talvez, o consolo de não se fazer dela um instrumento da vida. Que os homens se matassem, se destruíssem, mas, terminada a crise, não falassem mais dela. O estado de guerra devia ser considerado, mesmo, um ataque epilético da Humanidade, ou, menos patologicamente, uma função normal, embora vergonhosa, dos povos. Cada indivíduo realiza, infalivelmente, todos os dias, atos fisiológicos irrecusáveis, mas dos quais não fala a ninguém. Assim deviam fazer as nações, em relação às guerras. Os homens continuariam a matar-se, por ser isso uma fatalidade; mas não deviam fazer da guerra uma arte, nem um enfeite do seu destino social. Nada de generais; nada de heróis; nada de exércitos; nada de indústrias militares; nada de institutos permanentes de morte e devastação. Cessada a guerra, saciada a terra de sangue, lançar-se-ia sobre esta uma camada de cal, e sobre os sucessos que constituíam a crise sangrenta um véu de silêncio e de esquecimento. Maldito seria aquele que, depois de acordado, se recordasse do sonho mau!

Razão tem, pois, Mussolini. A guerra é, para a terra, uma necessidade e para o homem, consequentemente, uma fatalidade. O que se poderia fazer, para consolo dos que se batem, seria, talvez, premiar, diretamente, cada vítima, de acordo com o risco individual por ela afrontado. Conta Kropotkine nas suas memórias de infância que seu pai carregava ao peito, com acentuado orgulho, a Cruz de Santo André, que lhe fora concedida por ato de bravura. Os filhos pediam-lhe, às vezes, que lhes narrasse o feito, do qual lhe resultara aquela distinção militar. E ele contava, sem constrangimento. Achava-se o seu regimento aquartelado em uma aldeia turca, ocupada pacificamente pelos russos, quando rebentou um incêndio. As chamas subiam, como línguas doidas de um dragão enorme, envolvendo as casas do quarteirão. Na rua, uma pobre mãe em desespero gritava, arrancando os cabelos, que salvassem o seu filho pequenito, esquecido em uma das casas alcançadas pelo fogo. Frol, sua ordenança, olvidando o perigo, lançou-se contra a cortina de chamas, atravessou-a, e, momentos depois, voltava com a criança nos braços.

— Foi, então, Frol que salvou a criança? — indagava o pequeno Kropotkine.

— Foi Frol, sim.

— E como é que foi o senhor quem ganhou a Cruz de Santo André?

E o antigo oficial:

— Por que não? Frol, então, não era minha ordenança?

É essa a psicologia da guerra. Quatrocentos mil soldados franceses dormem na terra de Verdun, empapada de sangue. Comendas brilharam nos peitos dos generais.

Estátuas foram e serão ainda levantadas aos marechais que comandavam. Ao soldado que investia ficou, apenas, este consolo: as cerejas da região serão mais vermelhas, as uvas mais doces, as peras mais tenras e os melões, enramando-se na terra coberta de cruzes, mais suculentos, maiores e mais saborosos...

Os párias, 1933

CITERA

A Polícia do Distrito Federal pregou, uma destas noites, uma peça a Cupido. Enquanto o deus-menino andava, em companhia de Mercúrio, a passear pelas vizinhanças do Mangue, um delegado e alguns investigadores realizaram uma expedição às avenidas Gomes Freire e Mem de Sá, prendendo 150 filhas de Vênus. E o que os jornais noticiam é que se vai, agora, regulamentar o comércio do amor, localizando-o em determinadas ruas, de modo que ele não ofenda, com os escândalos que o caracterizam, os olhos da gente honesta.

Lendo essas informações da imprensa, vem naturalmente, à lembrança, o famoso quadro de Jeaurat, em que o artista representa o transporte de raparigas alegres para as prisões e hospitais de Paris, no tempo de Luís XV. Custodiada por gendarmes, a carroça atravessa as ruas da cidade, puxada por dois cavalos e repleta de mulheres de todas as idades e aspectos, as quais se debruçam sobre a grade que as cerca, sorrindo para a multidão. Do meio do povo, matronas indignadas gesticulam, o braço estendido, indicando aos agentes do Rei novas casas de pecadoras, ajudando-os a purificar a metrópole. E Paris, brejeira, sorri, vendo passar a carroça do Pecado.

O Rio de Janeiro não viu, nem podia ver, espetáculo idêntico. Discreta e prudente, a polícia fez a correição durante a noite. Mas as autoridades refletiram. Prender prostitutas não é acabar com a prostituição. E logo veio a informação complementar e necessária de que o meretrício vai obedecer a uma regulamentação, e de que o amor, que nunca obedeceu a leis, vai, em breve, ser obrigado a viver dentro dela.

Eu não sei, na verdade, de problema que reclame, para ser examinado, mais largo estudo nem maior ponderação. Se a política, no Brasil, é um caso de polícia, que se resolve com "Pedro I", a prostituição é um fenômeno social, que não se resolve nem com a marquesa de Santos. Em fins de 1928, Albert Londres, cuja morte num naufrágio encerrou há pouco uma existência intensíssima de jornalista moderno, realizou, como se sabe, a sua viagem à Argentina. E publicou, com os elementos colhidos nessa excursão, um volume bizarro e imprevisto que intitulou *Le Chemin de Buenos Aires* [O caminho de Buenos Aires], livro que teve, em 1929, a maior divulgação no Brasil e sobre o qual eu próprio escrevi um artigo. Obra de observação e de ironia, é essa, também, um trabalho profundamente humano. Nela procura o autor mostrar ao público que as mulheres que se entregam ao comércio do próprio corpo, na América ou na Europa, são mais dignas de piedade e de respeito do que de condenação e de repulsa. De cem criaturas que consomem a mocidade alugando os seus encantos, oitenta são desgraçadas, e vinte viciadas: "quatrevingts pour cent de malheureuses, vingt pour cent de vicieuses: voilà mês chiffres", – conclui ele. E como compensação alegre, para suavizar a tristeza do assunto, sugere que se levante em Buenos Aires, em frente ao porto, uma estátua à "cocotte" francesa, a qual devera ter no pedestal esta legenda:

A la Franchucha – le Peuple Argentin Reconnaissant.[*]

---

[*] "À Franchucha (prostituta francesa) – o Reconhecimento do Povo Argentino."

O que mais interessa nesse livro é, entretanto, o modo por que o autor demonstra a responsabilidade da gente honesta, da sociedade que se acostumou a condenar sem julgar, no progresso desse carcinoma da civilização contemporânea. Para positivar essa culpa, conta Albert Londres o caso de pobres raparigas de nobres sentimentos, desempregadas durante semanas ou meses, responsáveis pela vida de uma velha mãe e de um irmão doente, e que, num dia de fome, se entregam a um transeunte a fim de conseguir, para eles, um pedaço de pão de que elas próprias têm repugnância. Descrevendo pequenos dramas dessa ordem, apanhados no depoimento de centenas de vítimas, aponta o escritor francês à execração humana o farisaísmo das senhoras puritanas dos dois continentes, as quais, depois de despedirem arrogantemente da porta uma desventurada criatura que lhes pede emprego, se mostram horrorizadas e indignadas quando sabem que elas capitularam diante da fome e da miséria.

Há, aliás, sobre esta matéria, toda uma literatura a ser consultada. É notável, por exemplo, no gênero, para estudá-la sob um aspecto simpático e humano, o célebre romance russo de Alexandre Kuprine, *Iama*, de que há uma excelente tradução francesa, sob o título *La fosse aux filles*. A vida dos alcouces está, ali, inteira, pedindo um pouco de piedade para as infelizes que neles apodrecem, e que foram conduzidas para ali, e são ali mantidas, pela hipocrisia da gente honrada que vive aqui fora... Menos piedoso não é, talvez, também, sob o seu aspecto humorístico, o regulamento daquela *Societé Joyeuse*, projetada em Paris no século XVIII, e em que o autor anônimo ideava a industrialização do meretrício, colocando-o sob o patrocínio do Estado, assegurando à mulher pública uma velhice tranquila, mediante aposentadoria remunerada. Composto de 35 artigos, esse regulamento é um modelo de malícia e sabedoria.

Que é, porém, uma prostituta? De onde vem ela? Um caso ocorrido no Rio de Janeiro, há poucos dias, modificará, talvez, algumas opiniões extremadas. Uma formosa moça de dezoito a vinte anos, apaixonada por um homem que conheceu no Rio Grande do Sul, veio, como Des Grieux atrás de Manon, à procura dele na vastidão deste deserto cheio de gente, que é a capital da República. Desembarcando aqui, procurou emprego por toda parte. Como era bonita e jovem, aceitou um, num "dancing". Despedida, por se não querer submeter às exigências dos frequentadores do estabelecimento, ficou nas ruas da cidade, sem pouso e sem destino. À sua educação e ao seu temperamento repugnavam a vida desonesta que lhe propunham. Afinal, arrastada pela fome, encaminha-se para o bairro do baixo meretrício, disposta a capitular. Mal, porém, penetra no aposento vil que lhe fora designado, sente, como a "garçonne" de Victor Margueritte, horror de si mesma. E, na sua revolta, no seu nojo, à semelhança daquelas virgens cristãs que se matavam para não ceder à concupiscência dos soldados de César, pega de uma caixa de tóxico que encontra no alcouce, e o ingere para morrer.

Chamada a Assistência, é conduzida para o Pronto-Socorro. Horas depois, acha-se fora de perigo. Submetida a interrogatório, conta sua desventura, o seu infortúnio, a tristeza do seu destino, a que procurava fugir pela porta escura da morte. E que faz a autoridade? Que fazem os médicos? Que fazem os homens, representantes da lei e da bondade humana, que lhe ouvem a crônica desditosa? Salva do perigo, mandam-na embora... Mas, para onde? Que significa semelhante restituição à rua? Isto apenas:

– Vá, deixe-se de escrúpulos e não se envenene mais. Você é bonita e moça. Ganhe o seu pão de qualquer maneira, mas não se mate, porque o Estado tem um serviço público destinado a impedir que uma rapariga se suicide, mas não tem nenhum para evitar que ela se prostitua.

Ora, essas milhares de senhoras que fazem cara de anjo quando se fala em "mulheres do mundo", que maldizem as "cínicas" que vivem à custa dos maridos, dos pais, e dos irmãos delas, os quais as vão procurar nos lugares de prazer e de pecado – essas senhoras, que deviam fazer? Isto, simplesmente: organizar associações generosas, instituições de beneficência social, visando amparar as moças que, como essa, se veem na contingência de trocar a honra, o pudor, a maior fortuna que a natureza lhes deu por um miserável pedaço de pão.

Estude-se, pois, o problema com inteligência e cautela. A campanha contra a prostituição deve assemelhar-se à que se faz contra a febre amarela. Deve ser, não só repressiva, mas, sobretudo, preventiva. Não basta retirar o doente. É preciso, principalmente, sanear o pântano de onde sai o mosquito...

Os párias, 1933

OS CÃES DE MEIA-NOITE

*E*u sempre me bati, resoluto e enérgico, por uma perseguição contínua, metódica, e rigorosa, ao cão de rua, vagabundo noturno, cuja espécie infesta a cidade depois que os homens se recolhem, e aparecem à porta, para lhes revelar o conforto ou a miséria da vida, as latas de lixo. A lata de lixo é, na verdade, o resumo da vida diurna de cada família. É ela quem diz, nas espinhas de peixe e nas cascas de ovos, os pratos que houve à mesa. É ela quem informa se, lá dentro, na sala de jantar, se toma vinho ou cerveja, água mineral ou água da torneira. É ela quem denuncia com os pedaços de jornal, as tendências políticas ou sociais do dono da casa, e, com as caixas vazias, os remédios que tomam, e, consequentemente, a saúde dos moradores do prédio. Cada lata de lixo é, em suma, a crônica doméstica de uma família, deixada à noite à porta da rua. E os cães notícvagos remexem essas latas. Estão, por isso, ao corrente da vida humana, em todas as suas particularidades, decorrendo, daí, a necessidade de persegui-los, de exterminá-los, de levá-los, a todos, ao matadouro canino que a Prefeitura prudentemente mantém em São Cristóvão.

Uma dessas noites, à hora em que a cidade ressona, eu desci para o largo do Machado e sentei-me em um dos bancos de pedra, e sem encosto, ali colocados para afugentar os que desejam um pouco de repouso para os membros fatigados. As palmeiras estavam quietas, e sonhavam, lá em cima, com a cantiga dos últimos bem-te-vis e com a claridade das primeiras estrelas. A torre da igreja, muito esguia, deixava adivinhar, no alto, a sombra do seu sino, que era, mudo e quieto àquela hora, como um pensamento parado. No centro da praça, no seu cavalo de pedra, velava, com os seus olhos de pedra a estátua do Duque de Caxias.

Foi nesse momento que, em trote miúdo, penetrou no jardim da praça um cachorrinho brasileiro, magro e pelado, habitante dos morros, remexedor de latas de lixo e, por isso, ao corrente da vida de todo mundo. Cheirou diversos postes, empurrou-os com a perna traseira para ver se estavam seguros, como se fosse inspetor dos serviços da Light, e, parando junto ao banco em que eu me sentara, cuja estabilidade igualmente examinou, perguntou-me como quem saiu de casa atrás de conversa:

— Está contemplando o general ou o cavalo?

Voltei-me, e aceitei o desafio para o diálogo. Para quem vive só, até palestra de cachorro serve.

— Nem a um nem a outro — respondi-lhe.

O cachorro gostou da resposta, mais vazia que uma lata de casa de funcionário público no dia 29 do mês, e, apoiando o traseiro no chão, sentou-se, como quem quer continuar.

— Pois, olhe, esse cavalo merece um poema.

— É um bravo?

— Não, senhor. É simplesmente "burro". Acompanha, aliás, a tradição de todo cavalo de guerra.

Mostrei, com o meu silêncio, não ter compreendido nada. E o meu interlocutor, depois de haver mordido nervosamente a cauda, perseguido por uma pulga ou um mosquito:

— O cavalo de guerra é o animal mais idiota de toda a Criação. Aí está, por exemplo, esse. Entrou, dizem, em diversos combates. Expôs-se às balas, às espadas, à artilharia. O dono foi marquês, e duque, e ministro. E ele? Que lucrou ele com isso? Nem, sequer, lhe guardaram o nome! É o "ca-

157

valo do Caxias", nada mais. É apenas o que seria, se em vez de puxar um exército, tivesse puxado uma carroça: é o "cavalo" simplesmente.

Observei-lhe que os animais, geralmente, ilustram a espécie, e não ao indivíduo. Mas o cão retrucou, logo, animado: – Não, senhor! Não, senhor! O cavalo que se mete em política tem um nome. Um nome seu, individual. O que serve na guerra, não. Quer um exemplo? Como é o nome do cavalo de Napoleão? O senhor não sabe. Nem eu. Esse pobre animal arriscou o couro centenas de vezes. E não é, na História, senão o "cavalo branco de Napoleão". Entretanto, o mundo inteiro sabe o nome do cavalo de Calígula. Sabe que se chamava "Incitatus". Por quê? Porque, em vez de ser cavalo de guerra, foi ser senador. Em lugar de ir fazer as campanhas da Germânia ou da Armênia, foi ser político em Roma. Viu o senhor? O próprio amor, na sua expressão mais ridícula, empresta nome a um cavalo. Como se chamava o cavalo de Carlos XII? O senhor não sabe. Nem eu. Mas conhecemos o nome do de D. Quixote! "Rocinante" é um nome. Pertence à História. De onde se conclui que a Política e o Ridículo são caminhos mais fáceis para a Glória do que a morte na Guerra.

Levantei-me. Aquele camarada estava se tornando inconveniente. Dei-lhe boa-noite. E, dois minutos depois, era ele corrido a pedra pelo guarda-civil.

É preciso acabar, evidentemente, com os cachorros da rua. Com essa história de meter o focinho nas latas em que há pedaços de jornais e folhas de livros, eles estão sabendo coisas demais.

Sombras que sofrem, 1934

DE QUEM É O DEFUNTO?

Quadro nenhum me impressionou, jamais, tão profundamente, como um que vi na minha infância, suspenso à cabeceira de uma cama, na casa de um parente, em Parnaíba. Era uma oleogravura sinistra, em cores severas, povoada de figuras arrepiantes. Representava "A morte do justo", de acordo com a concepção católica. Sobre um leito desarrumado, expira um homem idoso, de semblante patriarcal. Em torno, as mãos nos olhos, ou na aflição dos últimos apelos ao céu, agrupa-se a família, que ele vai deixar. Na fisionomia do moribundo estampam-se o sofrimento e a saudade. Não é, porém, nesse plano do quadro que se desenrola a cena impressionante. Esta se desdobra mais acima, sem que olhos humanos a vejam. É uma batalha entre seres sobrenaturais. Armados de tridentes e lanças, as hostes de Lúcifer investem para apossar-se da alma do justo, que se vai desprender do seu envoltório terreno. Demônios rabudos, de cornos pequenos emergindo da testa estreita, agitam as suas asas de morcego, esperando a presa cobiçada. Antes, porém, de pousarem sobre o leito mortuário, são detidos por uma patrulha de arcanjos aguerridos, armados de espadas luminosas, os quais os levam de roldão, e às cutiladas, até as extremidades do aposento. Quadro fúnebre e apavorante, em suma. Quadro para atemorizar os simples, dando-lhes, em vida, uma ideia espantosa do momento da morte.

E foi esse quadro que me veio, ontem, à lembrança, ao ler a notícia, que os vespertinos estamparam, de um conflito de jurisdição comercial travado à porta do necrotério, em torno de um cadáver que a ciência oficial acabava de retalhar. Falecido nos subúrbios, vítima de um desastre, um moço ali residente, foi o corpo trazido para a cidade, a fim de sofrer a autópsia determinada por lei. Morando na zona suburbana, a família resolveu sepultar o rapaz no cemitério local, em Ricardo de Albuquerque. Para isso, contratou os serviços de uma empresa funerária, que ali funciona. E a empresa, com o seu carro fúnebre, entrou na cidade para receber o defunto.

Há, porém, uma lei, que concede à Santa Casa de Misericórdia o privilégio do serviço funerário em toda a zona urbana, e, na suburbana, até o Engenho Novo. Óbito que se dê na cidade, e nos subúrbios dentro daquele limite, o defunto é dela. E o rapaz que se ia enterrar havia penetrado depois de morto nos seus domínios.

Denunciada à Santa Casa a presença de um carro de empresa funerária particular no coração da capital, providenciou esta, imediatamente, para sua detenção, em frente mesmo do necrotério, onde devia receber o corpo.

– Mas, o defunto não é da Santa Casa! – protesta o comerciante suburbano. – O moço morreu no subúrbio, para além do Engenho Novo. Eu posso, pois, fazer-lhe o enterro.

– Não pode, não senhor – argumenta o agente da Santa Casa. – Ele morreu lá, mas veio para a cidade. Logo, o enterro só pode ser feito por nós.

– Mesmo que o homem já tenha vindo morto?

– Mesmo que já tenha vindo morto. Entrou na cidade, o freguês é nosso.

Vêm as autoridades. Consultam as leis, os regulamentos, os contratos. E fica esclarecida a situação, com esta sentença:

– Quando o freguês morrer no subúrbio, acima do Engenho Novo, e tiver de ser autopsiado na cidade, se os parentes quiserem sepultá-lo no bairro em que se deu o óbito, proceder-se-á do seguinte modo: o defunto será levado pela Santa Casa até o Engenho Novo, onde o receberá a empresa funerária suburbana escolhida pela família.

A situação de um morto é, como se está vendo, hoje em dia, no Distrito Federal, das mais complexas e delicadas. Quem quiser ter descanso na morte, deve escolher o lugar do óbito: ou morre no subúrbio, de modo a não deixar suspeitas à polícia, e fica sepultado nos pacíficos cemitérios locais, ou morre na cidade, e sepulta-se em S. Francisco Xavier, em S. João Batista, ou no Catumbi. É o único meio de evitar os incômodos da baldeação.

"A morte do justo" acaba, na verdade, de tomar feição concreta, visível, material. Quando o sujeito morre, já não há, mais, apenas, uma batalha, em torno dos seus despojos; há duas: batem-se no espaço os arcanjos e os demônios pela posse da sua alma, e batem-se, na terra, os homens, pela posse do cadáver.

Calino, se soubesse do caso, havia de exclamar, num protesto: – Isso lá é vida?...

Sombras que sofrem, 1934

CARTA AO DR. JUIZ DE MENORES

*R*epresentante do meu Estado, com dois notáveis homens de ciência, ao Congresso de Assistência à Infância, encerrado há poucos dias, nenhuma atuação exerci, ilustre senhor doutor, nesse concílio de especialistas e de espíritos abnegados. Não foi que eu temesse a confirmação do provérbio malicioso, o qual nos avisa que tem de mudar de roupa todo aquele que se mete com gente miúda. Mas porque eu considero a criança brinquedo delicado demais para a rusticidade inábil das minhas mãos. Até os seis anos de idade os filhos do homem devem ser distração de mãe e de avó.

É chegado o momento, porém, senhor doutor, de estudar a criança, como fator ou defeito de ornamentação. E é para examiná-la sob esse aspecto que venho pedir o auxílio da sua experiência e, sobretudo, de sua autoridade. É pelos mapas antigos que se fazem as mais seguras viagens modernas. E o que eu lhe quero dizer, e lembrar, é o que faziam os soberanos de outrora quando recebiam a visita oficial, e suntuosa, de outros príncipes. Em Roma, quando ali chegava um rei, mesmo africano, fosse ele Juba ou Jugurta, era tradição estender à plebe a alegria dos patrícios, isto é, da classe aristocrática. Havia distribuição de trigo, às vezes de dinheiro e, não raro, de vinho. E os imperadores se sentiam garantidos. E a plebe se sentia feliz.

Sabe o senhor doutor, pelas notícias dos jornais e pelos galhardetes que enchem os caminhões da Municipalidade, que se acha de viagem para o Rio de Janeiro o Presidente da nação mais rica, e melhor organizada, da América Meridional. Quem não ignora, como o senhor doutor e eu, que o país de que é chefe esse eminente viajante possui apenas doze milhões de almas, e exportou em 1932 produtos num total de 830 milhões de dólares, quando o nosso, com quarenta milhões de habitantes, exportou, no mesmo ano, unicamente 180 milhões de dólares, isto é, quase a quinta parte, compreende, sem dúvida, o respeito de que deve ser cercado o hóspede que vai chegar. E é nessa parte que temos de entrar, o senhor doutor e eu, com a nossa colaboração.

A minha primeira ideia consistiu em nos ocuparmos, os dois, em esconder, durante a permanência do general Agustin Justo nesta capital, as dezenas de crianças esfarrapadas, degradante documento da nossa inferioridade física, e, principalmente, da nossa inferioridade moral, que se exibem, de manhã à noite, nas ruas principais da cidade, e, sobretudo, no largo da Carioca. Aos meus olhos, senhor doutor, e aos de qualquer homem de cultura mediana como eu, de nada valem os palanques e as bandeirolas quando um povo, que se diz rico e civilizado, apresenta espetáculos confrangedores como aquele que ali se contempla. E aqui lhe venho dizer, senhor doutor, com o coração nas mãos, que nada fiz no Congresso de Assistência à Infância, nem tomei parte num só debate, porque acho que falta autoridade a uma cidade como esta para legislar sobre as crianças do Amazonas, do Maranhão e de Mato Grosso, quando permite a mais ignóbil exploração com os pequenitos na sua praça mais central, que deve ser considerada o coração do próprio coração do Brasil. Ali estão, aos olhos do viajante estrangeiro, repuxando a calça aos homens e amarrotando o vestido às senhoras, dezenas de mãozinhas sujas, quase esqueléticas, pedindo, pelo amor de Deus, um pedaço de pão! Ali correm, acima e abaixo, molequinhos que parecem macacos abandonados, a choramingar um níquel aos transeuntes, mostrando os molambos da roupa, as feridas das pernas, a carência orgânica, patente a todos os olhos! Ali estão, em suma, sentadas nos portais, raparigas quase meninas, tendo nos braços murchos, recém-nascidos que parecem fetos, o corpo queimado pela febre, o rosto incendiado pela vergonha! São os frutos da prostituição, que a miséria recolhe. São os dejetos da cidade faminta.

Conta-se, senhor doutor, que, certa vez, tendo de receber em Pequim a visita de um rei de Sião, ordenou um imperador da China que se tomassem todas as providências para que o hóspede real não tivesse má impressão da sua cidade querida. Urgia, principalmente, limpá-la dos mendigos e dos leprosos, que a afeiavam com a exibição da sua miséria e das suas chagas. E as providências foram tomadas. Em quatro dias, cavaram-se nas vizinhanças da capital algumas dezenas de poços de grande profundidade, nos quais foram lançados, vivos, cerca de oito mil leprosos e mais de vinte mil indigentes de toda espécie, sobre os quais os soldados lançaram pez em ebulição, tapando-se depois, essas covas, em que ficou dormindo a vergonba pública da cidade imperial. É essa a sugestão que lhe venho trazer, senhor doutor Juiz de Menores, para que a tome em consideração, na dupla qualidade de brasileiro culto, e de magistrado que tem a seu cargo a vigilância dos seus pequeninos patrícios desamparados. Não estivessem eles tão magros, e eu lembraria a ideia de Swift, propondo que fossem mortos, e vendida a sua carne à população, empregando-se o produto na compra de bombons destinados aos meninos ricos, na próxima noite de Natal. Basta, porém, o seguinte: que se mande abrir, mesmo no largo da Carioca, uma grande fossa, na qual sejam lançadas todas as crianças que pedem esmola no centro urbano, entre o Cais Pharoux e a praça Tiradentes. Sobre a fossa, erguer-se-á, então, senhor doutor, para ser inaugurado pelo general Justo, um monumento à Caridade, em cujo pedestal será gravado este dístico:

"AOS HOMENS PÚBLICOS DO BRASIL, A INFÂNCIA AGRADECIDA".

Sombras que sofrem, 1934

O DESTINO DA RAÇA NEGRA NO BRASIL

1

*E*ntre as nossas superstições nacionais, está, no Brasil, a suposta igualdade das raças. Perante a lei escrita não há, entre nós, diferença entre o branco, o preto, o caboclo e o mulato. Não faz parte dos nossos costumes o linchamento do homem de cor. Enquanto na América do Norte a emancipação foi feita à custa de muitas vidas, o mesmo acontecimento se realizou, aqui, debaixo de muita festa. Pertence à História, hoje, e é referida pelo sr. Tobias Monteiro no seu livro *Pesquisas e depoimentos* a frase do ministro norte-americano a propósito do modo por que se iniciou, aqui, a libertação integral da raça negra. Votava-se no Senado a lei do Ventre Livre, a 28 de setembro de 1878. Nas tribunas repletas apareciam as figuras mais expressivas do mundo diplomático, e, entre estas, o ministro dos Estados Unidos. A discussão do projeto desenrola-se brilhante e vigorosa, sob a presidência de Abaeté. E quando, pela votação, se verifica a vitória de Rio Branco, o povo, que enche as galerias, rompe em ruidosa manifestação ao estadista benemérito, lançando-lhe sobre a cabeça braçadas de flores. Terminada a sessão, o ministro norte-americano desce ao recinto para cumprimentar o presidente do Conselho e os senadores que se haviam batido pela ideia generosa. E, colhendo com as próprias mãos algumas rosas, das que o povo atirara a Rio Branco, declara:

– Vou mandar estas flores para o meu país, a fim de mostrar como aqui se fez deste modo, uma lei que nos custou tanto sangue!

O sangue é, todavia, ao que parece, a melhor das ligas na construção dos edifícios sociais. Onde ele não entra, é precária a segurança da conquista realizada. E é daí que decorre, provavelmente, a prosperidade do negro americano após a emancipação tormentosa, e a situação miserável e ingrata do negro brasileiro, após as chuvas de flores de 1878 e 1888. O negro americano é, sem dúvida, hostilizado, combatido, perseguido, e vive afastado, ali, da comunhão social organizada do branco. O negro brasileiro tem, pelo contrário, desde que se torne notável, abertas as portas das escolas superiores, da política, da sociedade. Não há, aqui, nem perseguições clamorosas, nem linchamentos selvagens. Mas o filho do antigo escravo brasileiro, com todas essas vantagens, será mais feliz, acaso, do que o descendente do escravo americano?

É essa interrogação que se nos desenha de repente no espírito, ao ler a novela *Deserto verde*, com que o sr. Henrique Pongetti abre o volume a que deu esse título, e que é o quarto volume da sua bibliografia, fora do teatro ligeiro. Escritor à maneira de Pitigrili, amando o paradoxo, o sr. Henrique Pongetti descobre, não raro, nos problemas aparentemente resolvidos, aspectos novos demandando exame e solução. E é assim que, nessa nova obra amável e curiosa, aborda, de modo jovial, a situação do negro brasileiro, descobrindo, nela, dramas e tragédias que escaparam, até hoje, a sociólogos e romancistas.

Ananias Fragoso é o nome de um médico negro que o sr. Henrique Pongetti faz entrar na sua novela, para levantar o véu que escondia um fenômeno social, e desaparecer em seguida. Inteligente e culto, com a acuidade e a sensibilidade da sua raça, ele traz no espírito e nos nervos a consciência da sua condição.

– "Vocês, brancos brasileiros" – diz ele, um dia, a Perí Orlandi, figura central da novela – "vocês, brancos brasileiros, devem à nossa passividade uma fama de tolerância que os brancos americanos teriam também, se os negros da América do Norte vivessem como nós vivemos. As senzalas desapareceram, mas existem as vossas casas onde entramos como criados, continuando o nosso destino servil. A liberdade não nos ensinou que poderíamos ser patrões, concorrendo convosco em todos os ramos da atividade humana. A carta de alforria satisfez-nos porque nos livrava do relho do feitor e nos permitia escolher um amo. A tragédia do negro brasileiro começa quando ele – como eu – adquire o direito de frequentar os lugares onde os de minha raça apenas abrem portas, recebem chapéus e aceitam gorjetas."

Perí Orlandi procura refutar essas afirmações, mas Ananias insiste, com a mesma argumentação dolorosa:

– "Sou médico e negro, meu caro... Sinto cada dia mais intensa a realidade, vivendo entre uma família que me é estranha e se vexa da sua humildade diante de mim... O negro americano isolou-se e criou uma aristocracia negra, dentro da qual os homens de espírito podem viver sem sentir as muralhas que bloqueiam a raça. No Brasil, se eu quisesse casar-me com uma mulher da minha cor, deveria frequentar as sociedades dançantes onde as cozinheiras e as copeiras se desancam em maxixes depois de cada dia de escravidão... Oh! a nossa passividade merece toda a vossa gratidão! Graças a ela, o Brasil não teve necessidade de aparecer aos olhos do mundo como adepto da Lei de Linch, e pode enfeitar-se com o penacho vistoso de uma cômoda democracia..."

Esse Ananias Fragoso definiu, evidentemente, a situação humilhante do negro brasileiro. A emancipação encontrou o preto em condições morais e sociais tão baixas e degradantes, que, quarenta e cinco anos depois, ele ainda se não pode organizar eficientemente para a luta. O indivíduo de cor, entre nós, tem que ser, para ganhar o seu pão, estivador, pedreiro, vendedor de jornais, operário de ofícios modestos e obscuros, e, quando muito, carteiro do Correio ou servente de repartição. As mulheres são lavadeiras, cozinheiras, copeiras, arrumadeiras. Nesse estado, têm eles organizada mais ou menos a sua vida social, formando aglomerações sem higiene e sem espírito, a que dão o nome de clubes dançantes ou de cordões carnavalescos. Quando, porém, um deles se destaca heroicamente, conquistando um título numa escola superior, um nome nas letras ou alguns galões nas classes armadas, é para tornar-se mais infeliz, pelo isolamento. Perde os companheiros de outrora, seus irmãos de raça, e não conquista outros. Se pensa no casamento, este se torna um problema grave e complexo, pois que é recusado pelas mulheres brancas, e não se conforma em ficar com as pretas. É verdade que há, no país, para os raros pretos doutores, algumas pretas professoras. Os casais assim constituídos seriam, porém, tão poucos que não poderiam, mesmo nas grandes cidades, formar um pequeno grupo aristocrático da sua raça. Para evitar a solidão e salvar o que conquistou no trabalho e no estudo, arrosta ele, então, o ridículo, casando com mulher branca, se a encontra, generosa e condescendente. Isso não é bastante, todavia, para que ele penetre na sociedade a que ela pertenceu. O preto educado, culto, superior, é, assim, no Brasil, mais lamentável do que o seu irmão que permanece embrutecido. Este, pelo menos, ainda tem companheiros tirados do meio servil em que vive. O negro ilustrado, à medida que subir, se sentirá mais triste, mais desgraçado, mais só.

Na América do Norte, o negro organizou-se socialmente para viver, e prosperar, à revelia do branco. Lá tem ele os seus jornais, as suas Universidades, os seus Bancos, o seu comércio, a sua agricultura, as suas indústrias, as suas artes.

Uma grande artista de sangue negro poderá encher um teatro enorme unicamente com *gentlemen* da sua raça. No Brasil, o negro não tem formado senão clubes dançantes de arrumadeiras e copeiros, e cordões, pelo Carnaval. E como documento de solidariedade racial e humana, o mais que conseguiu foi a irmandade do Rosário, para dar um caixão de pinho, e uma grinalda de flores de papel, a esses párias, quando morrem.

2

O negro livre encontra-se, além de tudo, mais deprimido, no Brasil, do que o negro escravo. Antigamente, no tempo do cativeiro, os membros da raça ainda se reuniam para reagir, ainda se reajustavam para lutar. Havia o mocambo, estabelecendo a solidariedade na revolta, e a senzala, renovando-a no sofrimento. Hoje, o preto só se reúne para dançar. Não possuem uma associação inteligente, nem, sequer, uma escola. O patrimônio moral da raça, e, mesmo, o sentimental, dissolve-se na materialidade bruta, numa inconsciência alarmante e deplorável.

Na introdução ao seu livro *Os africanos no Brasil*, Nina Rodrigues assinalava, já, as dificuldades que surgiam para o estudo dos problemas referentes à raça negra. "Para uns" – escreve – "será assunto delicado e melindroso de tratar, fácil de ferir susceptibilidades respeitáveis". Quantos serão, entretanto, no Brasil, os indivíduos de raça negra? Começam, por aí, as dificuldades. Aceitar as cifras oferecidas pelos recenseamentos seria ingenuidade. Quem enche o boletim da estatística é o recenseado. E como, no Brasil, só se considera negro aquele que não encontra o menor pretexto para considerar-se moreno, é de concluir que os resultados oficiais não representam a verdade, na qual se deve basear a ciência. Utilizados, todavia, para ponto de referência os algarismos legados pela Colônia e pelo Império; tomando-se em consideração que, há um século, havia no país cerca de dois milhões de negros, representando 40% da população, é de concluir que tenhamos, hoje, nada menos de 10 milhões de indivíduos desse sangue, nas suas diversas gradações. E, no entanto, que fazem eles pela sua raça? Onde o documento da sua coesão, ou de qualquer esforço, com essa tendência?

Em outra passagem do seu livro, o sr. Henrique Pongetti volta a examinar a inferioridade do negro brasileiro, e o sentimento, que dorme no seu subconsciente, dessa inferioridade. Chico Vitrola é um moleque nacional, que se fez ladrão, e que tomou esse nome pelo gênero de objeto que preferentemente furtava. Mas não penetra, jamais, em palacetes de luxo. Mesmo sozinho, no silêncio da noite, alimenta um respeito religioso pela gente branca, possuidora de fortuna. "Tinha vergonha da sua cor" – escreve o sr. Henrique Pongeti – "dos seus pés esparramados de palmípede, do cheiro de suor que era a maldição da sua raça". Só entrava, por isso, nas casas remediadas. Os palacetes opulentos ficavam para os ladrões brancos, especialmente estrangeiros, de atividade internacional. Ele, da sua parte, não tinha coragem... Uma noite, porém, penetra em uma casa de luxo. Um alvoroço indizível lhe enche o coração. Será porque se trata de uma casa de gente rica? É possível. Mas o certo é que, se houvesse pretos milionários, ele não sentiria o menor constrangimento em lhes galgar a janela do palacete. O revólver tremendo na mão, Chico Vitrola chega à sala de jantar. "Balanço rápido" – particulariza o escritor – "alguns contos de réis em pequenos objetos portáteis. Prosseguiu na escuridão, sentindo debaixo dos pés esparramados a carícia dos tapetes veludosos. Numa saleta parou, cheio de espanto. Pela fazenda pregueada da porta de vidro coava-se uma luz vermelha". Era o quarto da viúva, jovem senhora, dona da casa.

E o sr. Henrique Pongetti descreve: "Olhou pela fresta da porta, subjugando o seu desejo de fugir. A nudez da mulher branca perturbou-o como se os seus olhos pousassem em um colar de diamantes. Ela acabara de sonhar, porque havia qualquer coisa de inverossímil nos seus olhos dilatados. Seu corpo se desenhava nítido sobre a colcha cor de lilases. Um livro caído se conservava em pé, sobre o tapete, debaixo da sua mão pendente. Vinha do quarto um cheiro bom de riqueza, de carne perfumada, de felicidade". E Chico Vitrola, amedrontado, fugiu, na noite silenciosa...

É essa, realmente, hoje, a mentalidade do negro brasileiro. A escravidão do seu corpo desapareceu. Mas ele continua cativo de alma, submisso de espírito, e temendo, ainda, involuntariamente, o feitor e o senhor. E isso por quê? Por falta de união. Por falta de guias, de orientadores, de um Moisés que os reúna, os discipline, e os conduza à Terra prometida, isto é, a uma vida melhor, em que possam tirar de si mesmos, pelo estudo e pelo trabalho, como nos Estados Unidos, os tesouros de sentimento e de inteligência de que são hereditariamente depositários.

Dar-se-á, porém, esse milagre? Os dez milhões de negros existentes no Brasil chegarão a organizar-se socialmente, saindo da passividade e da mediocridade em que se encontram, e a que os condenou a imprevidência da monarquia, atirando-os às cidades, ignorantes e primitivos, com a Lei de 13 de Maio?

Eu não creio nesse prodígio. Excetuados os cinquenta ou cem pretos que se destacaram da massa étnica e vivem isolados, os negros brasileiros vão se deixando anular sem protesto, antes com uma volúpia de servir, que é o último remanescente da escravidão. Prolíficos, a fecundidade assegurar-lhes-á a resistência, bloqueados pela Civilização branca. Mas não sairão da inferioridade em que vivem, nem darão à comunhão grandes figuras patrimoniais, como as deram, ainda no cativeiro, quando o branco lhes impunha a sua disciplina com o seu convívio. E a raça negra desaparecerá, após uma agonia lenta e anônima de dois ou três séculos, absorvida pela raça dominadora, cujas ondas se avolumam com a imigração, ficando apenas, da sua passagem, nos povos em que o Brasil de hoje se dividir, um pouco mais de sentimentalidade na alma dos homens, e uma centelha a mais, e uma tonalidade mais dourada no olhar e na tez das mulheres...

Um sonho de pobre, 1935

PIEDADE PARA O CIDADÃO LADRÃO

A gravidade da situação econômica ou financeira de um país não pode ser aferida, creio, pela paralisação das suas indústrias e consequente número de desocupados, mas pela miséria dos que trabalham, pelo nenhum proveito auferido pelos que, sem ter cruzado os braços, se veem na penúria mais negra apesar dos sacrifícios feitos, dos perigos afrontados e dos esforços despendidos. Que os desocupados sofram a fome é explicável e natural. O que, porém, está fora de toda justiça humana e divina é que amanheça sem pão um desventurado chefe de família que passou a noite inteira a esbaforir-se no exercício de um ofício penoso, e com a circunstância, ainda, de não contar com uma legislação em que apoie o seu direito, para reclamar contra o esbulho clamoroso. Quando um país possui trabalhadores nessas condições, é que atingiu, mesmo, o fundo do abismo, na crise do trabalho e dos negócios.

E é essa, desgraçadamente, a condição do Brasil, na hora presente. O governo podia suspender, como suspendeu, o pagamento dos juros e amortizações dos empréstimos externos. As rendas fiscais poderiam cair, como caíram. As fábricas podiam fechar; o câmbio podia transformar-se de índice, que era, da balança comercial, em aparelho de funcionamento artificial para impedir o maior empobrecimento da nação. Seriam, e são, fenômenos da crise universal. Como, porém, não sentir o homem prudente um arrepio de terror, ao saber que os próprios ladrões do Rio de Janeiro se acham atirados à miséria, curtindo a fome, não obstante os esforços que têm empregado, dentro das possibilidades do seu ofício, para evitar essa desgraçada situação?

Contam, na verdade, os jornais, que uma quadrilha assaltou uma destas noites a agência da Caixa Econômica no largo da Carioca, levando para isso, toda a ferramenta para um trabalho perfeito e completo. O cofre foi aberto. Nada faltou, como técnica, para o sucesso da empresa. Queimando as mãos no maçarico, esforçando-se para não interromper o sono da vizinhança ou incomodar a guarda-noturna, esses abnegados operários anônimos trabalharam a noite toda para a conquista de um pedaço de pão. E que remuneração tiveram? Nenhuma! Aberto o cofre, encontraram-no vazio! Nem uma cédula! Nem um níquel! Anteontem, repetiram a mesma tentativa na caixa-forte da Companhia de Anilinas. E o esforço foi coroado pelo mesmo insucesso. Por toda parte, cofres vazios! Em todos os cofres, o vácuo, o deserto, a solidão... E que conclusão tirar da situação brasileira se nem os ladrões, indo diretamente aos cofres que supunham repletos, conseguem, com o seu pé de cabra e as gazuas complementares, arranjar um pouco de dinheiro para as suas mais prementes necessidades?

Dirão, talvez, os sofistas, os espíritos paradoxais, que os ladrões não retiraram dinheiro da Caixa Econômica porque foram à noite, alegando que as pessoas que ali vão durante o dia sempre retiram dinheiro. Os ladrões não ignoravam isso. Mas, como ir durante o dia se eles não possuíam caderneta de depósito? Como poderiam apresentar-se para tirar dois ou três contos de réis, se eles não tinham posto dinheiro lá? Para receberem essa resposta dos funcionários? Para escutar aquilo que eles já sabiam, e passarem, ainda, pela vergonha constrangedora de uma negativa na presença de estranhos? Não! Os ladrões são gente de brio. À humilhação de uma recusa durante o dia, preferem o roubo, durante a noite. A decepção às vezes é a mesma, como acaba de acontecer agora. Mas o ladrão não se sente diminuído na sua dignidade nem desmoralizado no seu ofício, porque não houve testemunhas do logro de que foi vítima.

A sociedade moderna é, parece, demasiadamente injusta com os ladrões. Entre os espartanos havia campeonatos de furto. Cristo, como ninguém ignora, levou Dimas, ladrão de Jerusalém, para o reino dos Céus. E já houve notícia, por acaso, de que ele tivesse furtado, por lá, a auréola de algum santo ou comido o carneiro de João Batista? Absolutamente, não. Deram-lhe vida sossegada, e Dimas tornou-se bom, honrado e fiel.

As empresas ricas do Rio de Janeiro estão, evidentemente, praticando uma desumanidade, deixando supor aos ladrões que elas possuem dinheiro em caixa. Para que essa insinceridade? Para que dar um trabalho doloroso e inútil a uma classe numerosa em uma época em que ela se vê em luta com as maiores necessidades? Se as empresas costumam pôr uma tabuleta avisando que não têm vagas no escritório ou nas oficinas, por que não põem outra, avisando que não há dinheiro no cofre? Conta-se de um sujeito, homem pobre e sereno, que, ao ver que um ladrão lhe estava escalando a janela, deixou-o chegar em cima, e disse-lhe, mansamente:

– O senhor entrou aqui por engano, com certeza... Eu sou um homem pobre... Mas, olhe, está vendo ali aquela casa? Ali mora um capitalista... Não perca o seu tempo comigo, que eu não possuo dinheiro nenhum, e o senhor não encontraria à noite aquilo que eu não encontro de dia. Vá!

Assim devem fazer os estabelecimentos que não possuem dinheiro em caixa: façam a declaração, e deixem à porta do cofre uma tabuleta avisando aos ladrões as casas que eles podem assaltar com proveito. Façam, mesmo, se possível, os seus chefes, o que fez São Francisco de Assis, o qual, informado de que os frades do seu mosteiro haviam recusado agasalho a uns ladrões, correu a procurá-los na estrada por onde haviam seguido, e fez de cada um deles um soldado da sua fé, para o santo serviço de Deus.

Piedade, pois, para os cidadãos ladrões, pobre classe desprotegida e em crise, e que difere de muitas outras unicamente porque, por modéstia própria, opera de noite, e permanece por injustiça do próximo, fora da sociedade e da lei.

Um sonho de pobre, 1935

IDEIAS DE GENTE RICA

A economia americana está ameaçada, neste momento, de um grande golpe, que determinará distúrbios profundos, possivelmente, na economia universal. E esse golpe consiste na votação de uma lei proibindo o trabalho às crianças, a qual foi prometida, já, pelo presidente Roosevelt, e cuja redação foi confiada à sra. Perkins, secretária de Estado que tem a seu cargo a fiscalização da atividade nacional. Enorme alarido se tem levantado contra essa ideia, da pena e boca dos homens práticos, que preveem as consequências reais desse movimento romântico; Franklin Roosevelt é, porém, filho do seu pai, e, incentivado pelos idealistas, que têm oferecido ao mundo tanto sonho belo ao preço de tanto desastre fragoroso, está resolvido a restituir à meninada americana o direito de dividir a vida, apenas, entre o livro de leitura e o papagaio de papel. O trabalho ficará para mais tarde. É preciso punir papai e mamãe, pelo crime de os terem arrancado, com o egoísmo do seu beijo, ao mistério do Não Ser.

Não sei se alguém já observou que os indivíduos que mais têm horror ao trabalho, e mais se esforçam para reduzir a contribuição de cada um para a riqueza de todos, são, exatamente, aqueles que trabalham pouco, e, em particular, os que nunca trabalharam na vida. Esquecem eles, ou ignoram, que o trabalho, quando alguém se acostuma com ele, deixa de ser uma carga, um tormento, para se tornar um dos consolos da existência. Tomai um homem que tenha trabalhado quando criança, e ele não se mostrará em absoluto arrependido dessa determinação do seu destino. Ela lhe facultou, quando nada, o conhecimento de deveres que outros só conheceram mais tarde, e, com isso, uma vantagem sobre eles, na luta pela vida. Os inimigos do trabalho dos menores são, por isso, quase sempre, ou sempre, aqueles que lhe não conheceram as vantagens morais. Fazem eles como aquele rei oriental que proibiu o uso das tâmaras, porque jamais, na sua vida, havia comido tâmaras.

O clamor levantado na imprensa norte-americana contra a promessa de Roosevelt dá a ideia dos prejuízos esperados com a sua realização. O aprendiz desaparecerá da oficina e da fábrica, para fazer o seu curso nas escolas profissionais. O pequeno operário será perseguido e detido, e equiparado assim ao vadio. O miúdo vendedor de jornais, amável ornamento alegre de todas as cidades do mundo, será corrido das ruas e metido nos internatos do Estado. E a contribuição desses minúsculos trabalhadores na manutenção das famílias proletárias? Houve, acaso, algum economista que avaliasse a massa de ouro que as crianças de 10 a 14 anos drenam diariamente da rua, em pequenas moedas, para os lares pobres?

Grande prejuízo decorrerá, sem dúvida, para a vida das famílias humildes, nos Estados Unidos, dessa obstinação de Roosevelt. Isso, porém, não é conosco. Mas já imaginou alguém o que será isso para nós, no dia em que um dos nossos estadistas de emergência transportar a ideia para o Brasil, como se tem transportado tantas outras equivalentes? O vendedor de jornais, o aprendiz de pedreiro, o estafeta dos telégrafos, o mensageiro urbano, o entregador de marmitas, o limpador de talheres, quanto representarão, por exemplo, no Rio de Janeiro, pelo seu rendimento? E quem iria sustentá-los mais tarde, quando o Estado, no Brasil, imitando os Estados Unidos, decretasse a cessação da sua atividade?

Qualquer restrição ao trabalho humano é, na minha opinião, um crime. Todas as perturbações sociais que vão destruindo o mundo moderno decorrem do artificialismo da lida econômica, organizada, ou desorganizada, como se os indivíduos fossem máquinas fabricadas na mesma oficina e com a mesma capacidade de ação. "Enche todas as tuas horas, para que não tenhas tempo de refletir sobre a miséria da condição humana", recomendava o filósofo. O homem de hoje vive excessivamente desocupado. Da falta de ocupações nascem as suas preocupações.

Regulamente-se, pois, o trabalho da criança. Mas não a privem de trabalhar, de identificar-se de madrugada com aquilo que deve ser todo o prazer do seu dia. Isso eu aprendi por mim próprio, e ensinei aos meus filhos, os quais, tendo começado cedo, trabalham hoje com alegria e entusiasmo. E de tal modo uns oferecem o exemplo aos outros, na paixão do trabalho, preparando-se para conquistar o seu pão, que só eu sei o que me tem custado de esforço para impedir que o mais novo, que ainda não tem dez anos, não esteja, desde as oito, na rua, gritando jornais, ou na praia, vendendo amendoim, para ter, à noite, a noção da liberdade com a posse heroica do seu vintém.

Sepultando os meus mortos, 1935

REFLEXÕES PROFUNDAS EM TORNO DE UMA COVA RASA

No depoimento que prestou às autoridades policiais sobre o crime que praticara, e que consistira em matar, a tiros de revólver, um deputado de classe que tentava seduzi-la, refere a acusada, senhora sem mocidade e sem encantos:

– Esse homem viu-me pela primeira vez há um mês e pouco em uma festa de clube, sendo-me aí apresentado por meu marido. Nesse dia mesmo começou a dirigir-me galanteios insistentes. Depois, passou a enviar-me cartas apaixonadas, e, em seguida, outras, ameaçando-me de perseguições e de morte. Cientifiquei de tudo o meu marido. Hoje, pela manhã, entrou pela casa de comércio de meu esposo, da qual eu tomava conta no momento. Fugi, indo pedir auxílio à Polícia. Esta o encontrou já na minha casa de residência, no meu quarto, deitado na minha cama. Declarou aos agentes que não saía porque era deputado. Afinal, a Polícia o arrancou de lá. Mas ele voltou. Não admitia que, sendo ele deputado federal, eu, uma pobre mulher, esposa de um vendeiro, lhe pudesse resistir. Não compreendia que, contra o dinheiro, houvesse honestidade. Quis subjugar-me, fui obrigada a matá-lo.

Esse depoimento contém, na sua singeleza, uma síntese de um terrível conflito social, que se desenrola, neste momento, no Brasil. É o resumo visível, e inesperado, de uma tragédia surda que se representa nos bastidores da sociedade, que ninguém vê, nem escuta. É a manifestação grave da luta das classes, advento de uma era nova, da ascensão ao poder de uma camada social ainda não preparada para isso. É a consequência do atordoamento de um homem do povo, habituado a salário miserável como trabalhador nos trapiches ou no porão dos navios, que se vê, de súbito, elevado à Câmara dos Deputados, com quatro contos e quinhentos por mês, e que, por haver conquistado essa posição e ganhar esse dinheiro, se supõe, de repente, o senhor da terra e do mundo!

A revolução social brasileira foi rápida demais, e profunda demais, para que não determinasse desses distúrbios naqueles que lhe sofreram a influência. O movimento proletário operava-se aqui mais lentamente, talvez, do que em nenhuma outra parte do mundo. O operário, até 1930, batia-se pela votação de leis generosas, que permitissem a sua ascensão, mas não pensava, jamais, em votar, ele próprio, essas leis. A reforma eleitoral surgiu, porém, e deu-lhe mais do que ele esperava, porque lhe deu a participação imediata no Governo, por meio de delegados na Câmara. E o operário, o barbeiro, o "garçon", o obscuro trabalhador que ensaboava ontem, humilde, a cara do chefe político, ou servia mesureiro o hóspede ilustre do seu hotel, vieram, repentinamente, para o Congresso, discutir com o antigo freguês, em perfeita igualdade, os pontos mais delicados da reconstitucionalização nacional.

Alguns desses delegados preencheram e continuam preenchendo dignamente o mandato. Outros, porém, não se encontravam convenientemente forrados para a investidura. E a culpa não era deles, mas da sua condição anterior. Que pensava, por exemplo, Penaforte, dos direitos e das atribuições de um deputado? Modesto e obscuro, ele não podia evitar os efeitos da atmosfera em que fora criado, e vivia. A imprensa oposicionista, no Brasil, não procurou, jamais, senão, dar ao povo uma noção fantasiosa da força e da situação de um homem público. O senador, o deputado, o governador eram, na opinião dos jornais que combatiam o situacionismo em cada Estado, os indivíduos mais felizes do planeta. O imperador da China, o sultão da Turquia, o czar de todas as Rússias não dispunham mais livremente dos seus súditos. Tinham a melhor mesa, bebiam os melhores vinhos, e apertavam nos braços as mais formosas mulheres dos seus domínios. Nada lhes era recusado. Os seus desejos mais caprichosos eram imediatamente satisfeitos... Vendo-se, um dia, elevado à Câmara, Penaforte desejou, de repente, a esposa alheia. Ela o repeliu, e ele estranhou. Como? Seria possível? Não era ele, então, um deputado? E quis empregar a força para consumação daquilo que a sua mentalidade primitiva supôs um direito.

Esse episódio não será, todavia, único na história da evolução que se processa em todo o mundo. A tendência das classes dirigentes, em todos os países, é para o emprego da violência, a qual, por sua vez, provém da incultura dos que são elevados aos altos postos pelo voto popular. "Os homens do Governo não precisam de cultura" – declarou, há pouco, na sua franqueza brutal, Goering, um dos próceres do nazismo alemão. E é porque a Alemanha se acha, há dois anos, em mãos de homens sem cultura, que espanta de vez em quando a Civilização com uma nova perseguição ou uma nova carnificina. Mas a quebra do alto padrão mental e moral é inevitável no mundo inteiro. A cultura jurídica, atenuadora de impulsos, modificadora de temperamentos, cede lugar, dia a dia, à vontade férrea dos instintivos. O Estado vai caindo, nos países velhos, nas mãos de crianças grandes, rudes e irresponsáveis. Que são os adultos ignorantes senão espíritos infantis, que o tempo tornou grosseiros e violentos? Eu tenho um amiguinho de dez anos que me fornece, às vezes, nos seus impulsos e raciocínios, o tipo mental dos indivíduos que, por falta de cultura, levam para a maturidade o espírito que possuíam na infância. Há uns três anos, mais ou menos, achando-se como interno em um colégio, vinha ele passar em casa unicamente os domingos. Segunda-feira era um trabalho doido para fazê-lo vestir-se, a fim de chegar à aula antes das oito e meia. Certa manhã, acompanhava-lhe os movimentos, observando a preguiça e a indignação com que se preparava para partir, quando ele explodiu, a cara fechada:

— Tomara que já chegue o comunismo!

— O comunismo? Para quê?

E ele, vermelho de raiva:

— No dia em que chegar o comunismo, eu junto todos os meninos, pego uma tocha e saio pela rua, com eles, queimando todos esses colégios!

Há poucos dias, em palestra com uma distinta senhora, esposa de um querido amigo meu, pedi notícia dos estudos do seu filho, vivacíssimo garoto de oito anos. E ela contou-me que, há duas semanas, não tendo compreendido a lição, o pequeno levara as mãos à cabeça, pondo-se a gritar, andando de um lado para outro:

— Minha mãe, pelo amor de Deus! Vamos nos mudar desta terra! Vamos para um país em que não se precise de saber ler nem escrever!

Quando a ilustre senhora me contou esse caso, eu atalhei, logo:

— Tranquilize-o, minha senhora; tranquilize-o! Diga-lhe que fique por aqui mesmo, porque essa terra será aqui, se as coisas continuarem como vão!

No antigo regime desaparecido em outubro de 1930, havia na política muita ignorância. Mas os portadores dela disfarçavam-na, porque eram, quase sempre, coronéis ricos, fazendeiros opulentos, milionários que valorizavam o burro com auxílio da "burra". Um ignorante com cinquenta mil contos é sempre mais inteligente do que um sábio sem cinquenta mil-réis. Hoje, porém, os ignorantes são ignorantes, e pobres. E eu não sei de maior maldade do Destino que essa, de lançar duas desgraças à conta da mesma pessoa.

Penaforte foi, assim, uma vítima do seu tempo, da revolução social que o envolveu. Nascera para a sua modesta profissão e para o seu modesto salário. Fizeram-no legislador, pegando no leve, com subsídio mensal equivalente a um ano de trabalho, quando pegava no pesado. Perdeu o equilíbrio. Desconcertou. Tropeçou.

E caiu no abismo de sete palmos de comprido, cuja profundidade ninguém conhece.

Sepultando os meus mortos, 1935

O NEGRO BRASILEIRO

*U*ma carta do sr. Marcos Rodrigues dos Santos, chefe-geral da Associação dos Brasileiros de Cor, fundada e mantida por um núcleo de trabalhadores santistas, faz-me voltar, embora um pouco tardiamente, ao problema do negro no Brasil. E digo tardiamente porque as considerações que agora me ocorrem deviam ter aparecido antes das eleições de 14 de outubro. Publicando-as neste momento, elas deixam de constituir um conselho para se transformarem num comentário.

O chefe-geral da agremiação de pretos que funciona em Santos está de perfeito acordo comigo sobre a progressiva degradação do negro brasileiro, e, particularmente, sobre o erro político da abolição. Antes de 13 de maio, a raça, escrava ainda, produzia grandes figuras: ainda oferecia ao mundo um Rebouças, um Luís Gama, um Patrocínio. Da vizinhança das senzalas partiam campeões da liberdade, que se cobriam de sol e de glória. Que é que produz, porém, hoje, o sangue negro neste pedaço de terra americana? Onde os sucessores de um Teodoro Sampaio ou de um Evaristo de Morais? Os olhos correm pela vastidão do cenário, pelos dez ou doze milhões de pretos puros ou de mestiçagem ligeira que se espalham pelo Brasil, e, se desejam uma entidade de maior projeção, têm de embarafustar pelos "estúdios" de rádio ou pela caixa dos teatros, e trazer de lá um tocador de violão, um cantador de modinhas, ou, de alvos dentes arreganhados, um sapateador norte-americano, nascido em Maricá. Ninguém para substituir Juliano Moreira. Ninguém para ocupar o posto de Francisco Glicério. Ninguém para retomar a lira de Cruz e Sousa. A raça abandonou, pode-se dizer, as poucas mesas de estudo que lhe haviam sido entregues, e saiu para a rua, vestida de "baiana", ou levando à frente um estandarte de cetim azul bordado de lantejoulas, fazendo piruetas rítmicas ao rugido soturno e cavo do seu urucungo africano.

E, no entanto, em nenhum país entre aqueles em que a raça negra se aclimatou, o branco lhe oferece tantas e tamanhas oportunidades para a sua transformação em poderosa força social e econômica, no conjunto da coletividade nacional. Que proveito, por exemplo, teria ela tirado, ainda agora, da luta que se travou entre os brancos, para a posse do poder!... Imaginemos que os pretos do Brasil se tivessem confederado, e alistado os seus homens. Estes, excluindo os analfabetos, seriam duzentos ou trezentos mil. Com esse eleitorado dependente, de chefes negros, poderiam eles negociar com os políticos, recebendo deles, em paga do seu apoio nas urnas, escolas para o negro, hospitais para o negro, academias para o negro, elementos, em suma, para dar ao negro, no Brasil, uma situação equivalente à que ele conquistou nos Estados Unidos. Isolados como vivem, os pretos foram votar, a 14 de outubro, nos homens de pele branca, mulata ou cabocla. E que conseguiram com isso? Absolutamente nada. Quando muito, a esperança de uma licença da Prefeitura para, em fevereiro, passear o seu "rancho" pela cidade, e permissão para pular três dias e três noites, com uma tanga de penas, e um cocar de espanador, no asfalto da praça Onze. Sem coragem para ser branco, o preto carioca, envergonhado de ser preto consola-se, pelo Carnaval, com a ilusão de que é índio.

O negro brasileiro está, na realidade, se degradando, e vale, hoje, socialmente, menos do que no tempo da escravidão. Outrora, dançava ele nas senzalas, no terreiro dos engenhos, mas, quando livre, fundava as suas irmandades, as suas associações religiosas, de finalidade beneficente. O seu espírito associativo assinalava-se pela utilidade material e moral. Hoje, a raça não se associa senão para dançar. No Rio e em Niterói, do Cubango a S. Cristóvão, iluminam-se, cada sábado e cada domingo, mais de oitenta sobrados, em que as copeiras e os aprendizes de pedreiro dançam e suam até de manhã. Não se ilumina, porém, um só, em que funcione uma escola para as crianças negras. Nem se abre um portão de asilo pelo qual entrem, para não morrer ao relento, os pretos velhos. Os negros não têm uma fábrica, uma oficina, um jornal. Toda a sua indústria se limita ao "manuê", que uma representante da raça prepara melancolicamente, com um fogareiro e um abano de palha, no batente de uma porta, nas proximidades da estação das Barcas, ou em frente à Imprensa Nacional.

Comentando o que, a propósito de um livro do sr. Henrique Pongetti, escrevi há tempos sobre a situação do negro, o sr. Marcos Rodrigues dos Santos, chefe-geral da Associação dos Brasileiros de Cor, declara que eu não sou, na verdade, inimigo dos homens da sua raça. E é um ato de justiça o seu. Se eu desprezasse o negro, não me ocuparia tanto com ele. Escrevo sobre ele porque desejo arrancá-lo à sua condição atual. O leite de minha "mãe Antônia", a negra que me amamentou quando pequeno e cujo filho eu deixei, com certeza, muitas vezes com fome, pede, tornado em sangue nas minhas veias, um pouco de simpatia para os seus irmãos infelizes. Tivesse eu saúde e mocidade, e um dos meus apostolados seria o congraçamento dos negros do Brasil, e o seu preparo para um destino melhor. O branco, sob a alegação de uma falsa fraternidade, está, entre nós, destruindo o negro, pelo descaso, pelo abandono, deixando-o entregue a si mesmo. Sem defesa moral ou sanitária, vai este se degradando progressivamente, sem oferecer mais à comunhão social uma figura de relevo.

188

Dos morros formigantes de população miserável, descem os párias para os cárceres e para os prostíbulos. As velhas virtudes do negro, de que saíam santas obscuras e heróis anônimos, dissolveram-se nas gerações que nasceram livres.

O negro brasileiro merece, entretanto, destino mais alto e mais nobre. Inteligente e sentimental, ele tem, no coração e no cérebro, os fatores que a Civilização exige para integrar os povos no seu convívio. Pai João, que resmunga de cócoras, deve erguer-se e falar de pé. Ao lado do preto que sabe sapatear, é preciso que haja negros que saibam ler e pensar. Forme-se uma cruzada para salvá-lo da abominação e do extermínio.

E que os apóstolos, desviando-o dos caminhos do Álcool e da Sífilis, o orientem para a coesão, de modo que ele marche, por si mesmo, em breve, para o Estudo, para o Trabalho, e para a Glória.

Contrastes, 1936

AS LETRAS E A VIDA LITERÁRIA

"A VERDADE VERDADEIRA É (...)
QUE A LITERATURA NÃO PODE
SER CONSIDERADA, AINDA, SOB O
PONTO DE VISTA GERAL, UMA
PROFISSÃO. QUE É UMA PROFISSÃO?
É O MEIO DE VIDA EM QUE ENCONTRA
UM SALÁRIO TODO O INDIVÍDUO
QUE A ELE SE CONSAGRA."

("A DESVALORIZAÇÃO DO MIOLO,"
OS PÁRIAS)

ESPUMA...

10 de agosto

No Leme, à noite, frente a frente, em uma redonda mesa de "bar", os dois homens de letras comentavam, ordenando frases, a vida mundana da cidade.

– Não há motivo para a tua revolta contra essa literatura ingênua dos cronistas de salão. Tua ojeriza é uma descaridade. Censuras tu, acaso, as outras manisfestações da generosidade humana? Achas inconveniente um hospital, um orfanato, um asilo, um manicômio, uma dessas piedosas instituições que amparam, que socorrem, que consolam? Pois bem: a crônica elegante é a Assistência Pública da vida social. O cronista é o médico, é o enfermeiro, é a irmã de caridade. O comerciante, o banqueiro, o soldado, o artista, o homem de letras, a parte válida e ativa do mundo consola-se por si mesma, anda por suas pernas, não consentindo, jamais, socorro estranho. O homem de sociedade, e que não seja senão isso, é um pensionista da bondade alheia. Se lhe fecharem os celeiros do elogio, ele desaparecerá como a planta morre sem água, e como morreriam os mutilados de um hospital no dia em que se cerrassem as largas portas da benevolência dos fortes.

– Em que aproveita à sociedade esse contínuo serviço de beneficência? Não será ela mesma prejudicada com a relativa igualdade que se estabelece entre indivíduos úteis e indivíduos inúteis?

– Esse prejuízo é tão aparente quanto essa obra de caridade é evidente. A sociedade é um exército em marcha. Os homens que têm em si mesmos a força que os impele para diante, esses seguem à frente, por seu pé, sem qualquer socorro dos corpos auxiliares da tropa. Os fracos, os incapazes, os que não têm músculos para vencer o caminho, toma-os a ambulância, isto é, a crônica elegante, e carrega-os, a pulso, piedosamente, na retaguarda do exército.

– Não seria preferível abandoná-los na estrada, para que fossem pasto dos lobos?

– Não. Alguns deles são meros simuladores da incapacidade que demonstram e, nesse caso, o abandono seria uma imprevidência. Deixados à margem, entregues a si mesmos, constituiriam, talvez, um novo perigo para as tropas em viagem, pois se transformariam, de pronto, de elemento inócuo, em elemento pernicioso. Não te lembras daqueles soldados de Pedro, o Grande, que, abandonados, se tornaram em salteadores para atacar, de noite, o exército a que haviam pertencido?

– A crônica elegante é, então...

– Um serviço de socorro e de vigilância: é a assistência médica e policial da sociedade.

Satisfeito, o poeta, que ouvia o cronista, levantou o seu copo, em que um líquido fervente ainda punha caprichosos desenhos de renda:

– Por Flibbertigibbet!

– Quem era ele?

– Não te lembras daqueles amáveis demônios de Shakespeare, no *Rei Lear*? Este é aquele a quem dás o teu sangue: é o demônio a quem chamam, no Inferno, o Príncipe da Frivolidade!

Como se fosse o ninho desse mau gênio, o mar, batendo na pedra do morro mergulhado na noite, estourou em espumas...

Da seara de Booz, 1918

O SABIÁ E O XEXÉU

3 de fevereiro

(*A um erudito greco-latino que não sabe
nem grego nem latim.*)

*T*inham acabado os dois de celebrar a agonia do sol,
que desaparecera melancolicamente por trás das montanhas
polvilhadas de ouro e de cinza, quando o sabiá, limpando o
bico fatigado na pena escura das asas, se dirigiu ao seu irre-
quieto companheiro de pouso:

– Que voz extravagante tens tu! Quem te ouve à distan-
cia não sabe se és um bicho da terra ou uma ave do céu:
uivas como o cão, cantas como o galo, cacarejas como a galinha, muges como o boi, gemes como a rola, bufas como o
gato, roncas como a onça, e és corvo, és saracura, és ara-
ponga, és sapo, és anta, és, enfim, a fauna inteira, baralhada,
confundida, misturada em um coro sem escalas, que se tor-
naria, talvez, soberbo se não fosse incompreensível.

O xexéu voou para um galho mais próximo, deixou cair
a película das pálpebras sobre os seus olhos redondos e
azuis, e sussurrou, imitando um remexer de folhas:

– Que queres? Eu voo por toda a parte. Vivo na cidade
como na selva. O meu ninho longo, tu o encontras nas ár-

vores dos jardins urbanos como na quietude da mata fechada, onde o visitam as cobras traiçoeiras. Alimento-me de tudo: da fruta silvestre, que cheira à natureza, como do detrito de cozinha, que cheira a monturo. Nessas correrias pelos ares e pela terra, onde os gaviões me perseguem e as juritis me beliscam, tenho decorado todas as vozes que ouço na minha passagem. Trago em meus ouvidos a lembrança de todos os rumores. Confundem-se-me na cabeça os cantos mais variados, que a minha memória retém e o meu bico mecanicamente repete.

— E sabes quem são os donos?

— Ah! é essa a minha tortura. Ouço aqui um asno, ali um bem-te-vi, adiante um bacurau, além um besouro, e apanho tudo; e como não me detenho a distinguir e disciplinar as vozes múltiplas que me atordoam, acabo por misturá-las, quando as repito, como se o grito fosse emitido pelo asno, o ronco pelo bacurau e o zurro pelo besouro. Os outros pássaros zombam de mim, apupando-me: a graúna assobia-me, o corrupião faz muxoxos, a seriema gargalha, como se a natureza, unânime, se levantasse contra as audácias sonoras do meu bico...

— E uns cantos desconhecidos que soltas frequentemente, quem t'os ensinou? Nós nunca os ouvimos cantados aqui na selva. Não são do sanhaçu, nem do quero-quero, nem do anum-branco, nem do tico-tico, nem do pica-pau, nem da jandaia....

— Sim, são desconhecidos; pertencem a pássaros que já não existem, a espécies extintas e famosas. Nunca ouviste falar nos gansos do Capitólio? Pois são dos gansos do Capitólio, da fênix, do pássaro Rok, do pavão de Juno, da águia de Zeus, do mocho de Minerva, do pombo de Vênus, grasnos, arrulhos, gritos, gemidos, vozes de um mundo alado que se extinguiu, mas que encheu a terra com a sonoridade doce ou trágica da sua garganta polifônica.

– E ouviste alguma vez a fênix, a águia de Zeus ou os gansos do Capitólio?

– Não.

– E como sabes que eles cantavam assim? Consultaste ao menos os augures, aqueles que lhes conheciam o mistério do voo e deixaram às novas faunas, com os arcanos dessa língua ornitológica, os sonoros segredos dos seus cantos?

– Também não.

– Então, se não conheces o segredo dos sons com que se exprimiam os gansos do Capitólio nem sabes com que antenas ziniam, nos loureiros de Delos, as ziziantes cigarras de Apolo, por que assobias por trás das folhas quando o melro ou o papagaio, que não são menos hábeis do que tu, repetem os ecos desse glorioso aviário desaparecido? Não te seria mais honroso, a ti, que fosses, como eu, um honesto pássaro da tua floresta? Por que não cantas sem vaidade, sem pedanteria, sem alarde, com os sons naturais da tua garganta excelente, estes crepúsculos melancólicos, esta poeira triste com que o céu polvilha a verdura desfalecente das folhas, e estes rumores da noite, estas vozes selvagens que deviam ser ouvidas religiosamente por todos os ouvidos reverentes da terra? Sê da tua selva, da tua mata, ave da tua árvore, pássaro do teu ramo...

Era noite. O sabiá calou-se, fechando com tristeza os pequenos olhos inundados de sonho. No ramo próximo, o xexéu, fingindo dormir, pousava, quieto, com o bico debaixo da asa...

Da seara de Booz, 1918

O ROUXINOL E OS VENTRÍLOQUOS

15 de setembro

I

*F*altassem a Tibério outras virtudes que o redimissem das perversidades que lhe são atribuídas pelos historiadores do seu tempo, e bastaria, talvez, para que o mundo lh'as perdoasse, a paixão com que defendeu a pureza da língua latina. Desse louvabilíssimo amor ao idioma que já guardava alguns dos mais ricos tesouros do espírito humano, dá-nos conta o grave Suetônio, com a severidade que lhe sugeria a inclemência dos julgamentos de Tácito. Tibério, que vivera, como se sabe, em Rodes, onde mantivera um constante comércio literário com os homens notáveis da ilha, era, em Roma, um dos mais hábeis manejadores do grego. Certa vez, entretanto, ao falar no Senado, empregara inadvertidamente a palavra "monopólio", que ainda não havia tomado a sua forma latina. Considerando esse emprego um deslize, um crime inominável contra a austera pureza da língua do Lácio, o imperador cortou, rápido, o fio do discurso, e só o continuou depois de uma digressão em que pediu perdão aos senadores. De outra feita, como lhe levassem à augusta presença um decreto em que se lia uma palavra grega, que significava "ornamento em relevo", recusou-se Tibério a assiná-lo, mandando que se substituísse o estrangeirismo por um termo latino, e, caso não houvesse este, que se lançasse mão de uma redundância.

Cláudio, que ficou na história do império como a expressão da tolerância e da fraqueza, não era menos cioso do soberbo idioma em que se levantava, nesse tempo, o monumento da sabedoria de Sêneca. É do seu reinado, entre outras, a história daquele juiz de uma província grega, homem de provada e notória inteireza, que foi riscado da classe dos cidadãos romanos, e incluído na dos estrangeiros, por não escrever corretamente o latim.

É evocando esses nomes secularmente malsinados, que eu leio, hoje em dia, as seções elegantes dos jornais cariocas, perguntando-me a mim mesmo que destino teriam esses nossos cronistas mundanos, se nos regesse, nesta Roma sem césares, a paixão purista de um Tibério ou de um Cláudio! Em famoso combate de eloquência havido em Lião sob a fiscalização literária de Calígula, conta-se que este condenou os vencidos a apagar com a língua, transformada em esponja, a letra dos próprios trabalhos. Não estaria aí, nessa humilhação do instrumento mecânico da palavra, um excelente castigo para os que praticam voluntariamente esses graves atentados contra a integridade da linguagem?

15 de setembro

II

A sátira em que Juvenal se manifesta mais brilhante, por aparecer mais sincero, é, no meu juízo, a da "urbis incommoda", em que se revolta contra a nenhuma resistência da velha moralidade romana ante a risonha investigada do grego. O seu protesto é, aí, indignado:

> *Non possum, ferre Quirites*
> *Graecam urbem...**

E, no entanto, o poeta reconhecia o mérito do invasor. O romano fazia-se respeitar. O grego fazia-se amar. O filho de Rômulo sabia lisonjear; mas o filho de Teseu sabia persuadir:

> *Haec eadem licet et nobis laudare;*
> *sed alis Creditur.***

Esse talento de agradar não consituía, ademais, um privilégio, não era riqueza de um só: era uma virtude nacional que o grego recebera com o leite virgem de Helena:

---

* Embora seja o texto de Humberto, do original consta "Non possum ferre, Quirites, Gracam urbem", que significa "Não posso suportar ó romanos, que a cidade (Roma) se torne grega.

** "É-nos lícito louvar certas coisas, mas não dar crédito a elas". A rigor, no texto original, em vez de "alis", lê-se "illis".

Nec tamen Antiochus, nec erit mirabilis illic
Aut Stratocles, aut cum molli Demetrius Haemo
*Natio comoeda est.**

Foram esses mesmos predicados de sedução que permitiram ao francês, em nossos dias, imperar sobre as sociedades elegantes dos quatro cantos da terra; e não é a outro fator que estamos devendo, agora, o banimento da língua portuguesa das seções mundanas dos jornais e do ambiente aristocrático dos nossos salões. Dessa tendência para a universalização, que o francês reconhece no seu idioma, e que as francesas auxiliam poderosamenre com o estonteante amavio dos seus encantos, conta-nos Voltaire a opinião de uma ilustre dama da corte de Versalhes, que afirmava, com a graça da sua graça:

– C'ést bien dommage que l'aventure de la tour de Babel ait produit la confusion des langues; sans cela tout le monde aurait parlé français!**

Para essa boca de rosa, de que assim voava tão rápida a zumbidora abelha de um dito galante, a língua cantada pelas marquesas era a legítima língua sagrada. E os nossos cronistas assim o entendem, também. Não devia ser isso motivo, no entanto, para que estes, além dos galicismos de que abusam, intercalassem nas seções que redigem derramados e inoportunos períodos originais em francês, olvidando, por inteiro, o país em que vivem. Suporão eles que serão mais lidos do que em português? É engano. Quem ama a língua francesa não procura bebê-la nas suas correntes bastardas: busca-a nas fontes legítimas, nos puros mananciais. Há em Plutarco, na *Vida de Licurgo*, uma anedota que responde,

---

* "Nem Antíoco, nem Estrátodes, nem Demétrius, ou Hemo vão se admirar; esta nação é uma comédia.

** É benfeito que a aventura da Torre de Babel tenha produzido a confusão das línguas; sem ela, todo o mundo falaria francês.

talvez, a essa ingênua vaidade dos nossos escritores mundanos. Certo espartano convidou um outro para irem, juntos, ouvir um ventríloquo.

– Que faz ele? – pergunta o convidado.

– Imita o rouxinol.

E o outro:

– Eu já ouvi o próprio rouxinol!...

Quem tem à mão, na gaiola de ouro dos livros, os Chateaubriand, os Anatole, os Flaubert, os Gautier, os Bourget, os Goncourt, os mil rouxinóis do bosque de Bolonha, que prazer pode sentir ao escutar, aqui, o vozeio áspero dos nossos ventríloquos? Não seria mais honesto que eles fossem aves da sua floresta, contentando-se com a sua pobre, mas limpa gaiola de pau?

Da seara de Booz, 1918

A ILUSÃO DE FILÓCRITO

Após a sessão semanal das quintas-feiras, os dois acadêmicos vêm pela avenida das Nações, um ao lado do outro, caminhando vagarosamente. Têm mais ou menos a mesma idade, quarenta anos, mas o mais alto, e ligeiramente mais moço, parece mais velho do que o companheiro. FILÓCRITO, envelhecido precocemente, é pálido e esguio, veste-se sem apuro, e o vulto se lhe curva lá em cima como as palmeiras frágeis batidas do vento. DEMÓFILO é de estatura mediana, sólido e elegante. Traja com distinção e atenta mais para a poeira do seu fato do que para os solecismos da sua prosa. São velhos amigos, e conversam com franqueza. A cidade, e o mar, e as montanhas, são tudo uma festa de luz que o sol, escondido no ocidente, espalha sobre as coisas, colorindo-as como um pintor que molhasse os pincéis em diamantes, rubis, turquesas, topázios, safiras e esmeraldas diluídos.

Filócrito – Recebi o teu livro, e li-o em duas horas. Ao terminá-lo, porém, fiz a mim mesmo a pergunta que agora te faço: por que escreves volumes tão magros?

Demófilo – Na substância?

Filócrito – Menos na substância do que no corpo. Os teus livros não têm, senão raramente, mais de uma e meia centena de páginas, das quais um terço em branco e as restantes em tipo grosso, entrelinhado. Certo, não te faltam ideias, porque publicas três ou quatro por ano. Mas isso denuncia em ti mais a volúpia da publicidade do que, propriamente, o gosto de produzir.

Demófilo – Contestar a tua suposição seria mentir a ti e a mim mesmo, Filócrito. E tu sabes que eu, diante de ti, tenho a paixão de Epaminondas: não minto. Na realidade, nós ambos interpretamos diferentemente o exercício das letras. Tu vês na literatura um fim; eu a considero um meio. Tu lhe dás a tua mocidade em holocausto, sacrificando-te a ela; eu ponho-a a meu serviço, ao serviço da minha ambição mundana, considerando-a um simples e elegante ornamento da vida.

Filócrito – Eu trabalho com o pensamento na glória.

Demófilo – E eu com o pensamento na popularidade e nas alegrias imediatas que ela oferece.

Filócrito – Plantas couve, para o prato de hoje.

Demófilo – Tu plantas carvalhos para a sombra de amanhã. Mas de que te servem os carvalhos que plantas, se a tua carne cansada não sentirá a doçura da sua sombra, e se esta só se estenderá sobre um punhado de poeira insensível, em que se terão desfeito os teus ossos?

Filócrito – A obra que eu vou deixar aos homens far-me-á eterno na memória deles.

Demófilo – Eu não troco a eternidade da glória de um morto por um dia do triunfo de um vivo. Eu sei que, enquanto eu vou às festas, às recepções, e tomo o meu chá das cinco horas, ou passo no meu alfaiate, ou mergulho no meu banho de mar, ao contato da natureza e da vida, tu te quedas, curvado e triste, no teu gabinete de estudo. Sei que sacrificas a alegria das exibições mundanas, e evitas mesmo comparecer à Academia, recusando o melhor prêmio assegurado pela nossa precária imortalidade, e que é esse de vestir o fardão diante de mulheres bonitas – unicamente para ficares em companhia dos mortos, na tua mesa de trabalho e meditação. É um morto antes que a morte te leve. Os sábios conhecem o teu nome, mas as mulheres e jornais conhecem o meu. À tua passagem, tens os olhares de admiração ou de inveja dos velhos estudiosos, envenenados como tu por esse "ópio do Ocidente" a que se referia Anatole. Mas eu não troco essa admiração e essa inveja pelo sorriso das mulheres ignorantes, mas formosas, que me conhecem. Eu faço da vida o uso a que Deus a destinou: gozo-a, desfruto-a, aplico-a jovialmente. E as letras não são, nela, senão a campainha que se põe à porta dos cinemas: chamam a atenção sobre mim.

Filócrito – Em compensação, vinte anos depois da tua morte, ninguém mais se lembrará de ti. Os homens de pensamento não irão em romaria ao teu túmulo nem as crianças das escolas terão o teu nome na memória.

Demófilo – E que perco eu com isso? Que prazer sentiu Inês de Castro ao ter sobre a caveira a coroa de rainha? Pois a glória não é causa diferente. E eu prefiro permanecer, vivo, de pé, meia hora na avenida Central, a ficar sentado um século, em estátua, como José de Alencar, em frente ao Hotel dos Estrangeiros.

Filócrito – A vida é passageira. A glória é eterna, na relatividade das coisas. A ágora, em Atenas, rumorejava de elegantes, homens fúteis e opulentos, vestidos de púrpura, vindos do Oriente e do Ocidente, e admirados pelas mulheres. A posteridade esqueceu-os; mas Platão vive ainda na memória dos séculos.

Demófilo – Não ignoras que Platão era rico, e um pouco sibarita. Mas, mesmo assim, quem te diz que, vindo ao mundo, de novo, com a lembrança da sua existência passada, Platão não preferiria o sorriso transitório das mulheres de Atenas à admiração dos homens de todos os tempos?

Filócrito – A glória inutiliza o esforço da morte, porque perpetua a vida, tornando duradouros o nome e a lembrança do homem.

Demófilo – A glória desfigura o destino da vida, porque mata o homem dentro desta, inutilizando-o para o prazer, para a alegria de viver, como te matou a ti, com a ideia vã da perpetuação do teu nome na morte.

Filócrito – E a volúpia de criar? Não te lembras da frase de Ythier: "O que os medíocres mais invejam nos criadores não é o sucesso: é a volúpia de criar"? A volúpia de criar paga o sacrifício da vida.

Demófilo – É ilusão tua, e dele. Que é a criação literária? É a imitação da vida. E se se tem de dar a vida pela imitação dela, melhor é viver a vida que se tem. Não recordas daquela passagem do *Bel-Ami*, de Maupassant, quando Duroy e Norbert de Varennes regressam, alta noite, da recepção de Madame Walter? "A glória? De que serve a glória" – exclama o velho poeta glorioso – "de que serve a glória quando se a não pode mais colher sob a forma de amor?" A glória não é um luxo para ser comprado com a moeda da vida: deve ser a moeda para tornar a vida mais leve e amável.

Filócrito – És um egoísta. Sacrificas ao teu prazer transitório o bem que poderias fazer, com o teu exemplo e o esplendor do teu nome, às gerações futuras. A vida nos foi concedida como um capital que se empresta a alguém para que o faça multiplicar. E essa multiplicação é a dilatação da vida na morte.

Demófilo – À custa da dilatação da morte na vida? Não! Deus não criou o homem para seu colaborador. Se ele o quisesse eterno, tê-lo-ia feito imortal. A glória é um processo artificial de ludibriar a criação. Mas a natureza e Deus punem severamente essa vaidade: o homem torna-se em poeira, e o seu nome em olvido.

Filócrito – As tuas teorias matam no homem as ambições nobres e generosas. Se todos pensassem como tu, os povos não teriam patrimônios de nomes e de ideias. Na floresta humana é como no reino vegetal; há árvores de fruto e madeiras de construção. Tu és árvore de fruto: és precioso enquanto vivo, e produzes. Morto, serás tornado em cinza. Eu, não. Não dou fruto em vida, mas depois de morto serei a quilha de um barco ou o esteio de um edifício. É de material duradouro que se faz a civilização.

Demófilo – E que prazer sente o madeiro abatido em ser a quilha de um barco ou o esteio de um edifício?

Filócrito – Nenhum. Mas terá feito algum bem a outrem, na terra. Auxiliou o progresso humano e protegeu o homem contra as intempéries.

Demófilo – A Glória, nesse caso, é apenas renúncia e abnegação. E estás em contradição contigo mesmo, nessa conclusão, pois que, ainda há pouco, me falavas no renome depois da morte, considerando-o o prêmio do esforço em vida. De qualquer maneira, eu penso que é preciso utilizar o instante que passa como quem gasta uma cédula que vai ser recolhida, e que ficará perdida se a não gastamos no momento em que os Deuses no-la entregam. Eu gasto a minha cédula em coisas fúteis, como dizes, mas que me dão prazer. Tu, não; tu és um usurário que compras com a tua um objeto sem utilidade imediata, e que só irá servir aos teus herdeiros, isto é, à posteridade, que não saberá, talvez, o que ele te custou em renúncia e sacrifício.

(*Nesse momento chegam os dois diante da Biblioteca Nacional. Estacam na base da escadaria.*)

Demófilo – Ficas?

Filócrito – Fico. Vou fazer uma consulta e conferir um epigrama de Arquias, que foi mal interpretado por Cícero. E tu?

Demófilo – Vou a uma perfumaria adquirir, com os cem mil-réis do "jeton", um vidro de perfume para uma linda criatura que está esperando por ele e por mim.

Filócrito – Adeus, então, príncipe da Futilidade.

Demófilo – Adeus! Até quinta-feira. (*Num gesto alegre, para o outro, que sobe a escadaria.*) Adeus, verme; vai comer os teus mortos!

Lagartas e libélulas, 1933

CARÁTER, PENA E PÃO

A Associação Brasileira de Imprensa está cogitando, segundo referem os jornais de ontem à noite, da aposentadoria para os jornalistas. E a ideia encontrou, parece, a melhor acolhida no espírito do sr. ministro do Trabalho, o qual teria determinado o início dos estudos sobre a matéria. Levada por esses ventos benignos e favoráveis, é possível, assim, que, em breve, os profissionais da imprensa tenham da parte do Estado a assistência moral que merecem, e cuja demora os vem conservando na situação de párias entre todos os trabalhadores do Brasil.

Eu não consagro à minha classe uma afeição verdadeiramente fraterna. Tipógrafo, revisor, repórter, redator, e, hoje, colaborador independente, carrego no meu passivo trinta anos de atividade profissional. E o sentimento que me desperta o homem que vem hoje pelos ásperos caminhos que eu perlustrei é a piedade, na sua expressão mais funda e mais humana. Porque, na verdade, não há trabalhador que mais se haja degradado com o trabalho, nem proletário em cuja alma a necessidade tenha levado a efeito maiores devastações.

O profissional da imprensa é, positivamente, o operário mais miseravelmente pago, em todo o país. A sua existência é um tormento contínuo, um doloroso rosário de humilhações. Percebendo um salário ínfimo, quase sempre pago em vales miúdos, em pequenas prestações que parecem esmolas, começa na própria casa em que ele trabalha a obra da sua degradação. Ao fim de alguns meses de ronda em torno da gerência e dos chefes, ele perdeu, já, a vergonha de pedir. E se não chega a pedir fora aquilo que o patrão lhe recusa, inicia o envenenamento do próprio caráter, enche o coração de ódio, o fel que lhe extravasa do fígado aflora-lhe em breve ao bico da pena, e nasce, então, nele, o descontente, o agitador, o revolucionário, o rebelado, o conspirador, a levar por toda parte o facho da destruição.

Tivessem os governos ao seu serviço um psicólogo, assim como têm consultores técnicos e consultores jurídicos, e os do Brasil já teriam descoberto que uma parte considerável da inquietação pública procede do salário miserável, e inseguro, e à existência humilhante do homem de imprensa. Cada um de nós vê o mundo através do seu bolso e da despensa de sua casa. Não há ninguém que, sem um níquel no bolso, com a miséria no lar, os filhos seminus carecidos de pão e remédio, considere suportável o governo do país em que vive. O otimismo do funcionário público bem remunerado que é ao mesmo tempo jornalista não é, talvez, uma venalidade, mas o reflexo do seu bem-estar. Não há coração alegre quando o estômago está vazio. E como a imprensa é feita, no Brasil, especialmente no Rio e em São Paulo, por trabalhadores que ganham pouco e quase nada recebem, é a imprensa, onde ela existe, o vulcão que sacode permanentemente os alicerces da nação e a causa precípua de todas as agitações que têm alarmado o país.

Assegurar o pão para esse trabalhador, velar pelo seu presente e pelo seu futuro é, pois, cuidar do interesse público. Se os governos velam pelas forças armadas, facultando-lhes recursos e comodidades para que não utilizem as suas armas contra o Estado, por que há de abandonar, como desprezível, esse artilheiro anônimo que tem nas mãos o mais perigoso dos engenhos de guerra?

Debalde perseguirá o governo o comunista, o agitador, o conspirador, o inimigo permanente e evidente da ordem. Enquanto houver jornalistas lutando contra a miséria, desamparados de todo conforto e de toda a assistência do Estado, surgirão da terra novas hostes, novos batalhões de rebelados, para atentar contra o edifício social. O bico de uma pena faz o milagre de Pedro Eremita: onde ele bate, levantam-se as legiões.

Fará, assim, o governo trabalho em defesa própria, não só instituindo a aposentadoria do trabalhador da imprensa, como regulamentando a profissão jornalística. O problema é, sem dúvida, complexo. O jornal, no Brasil, não é, ainda, uma indústria cuja prosperidade permita às empresas a aposentadoria dos seus velhos servidores, e, ainda menos, a todos eles, a assistência de que hão mister. O mais racional seria, talvez, examinar a matéria em conjunto, ideando um Código de Trabalho para a imprensa nas condições do Código italiano: instituir, em suma, um departamento que vele pelos interesses dos jornalistas junto às empresas, que seja o intermediário das locações, receba e pague os salários, vigiando a execução dos contratos. Recolhendo uma pequena porcentagem dos salários recebidos, o Departamento de Imprensa do Ministério do Trabalho formaria um fundo, destinado aos serviços de assistência aos jornalistas incapacitados pela doença ou pela idade. Uma antecipação, apenas, de um sistema que se universalizará amanhã.

Leve o governo, pois, a termo a ideia ontem anunciada. Trabalhe por ela a Associação Brasileira de Imprensa. Não esqueçam a Associação e o Governo que o leão, o mais doméstico, se torna bravio, quando tem fome.

Sepultando os meus mortos, 1935

O ALMOÇO DA IMPRENSA E A PRESENÇA DO CHEFE DO GOVERNO PROVISÓRIO

A imprensa brasileira registrou anteontem, com o almoço comemorativo que promoveu, a mais significativa e concreta das suas conquistas sociais. Pela primeira vez na história do Império e da República um chefe de Governo tomou lugar à mesa de um banquete, ao lado de trabalhadores de jornal, em perfeito pé de igualdade. Pela primeira vez um homem público de responsabilidade falou à nação por intermédio de profissionais do jornalismo, em homenagem a eles próprios, e não às folhas em que porventura trabalhassem. Pela primeira vez, em suma, um homem de Estado compareceu a uma festa de repórteres, e lhes disse, jovialmente, apertando-lhes a mão suja de tinta:

– Aqui estou, camaradas!

Para os políticos brasileiros que ascenderem aos altos postos, o jornalista é, sempre, o diretor do jornal. Pouco lhes importa que este saiba, ou não, escrever. Pouco lhes importa que, para este, o jornalismo seja apenas uma indústria, e a redação uma fábrica de que é o único acionista. Os cérebros que elaboraram o artigo político, a crítica social, o comentário severo ou gracioso são meros aparelhos anônimos, e cujo anonimato convém conservar. Esses aparelhos trabalham no silêncio noturno, tecem e entretecem a intriga da vida e a teia dos interesses alheios. No dia, porém, em que o homem de governo pretende entrar em contato com essas energias laboriosas, o que lhes aparece é o proprietário da empresa, o aproveitador nem sempre consciencioso desse pequeno mundo de formigas diligentes, o "jornalista" que chegou à direção do jornal pela gerência e que não conhece da vida de imprensa senão a folha de pagamento.

É verdade que, ao lado dos autênticos e obscuros manipuladores de jornal, que arrastam, gemendo, o carro de Gutenberg, encontrou o chefe da Nação, ontem, muita mosca do coche, e que este inseto se atribui, quase sempre, o progresso do carro na ladeira. Mas que importa, se os legítimos donos da casa lá estavam? Que importa se o pensamento do presidente fora a visita ao operariado da pena, aos proletários intelectuais que, com duzentos mil-réis por mês, pagos em vales e com atraso, fazem o milagre de sustentar família, e realizam o prodígio de não andar de tanga no coração de uma cidade civilizada?

Recebendo na sua casa o chefe do Governo Provisório, podem os profissionais da imprensa dizer que, de fato, pela primeira vez, foram visitados por um presidente da República. Porque, na verdade, as visitas feitas às redações não são levadas, nunca, aos jornalistas, mas aos jornais, que nem sempre significam a mesma coisa. Quando um homem público deseja homenagear, ou lisonjear os operários da construção civil, não vai às obras em que trabalham, aos arranha-céus em que eles serram madeira, batem o ferro, deitam o cimento nas formas: vai, à noite, à sede da sua associação de classe, à casa em que eles mandam como donos, e não ao lugar em que obedecem, como escravos, privados de toda a personalidade. E não há – saiba-o o chefe do Governo Provisório – classe mais desprotegida, profissão mais desgraçada, do que essa que foi honrar com a sua visita. Levantada a genealogia de Caim regista o *Gênesis* a sua posteridade até Lamec, filho de Metusael. Algum dos descendentes de Lamec deve ter casado com a filha de Asvero. Desse casal nasceu, com certeza, o primeiro homem de imprensa.

Quem escreve estas linhas de hoje, e não participou do almoço de domingo último, tem o prazer, ou a tristeza, de haver feito, penosamente, todo o curso na profissão. Tipógrafo, impressor, distribuidor de tipos, revisor, repórter, colaborador, secretário, redator e diretor de jornal, só lhe falta, mesmo, para encerrar vitoriosamente a carreira, ir vender folhas em qualquer esquina de rua. No trato da vida, a experiência dá autoridade. E é com essa autoridade provinda da experiência que eu faço aquela afirmativa.

E ela é tão profunda que o próprio Destino não quis abrir exceção, mesmo para um jornalista honorário. Segundo se lê nos jornais, o ilustre sr. Getúlio Vargas foi proclamado, unanimemente, anteontem, redator honorário dos jornais cariocas e, nesse caráter, sócio honorário da Associação de Imprensa. Foi uma gentileza, um ato de cortesia dos jornalistas, e a que eles se achavam naturalmente obrigados. O Destino não admite, porém, brincadeiras, nem condescende com os propósitos amáveis das criaturas. Ora, o redator de jornal é um homem que, por sua natureza, vive em dificuldades financeiras. É um homem que luta permanentemente com as crises mais tormentosas. É um homem que não pode, jamais, pagar com pontualidade os seus compromissos. Que fez, então, o Destino? Promoveu, na véspera, isto é, sábado passado, a moratória oficial, de modo que, comparecendo à festa dos jornalistas, o sr. Getúlio Vargas não fosse uma exceção entre os seus novos colegas, mas um homem preocupado, também, com a exigência dos credores!

Achava-se, certa vez, São Pedro no seu escritório à entrada do Paraíso, quando bateram à porta. Era um sujeito corretamente encadernado nas suas roupas de defunto, camisa de peito duro, ares de homem que viveu feliz e morreu sem cuidados. O chaveiro chegou ao parlatório, examinou os papéis, olhou o portador por cima dos óculos, e, em lugar de abrir a porta, foi conferir o passaporte com a sua escrituração. Virou, revirou o papel, e tornou a examinar o portador.

— Esses documentos são seus mesmo? – indagou sem simpatia.

— Sim, senhor.

O Santo entrou novamente, e curvado, o passinho miúdo, se encaminhou para o interior da mansão celeste, de onde vinha docemente desentoado o canto das Onze mil Virgens.

— Dá licença, meu Senhor?

O Padre Eterno fez-lhe um gesto de assentimento.

— Senhor, eu estou aqui com uma dúvida. Está aí um sujeito que se diz jornalista. Os papéis estão em ordem. Mas, pela minha escrituração, ele não deve a ninguém e sempre recebeu em dia o produto do seu trabalho.

— Tem cara de miséria?

— Não, senhor, meu Senhor.

— Vivia na abundância?

— Vivia, meu Senhor.

E Jeová, encerrando a conversa:

— Então, há troca de papéis. Manda-o embora!

O chefe do Governo Provisório era, anteontem, na festa dos jornalistas, o representante do Brasil, que suspendera pagamento no dia anterior. Foi, ali, proclamado redator dos jornais cariocas.

Era, de fato, um colega.

Notas de um diarista (*2ª série*), 1936

JORNAIS DE ONTEM E DE HOJE

O Rio de Janeiro é, relativamente à sua população, a cidade do mundo que possui maior número de jornais diários. Por isso mesmo – digamo-lo com franqueza – é a que possui os jornais mais desinteressantes do mundo. Temos folhas cotidianas com dezenas de páginas; mas o leitor inteligente manuseia essas páginas todas em quarenta segundos, sem encontrar um assunto que lhe detenha a atenção. Se um preto do morro do Pinto aplica uma surra na crioula que o enganou, o vespertino consagra-lhe meia-coluna de prosa, e o matutino duas, com a fotografia dos dois. Trava-se na imprensa da cidade, diariamente, uma espécie de campeonato para saber qual é o jornal que consagra maior número de linhas ao assunto mais tolo, ou ao acontecimento mais insignificante. Parece, até mesmo, que a imprensa quer fazer concorrência ao governo na tarefa de depreciar o "papel".

Nessa província da nossa atividade mental pode-se dizer, sem risco de contradita, que temos caminhado para trás. O aspecto material das folhas tem, sem dúvida, melhorado. A feição gráfica de algumas é um atestado evidente do progresso da técnica entre nós. Mas a parte mental, e particularmente literária, representa um retrocesso considerável em relação ao jornal de há vinte e, mesmo, de há quarenta anos. O noticiário amorfo, contendo detalhada narração de furtos de galinha, brigas de botequim, canivetadas de "Moleque Saracura" em

"Moleque Pega-moscas", ou sobre o aniversário do "nosso eminente diretor" ou da filhinha do "nosso querido companheiro das oficinas", tomou o lugar ocupado, outrora, pelo comentário ligeiro e elegante, pelo artigo político subscrito por nome ilustre, pela colaboração assinada, pelo sumário inteligente, enfim, dos acontecimentos e das ideias. Desligou-se o jornal da minoria que lê, para consagrá-lo à maioria que não lê.

Quando, no governo Hermes, o couraçado *Minas Gerais* partiu para São Salvador conduzindo o presidente da República e o seu séquito, Rui Barbosa escreveu um dos seus artigos magistrais lembrando que, antigamente, no tempo de Cabral e de Tomé de Souza, perlustradores da mesma região marítima, "os navios eram de pau mas os homens eram de ferro", e que, no século em que vivemos, se observa precisamente o contrário: "os navios são de ferro, e os homens, de pau". Da imprensa brasileira dos nossos dias pode-se dizer, mais ou menos, o mesmo: as máquinas antigas eram pobres, mas divulgavam ideias ricas; hoje, as máquinas são ricas mas imprimem ideias pobres.

Foi, assim, para mim, motivo de espanto a notícia, anteontem divulgada, de que este matutino, e as numerosas folhas que fazem parte da mesma empresa nas grandes cidades do Brasil, vão adotar, a partir de 1º de julho, a ortografia ultimamente aprovada pela Academia Brasileira de Letras, e em que é estampado hoje este artigo.

É verdade que o sr. Assis Chateaubriand é mais um puro homem de letras, um artista da palavra e do pensamento, que o jornalismo pediu por empréstimo e não devolveu mais. O escritor tem feito o impossível para dissolver-se na profissão nova, por efeito de integração. Mas o espírito literário não o abandona; e quando prepondera, é para obrigá-lo a assumir atitudes como essa, em que se revelam no mesmo homem, num lance heroico, o poeta e o paladino.

Havia na imprensa brasileira uma pequena lenda, segundo a qual o *Estado de São Paulo* correra o risco de desaparecer, pelo fato de haver, um dia, adotado a ortografia oficial portuguesa. Assinantes e anunciantes, num gesto enérgico, haviam mudado de folha, dizia-se, por não terem encontrado no grande matutino paulista "atividade" com "ct" e "fonógrafo" com "ph".

A novidade correu mundo e as ortografias novas passaram a constituir um espantalho para os demais órgãos da imprensa brasileira. O leitor e o anunciante queriam as suas consoantes dobradas, o seu lírio com "y", a sua filosofia com "ph" duas vezes. Tinham pago o anúncio e assinado o jornal com as letras todas. E como não as encontravam todos os dias, sentiam-se roubados.

O Estado de São Paulo acaba de declarar, entretanto, que tudo que se espalhou é fantasia, fruto da imaginação de alguns filólogos desocupados. Não houve nada disso. Os seus leitores não o abandonaram. A sua tiragem não caiu. Os seus anúncios não diminuíram. E se ele voltou à ortografia usual foi tão somente para não ficar constituindo uma exceção na imprensa brasileira do tempo.

A lenda morreu. E o fantasma evaporou-se.

A ortografia acadêmica apresenta, na minha opinião, apenas um pequeno ponto que violenta um pouco a nossa escrita: as terminações em "ás", "ês", "ís", etc., que nos obrigam a escrever "português", "burguês", "país", quando já nos havíamos acostumado ao emprêgo do "z", em tais circunstâncias. A regra que redigi, e que não foi aprovada pela Academia, evitaria que escrevêssemos "país" com "s", "raís" com "s" e "trêse" com "s". Mas o hábito poderá mais do que os filólogos e do que a pseudociência que os orienta. Dentro em breve a língua estará simplificada definitivamente, contra a vontade de uns e de outros. Escrever-se-á, então, "teoria", "tesouro", como eles permitem, mas também se grafará "paiz" e "portuguez" com "z". E as Academias aceitarão. A lei do menor esforço tem, ainda, o domínio do mundo.

E aqui está o espantalho. O leitor deu, porventura, pela falta das suas consoantes dobradas ou dos grupos gregos que eram o encanto dos seus olhos mas, também, o tormento dos seus filhos? Pois a ortografia acadêmica é simplesmente isto. E é assim que, de 1º de julho em diante, será composto este jornal.

Notas de um diarista (2ª série), 1936

A ETIMOLOGIA É UMA SUPERSTIÇÃO

As ditaduras a que Portugal tem recorrido para consolidar o regime republicano podem não ter sido frutuosas sob o ponto de vista político; mas é incontestável que uma, pelo menos, prestou relevante serviço ao país, contribuindo para o estabelecimento da ordem no domínio das letras. Esta foi a que vigorava em 1911, quando um presidente desabusado, após uma reunião de filólogos que se combatiam entre si, tornou obrigatório o formulário ortográfico por eles redigido. Decretada pelo Estado, que a impunha não aos escritores, gente insubordinada e teimosa, mas às oficinas gráficas que lhes imprimiam os livros e os jornais, a ortografia oficial portuguesa tornou-se vitoriosa. Entre a multa ou a prisão e o emprego da consoante singela o editor português optava, naturalmente, por este, sacrificando sem relutância as consoantes dobradas e todas as demais exigências da etimologia.

Resolvido, assim, na outra margem do Atlântico o problema da grafia da língua, pendurou ele no Brasil, sem solução possível. E isso por falta de uma revolução que nos impusesse uma ditadura, e de uma ditadura que, por sua vez, nos impusesse uma ortografia. Porque, eu estou certo, gramático não se cala, jamais, senão com ameaça de cadeia.

A revolução, tivemo-la, já. A ditadura, temo-la, aí. Que a ditadura nos dê, pois, a ortografia obrigatória com uma simples portaria do seu Ministério da Instrução.

Membro, embora, da Comissão que opinou, na Academia Brasileira de Letras, pelo restabelecimento do formulário ortográfico aprovado em 1907, e autor do projeto legislativo mandando adotá-lo nos estabelecimentos e publicações oficiais, eu não considerei, jamais, a ortografia, um fator absoluto na arte de comunicar as ideias. O que me preocupa são estas, e não os caracteres, as formas gráficas e convencionais em que são elas fixadas. Formado intelectualmente nos moldes clássicos, habituei-me a vazar o meu pensamento na grafia usual, e desejaria continuar a vazá-lo, em um culto ao passado e para manter, pelo resto da vida, um ponto de contato com o tempo em que surgi para as letras. A afeição aos dias que se foram não me impede, todavia, de compreender o sentido dos dias que alvorecem. E é por isso que confesso, lealmente, considerar o formulário ortográfico da Academia, no seu conjunto, e pelo espírito prático em que se inspiraram os seus redatores, um trabalho moderno e, tanto quanto possível, perfeito, e que fará honra, no futuro, àqueles que o elaboraram. Esse formulário contém, em catorze regras singelas e coerentes, aquilo que não conseguiram, em virtude mesmo das suas prevenções de eruditos, os eminentes filólogos portugueses que reformaram em 1911 a obra individual de Gonçalves Viana. Preocupados com a sua responsabilidade de profissionais vigiados pela tribo irrequieta dos gramáticos, e, por isso, com a exibição de conhecimentos filológicos que se tornavam, no caso, indesejáveis e preciosos, os mestres lusitanos olvidaram que o objetivo da reforma a eles confiada era a simplificação dos métodos, para maior facilidade do ensino. Eles fizeram obra científica (emprestando-se aqui à ciência a sua interpretação antiga, de explicadora de fenômenos de utilidade secundária), mas esqueceram que legislavam para crianças, para espíritos simples e primitivos, e não unicamente para escritores e eruditos.

Mergulhados nos códices, raspando a poeira dos alfarrábios com a barba ilustre e venerável, fizeram os filólogos portugueses da ortografia um mistério egípcio, constituído de 46 pontos capitulares explicados em 96 regras, como se fosse possível ao espírito infantil, ou mesmo adolescente, absorver e reter toda essa chinesice de sábios. Obra respeitável, sem dúvida, a sua; mas suntuária, exagerando o luxo da erudição e, assim, em conflito com o espírito prático do seu tempo. Mentalidades europeias impregnadas do caruncho de uma civilização em agonia, ignoravam eles o clima que fazia aqui fora, e que está raiando, já, para o mundo, aquela idade de espantos que Renan anunciou e que se caracteriza pela emancipação do homem em relação às superstições do passado – teias de aranha que impediam o movimento rápido à asa do espírito humano. O século XX, que vem cunhando novas moedas em metal novo em todos os departamentos da atividade, e que já tem a seu serviço, para intercâmbio do pensamento, o disco e a estenografia, não se deterá, sem dúvida, diante das dificuldades criadas pela tradição, desde que se trate de simplificar a linguagem escrita.

A obra dos filólogos portugueses não visou, aliás, à simplificação, mas à uniformização, que é coisa diferente. Ela uniformizou, mas dificultou o ensino da língua. Os que a levaram a efeito fizeram, em suma, como aquele matemático da anedota americana, que viajava em companhia de um discípulo quando o trem cruzou, em caminho, com um rebanho de carneiros.

– Oito mil seiscentas e quarenta e sete cabeças! – exclamou prontamente o especialista.

– Mestre, como lhe foi possível, de relance, verificar quantos carneiros havia naquele rebanho? – estranhou o discípulo.

E o matemático, displicente:

– Nada mais simples: contei as patas dos carneiros que iam correndo, dividi por quatro, e apurei o cociente!

Assim fizeram os especialistas de Lisboa: procuraram demonstrar o que havia de mais simples com o que podia haver de mais difícil.

Amanhã, a esta hora, continuaremos a contar os carneiros.

Notas de um diarista (2ª série), 1936

OS HISTORIADORES
E A HISTÓRIA

Os grandes feitos militares registrados pela História não serão, acaso, mais uma criação dos narradores do que dos capitães a quem são atribuídos? Que seriam o cerco de Troia sem Homero, Salamina sem Heródoto, e a Retirada dos Dez Mil sem a colaboração literária de Xenofonte? É conhecido o caso do historiador francês Antoine Varillas, autor de *História das heresias*, publicada em 1690. Acusado de haver alterado a verdade histórica para maior interesse do assunto, desculpava-se ele:

— Que importa se tenham os fatos passado de outro modo, se assim fica melhor?

Albert Cim, que registra essa anedota, conta, igualmente, o episódio ocorrido com Vertot, que escreveu no século XVIII a *História da ordem de Malta*. Havendo ele pedido a um pesquisador informações seguras sobre o modo por que se levara a efeito o cerco de Rodes, e como o informante demorasse, resolveu o historiador imaginá-lo, e descreveu-o. Com o livro pronto, chegam-lhe os esclarecimentos pedidos. Mas ele recusa.

— Chegaram tarde — diz.

E devolvendo-os:

— Agora o cerco já está feito!

A história do cerco de Rodes escrita por Vertot seria, talvez, hoje, a verdadeira, se não se tivesse divulgado a anedota. Pausânias era considerado na Antiguidade, e ainda o é em nosso tempo, uma das mais puras fontes de informação em geografia e história. A sua *Periégesis* é o melhor dos roteiros para conhecimento do mundo antigo. É sabido, entretanto, que, ao escrever sobre a guerra da Messênia, ele preferia orientar-se pelo poeta Riano, que a celebrou em verso, do que pelo historiador Miron de Priena, que a relatou em prosa. O ouro da imaginação recebia dele, assim, a forma e o cunho, transformando-se em moeda da Verdade.

Essa convenção, de imaginar o Passado com os elementos fornecidos pelos historiadores, não escapou, aliás, à ironia de Swift. Em uma das viagens do capitão Gulliver, vai ele ter à ilha de Glubbdubdrib, onde vão ressurgir todos os indivíduos que passaram por este mundo. Curioso da História da Inglaterra, procura o viajante conversar com alguns varões eminentes ali refugiados, pedindo-lhes informações dos acontecimentos do seu tempo. E verifica, boquiaberto, que estes se haviam desenrolado de modo tão diverso daqueles narrados nos livros, que nem pareciam os mesmos. E pior foi, ainda, quando quis conhecer pessoalmente os fundadores das casas reinantes da Europa, isto é, as sementes mais remotas da mais pura nobreza do continente. Ao enunciar o seu desejo, surgiram-lhe os antepassados dos soberanos do século. Eram dois cardeais, um abade, um prelado italiano, dois cortesãos, um barbeiro e dois tocadores de violão!

A História é, assim, menos o reflexo dos acontecimentos do que uma obra de imaginação. Por isso mesmo, o Presente sempre sente saudades do Passado. Mas o Futuro há de sentir, por sua vez, saudades do Presente, porque os historiadores hão de inventar homens que o ilustrem e fatos que o enfeitem, de modo que tenhamos sempre a ilusão de que já houve, na vida, alguma coisa de grande, de puro, de heroico e de bom.

Últimas crônicas, 1936

LE HORLA

Algumas centenas de pessoas e, possivelmente, milhares, estão se queixando, neste momento, no Rio, de uma esquisita inquietação, de um mal-estar inexplicável, que se caracteriza pela insônia ou pelo sono entrecortado de sonhos fantásticos, e por um susto contínuo e vago, um temor de perigos incertos e desconhecidos. Uma espécie de epidemia mental vai, aos poucos, se alastrando pela cidade, estabelecendo uma corrente secreta de sofrimento e de terror nas profundidades marítimas do oceano carnavalesco.

– Que será? – pergunta a si mesmo, cada um dos que sofrem.

E outros, afeitos à reflexão:

– Paira no ar algum fluido, algum veneno que atinge a alma, através dos nervos e do cérebro... Que veneno será esse?

Envolvido por esse fluido, ou por esse gás que o dr. Ox prepara na sombra em algum recanto escuso da cidade, eu próprio tenho procurado a causa do fenômeno.

– Talvez estejamos sob o influxo da gripe, que percorre o mundo, e cuja vanguarda microbiana chegou, já, ao Rio de Janeiro, e se acha em trabalhos de reconhecimento... – dizia-me há poucos dias um médico.

Eu tenho, todavia, para mim, que as origens do mal são mais profundas e misteriosas. Trata-se, talvez, de uma visita de *Le Horla*, o trágico e terrível demônio maupassantiano.

Le Horla era, como se sabe, para Maupassant, uma diabólica entidade brasileira. Chegara ao Sena em um veleiro nosso, em um garboso três-mastros rigorosamente pintado de branco. E nunca mais aquele vigoroso e claro espírito desfrutou tranquilidade, acordado ou no sono. *Le Horla* bebia o seu leite, lia os seus livros, dirigia a sua existência atormentada, dando-lhe ordens imperiosas quando se achava em casa, ou interrompendo-lhe os passeios, quando saía. E a vítima sempre com o susto na alma, com o pavor no coração.

Eu viajava, uma destas tardes, de ônibus, para o meu bairro, com o pensamento no demônio invisível, quando, de repente, divisei, sentado num palanque armado na frontaria do Cassino Beira-Mar, um calunga esparramado em um trono, com uma coroa à cabeça e um cetro na mão. Lembrei-me das cidades sertanejas do Nordeste, nas quais é praxe expor a figura de Judas Iscariotes, antes de meter-lhe o cacete. Encarei-o. Reconheci-o. E, logo, empinando-me no meu banco, a mão estendida, exclamei, com a mais solene convicção:

– O *sujeito* é aquele!...

Quem sabe se, contrariando os etimologistas, o tal Momo não foi, realmente, um monarca oriental, soberano de um povo de que a História não guardou lembrança e se a sua alma, acompanhando a efígie, não anda solta no espaço atormentando os que lhe não rendem homenagem?

– Apressa-te, pois, ó Momo, senhor da folia, governador geral do Rio de Janeiro, oficialmente confirmado no posto em 1933! Reina e vai-te! Governa e despede-te! E deixa que durmam em paz os que têm sono, ó implacável *Horla* desconhecido, que és, hoje, na terra, no céu, e nas águas, o tirânico dominador da cidade!...

Últimas crônicas, 1936

A GERAÇÃO NOVA

A geração literária a que pertenço foi uma das mais pobres do Brasil. A princípio, quando a onda da esperança nos tomou no oceano da vida, nós éramos um milheiro, um exército, uma multidão incontável. Trazida mais pela espuma do que pela força poderosa das águas, a companhia foi, pouco a pouco, se desfalcando. E de tal modo fomos dizimados pelo desânimo, pela preguiça, pelo suave sibaritismo do tempo, que, ao chegarmos à praia, não éramos mais, talvez, que uma dúzia de náufragos.

Os cavaleiros da vaga seguinte, que se quebra neste momento no colo suave da praia, foram mais felizes e numerosos. A onda que os trouxe atira-os, incólumes e reunidos, à base da mesma duna marítima, permitindo-lhes uma harmonia de vistas, de ação e de pensamento que não tiveram, ao aportar à terra, os despojos humanos do meu navio.

É consolador, efetivamente, o espetáculo que nos oferecem esses rapazes de vinte e trinta anos, essa geração de estudiosos a que pertencem, entre outros, Ronald de Carvalho, Jackson de Figueiredo, Orestes Barbosa, Tasso da Silveira e Andrade Muricy. A obra jovem de cada um deles é, em si mesma, uma afirmação de valor, de cultura, de prestígio. A minha geração foi, principalmente, de poetas, de visionários, de escritores de ficção. Veio no cabeço espumante da vaga, indiferente à profundidade do mar. A de agora é mais sólida.

É de críticos, de filósofos, de prosadores estudiosos, que se não fiam, como os pássaros soltos, nos milagres da inspiração. A sede de saber, a ânsia de abrir passagem, atira-os para a frente, em marcha batida. E é de meter inveja a coragem, a certeza, a esperança com que eles se atiram para diante, afastando de olhos fechados os mais ásperos obstáculos do caminho.

A missão generosa a que se votam os jovens escritores que a constituem é uma prova da segurança com que se aprestaram para a batalha. A crítica foi, sempre, no Brasil, uma espécie de carro de mão, desses que se utilizam dos trilhos dos bondes para maior comodidade da marcha. Quando um prosador pretendia mostrar os seus conhecimentos e o seu estilo, aproximava-se de uma das nossas figuras clássicas, e repetia o que dela já haviam dito, fracionalmente, algumas penas anteriores. Ninguém aventurava caminhos novos, conclusões inéditas, arriscando um juízo imprevisto. E aí está, evidenciando essa verdade, a falta de um estudo crítico sobre Coelho Neto, sobre Bilac, sobre Alberto de Oliveira, sobre Murat, sobre Raimundo, sobre Vicente de Carvalho, sobre qualquer, enfim, dos vultos primaciais aparecidos depois de 1880. Nome de que a crítica não tivesse lançado a semente antes dessa época não floriu, depois, em um único julgamento definitivo. Os críticos desse período foram simples crianças de pulso trêmulo e mão insegura, que se limitaram a cobrir com tinta o que já encontraram no papel em traços de lápis.

Abalançando-se a escrever sobre entidades recentes, que atravessam, ainda, a claridade dos nossos dias, os críticos da nova cruzada fazem obra inteiramente sua, e com a circunstância, ainda, de se preocuparem especialmente com a revelação de valores mentais injustamente desconhecidos.

A obra desses novos escritores tem constituído, em certos pontos, uma verdadeira revolução. Os estudos sobre Cruz e Sousa, Nestor Victor, Gonzaga Duque, Farias Brito, Emiliano Perneta e outros, feitos por eles, denunciam a ressurreição de figuras que a ingratidão dos homens havia soterrado no olvido. E como essas individualidades restauradas para o culto coletivo representavam uma corrente submarina inteiramente oposta àquela que passava à superfície, e que, triunfou, há vinte anos, sobre a simpatia do público, é evidente que teremos, com o advento desse grupo de prosadores jovens, uma profunda modificação nas modernas fórmulas literárias.

Essa previsão pode ser alterada, e fundamentalmente, com os obstáculos do tempo e do acaso. Entre duas curvas de um rio, há, às vezes, uma cachoeira, um salto, uma queda imprevista, que modifica inteiramente o curso da corrente. Dezenas de gerações começaram, talvez, com a mesma fé, o mesmo ânimo, o mesmo entusiasmo, e foram, no caminho, desnorteadas por inimigos inesperados. Se, porém, essas dificuldades não surgirem, nem os assaltarem no caminho os lobos do desalento, o país terá o prazer de assistir a um serviço de exumação verdadeiramente curioso, para que se recolham, por si mesmas, nas sepulturas vazias, dezenas de glórias sem base.

No mundo das letras, como no mundo político, há, também, dinastias que se revezam nos tronos. Homero foi, por mais de uma vez, apeado da sua cadeira de monarca e é de ontem, ainda, a ascensão de Shakespeare. Nomes que se acham hoje no exílio, riscados da atenção humana, podem estar, em breve, no auge da fama, aplaudidos e cultuados. O índice das literaturas é como certos manuscritos antigos, que reclamam determinadas circunstâncias atmosféricas para serem decifrados. Há nomes, em todas elas, que aparecem hoje para desaparecerem amanhã, e que podem ressurgir, mais tarde, com um brilho maior.

A corrente restauradora, que agora se revela e acentua, tem o mérito excepcional de não destruir os ídolos alheios para levantar, sobre os escombros, a estátua dos seus. Anima-a um espírito de tolerância caracterizadamente romano. Roma nunca impediu que o bárbaro edificasse o templo dos seus deuses nos limites sagrados da cidade. O que os imperadores não queriam, nem a plebe desejava, era o que o estrangeiro fosse combater, insolentemente, dentro dos seus muros, como os cristãos, as divindades a que eles atribuíam a grandeza incontrastável do império.

Os homens de letras são como as mulheres, que só entregam à geração nova o seu posto nos salões e no noticiário mundano dos jornais, quando lhes é impossível, de todo, manter o lugar. Trabalhador solitário, guerrilheiro sem disciplina, eu sou, talvez, um caso isolado na classe. E é, com certeza, por ver-me tão só, ou em um contingente tão reduzido, que aqui deixo, desde agora, voluntariamente, esta honrosa capitulação sem combate...

Fatos e feitos, 1949

A POESIA NOVA

Um decênio antes do conflito europeu, notava-se em todo o mundo uma reação evidente contra as tendências materialistas do tempo, isto é, contra a herança precária, e já desvalorizada, das cogitações filosóficas do último século. Desiludido das pesquisas a que se entregara, inutilmente, o espírito humano voltava, sobre os próprios passos, ao ponto de partida, na esperança de novos horizontes que lhe permitissem a iniciativa de outro roteiro.

A guerra, pondo ao alcance de todos os olhos o espetáculo misterioso da morte imprevista, e patenteando, como numa vertigem, os múltiplos aspectos da fragilidade humana, veio apressar, ainda mais, esse recuo. Ante o corpo inanimado dos irmãos, dos amigos, dos companheiros da véspera, o soldado sentia a necessidade de acreditar em alguma coisa da vida, admitindo a independência de uma força eterna, que animasse provisoriamente a matéria. O homem não podia ser uma casa habitada, cujos moradores desaparecessem com ele. A casa entrava em silêncio, desfazendo-se em poeira, mas unicamente depois que o inquilino a abandonava para vagar na rua, ou habitar outro edifício...

Essa modificação do pensamento humano diante do Desconhecido era, nesse momento, inevitável. A morte será, eternamente, a sineta que chamará o homem a si mesmo, fazendo-o recuar de cogitações aventurosas. O maior dos nossos filósofos, Farias Brito, cuja personalidade se vai acentuando na lembrança dos estudiosos à medida que o seu túmulo se afasta de nós, conta-nos com singeleza o que foi, na evolução do seu espírito, a cena, que testemunhou, da morte de seu pai. "Eu me convenci de nossa imortalidade" – escreve, na sua *Finalidade do mundo* (3ª parte, p. 83) – "em um dos momentos mais solenes, mais graves de minha vida: quando assisti à morte de meu pai. Creio que não me levarão a mal fazer aqui uma ligeira referência a este fato, que é muito particular, muito privado, mas que é, em todo o caso, de uma significação elevada e profunda, e teve para mim o valor de uma revelação. Eu costumo assistir impassível à morte. Acho que a morte é natural, acho que a morte não é um mal, porém, um bem. Apesar disso a morte de meu pai me doeu, e ainda me dói; mas a minha dor, por mais profunda que tenha sido, teve, não obstante, o seu efeito benéfico. Todo o parto é doloroso; e assim também no domínio da vida espiritual se observa que é no momento da dor acerba que a verdade se revela. Meu pai me deixou, por seu exemplo, o caráter; por seu amor, a convicção de que a vida não é sem justificação; e, mesmo por sua morte, exerceu poderosa influência sobre o curso das minhas ideias". Após a descrição da moléstia, uma insuficiência mitral, acrescenta o filósofo (p. 84): "Meu pai realmente sofreu em extremo, e no último instante ainda soltava um gemido lento, um ai! profundo, quase imperceptível. Ele tinha então na fisionomia a expressão de quem chora, ao mesmo tempo que levava lentamente a mão ao coração. Era a última dor, mas era, sem dúvida, uma dor incomparável.

E considerando aquela dor, considerando todos os seus sofrimentos durante a moléstia, era assim que eu pensava comigo mesmo exatamente naquele momento: – Oh! não é possível que tanto sofrimento seja para nada. E se no movimento do Cosmos, em toda a extensão do espaço e do tempo, como é sabido, nada se extingue, nada se perde, também é certo que meu pai não se extinguirá, e há de passar daqui para alguma região desconhecida do espaço, continuando a existir, continuando a trabalhar, sob outra forma, mas como elemento imperecível, na obra eterna da natureza!".

É Montalembert quem conta, se bem me lembro, a influência que exerceu sobre o seu destino a morte de Lacordaire. Estirado no leito em que se ia desprender o seu grande espírito, o grande dominicano ouvia a leitura dos Evangelhos, que lhe era feita por um dos seus antigos companheiros de claustro, quando ergueu, de repente, os braços, deixando-os cair, depois, entre a harmonia trágica desta súplica:

– Mon Dieu! Mon Dieu! Ouvrez-moi! Ouvrez-moi!*

Aquela transição da vida para a morte abalou os que a assistiram. Cada um se sentia, ali, como um viajor que bate sem esperança às paredes de um muro sem eco, e diante do qual se abre, de repente, uma porta miraculosa, que lhe oferece, no deserto, a salvação e o repouso...

Os horrores militares do último conflito haviam de, necessariamente, influir nos homens, definindo, à luz de um novo entendimento, as suas concepções da vida e da morte. Diante dos corpos espedaçados, dos irmãos que morriam sorrindo, na chama das fogueiras ou nas garras das feras, os primeiros cristãos sentiam mais profunda, em si mesmos, a convicção da imortalidade. E foi esse, agora, o efeito que teve a guerra na esfera das coisas espirituais, acendendo-lhes, com os espetáculos da miséria da carne, a esperança, eternamente renovada, de uma futura glorificação...

A poesia moderna tem de obedecer, pois, a essa corrente nova, ou, antes, remoçada pelos acontecimentos. As musas, como os homens que elas embalam, devem ter os olhos no céu, na expectativa ansiosa da revelação de um mistério. Fatigadas da consulta inútil à Natureza palpável, às demonstrações visíveis da vida, à mudez eterna das coisas

---

* Meu Deus! Meu Deus! Abri-me! Abri-me!

que nos rodeiam, compete-lhes, agora, seguir as pegadas da Egéria poética de Luís Murat, cujo último poema *"Ritmos e ideias"* resume, nas suas vozes bradadoras e estranhas, as novas cogitações filosóficas da humanidade ressuscitada.

O mistério da vida continuará, provavelmente o mesmo, perpétuo e insondável. Os nossos cânticos se perderão, com certeza, no espaço, como se perderam as nossas blasfêmias. Bradamos, entretanto, com essas vozes novas, no Deserto por onde vamos. O nosso grito novo, de música mais profunda, servirá, pelo menos, para espantar os lobos do caminho...

Fatos e feitos, 1949

A ACADEMIA

"AS ACADEMIAS CONSTITUEM,
ASSIM, UMA SUPERSTIÇÃO LITERÁRIA.
AOS QUE TÊM TALENTO E PAIXÃO
DO TRABALHO, OS SEUS DIPLOMAS E
OS SEUS PRÊMIOS NÃO ADIANTAM
OU RECOMENDAM."

("SUPERSTIÇÕES LITERÁRIAS",
CONTRASTES)

A ACADEMIA

15 de outubro

*E*ntre os numerosos imitadores que teve Swift com as suas *Viagens de Gulliver*, um houve que se destacou pelo relativo sucesso da tentativa: o abade Desfontaines, famoso contraditor de Voltaire e autor do *Novo Gulliver*.

João Gulliver, herói dessa imitação, visita, como seu ascendente inglês, regiões extravagantes e ignoradas: um país em que as mulheres têm o governo do Estado, outro em que a feiura desperta a admiração e o desejo, e outro, enfim, em que os homens nascem pela manhã e morrem à tarde, realizando, entretanto, integralmente, o mais complicado destino.

A sofreguidão com que os escritores novos vêm se propondo, nos últimos tempos, em candidaturas capciosamente sugeridas, à tentadora imortalidade acadêmica, dá-me a impressão de que me encontro, eu próprio, nesse último país de maravilha, em que os habitantes dependiam, dia a dia, de um frágil raio de sol. Tudo realmente, entre nós, é pressa, é impaciência, é ânsia, é desejo de chegar. Ninguém espera mais pela queda dos grãos da ampulheta. A árvore do Tempo é nervosamente sacudida pelo tronco, para que se desprendam, de pronto, e em cacho, os frutos louros da Horas. Antero de Quental, se nos visse nesta febre, descobriria, talvez, em nós, aqueles loucos que se atiravam de ventre na terra, a beber com fúria a água da vida, no temor de que se esgotasse o oceano da Eternidade....

Eu não conheço, no entanto, engano mais enganoso do que esse com que se embriagam os jovens enamorados da Academia Brasileira de Letras. A sua ilusão é a mesma que se extingue naquela graciosa fábula do Homem e do Gênio, utilizada em um elogio do jogo pela finura gaulesa de Anatole France. Um gênio deu a certa criança um novelo de linha, e disse-lhe: "Este fio é o dos teus dias. Leva-o; e quando quiseres que o tempo corra, desenrola-o: os teus dias passar-se-ão rápidos ou lentos, conforme desenrolares o novelo, depressa ou devagar. Desde que não toques no fio, ficarás na mesma hora da existência". A criança tomou o novelo; desenrolou-o para ser homem; desenrolou-o para casar com uma rapariga que o enfeitiçara com a sua beleza; desenrolou-o para ver crescer os filhos, e para os colocar na atividade do mundo; desenrolou-o para a realização de negócios, para a obtenção de honras, para o afastamento de cuidados, para a terminação de desgostos, para evitar as doenças da idade e, enfim, para acabar com a velhice importuna. Tinha vivido quatro meses e seis dias depois do aparecimento do gênio.

Vê-se, pela intemperança dos que reclamam prematuramente os louros acadêmicos, que os não move o prazer do trabalho, a volúpia da atividade, o gozo de colher pela estrada as rosas que lhe pendem das margens: mas a ambição de chegar ao fim da jornada, como se a coroa não tivesse de ser feita, lá, unicamente com as flores que eles apresentarem nas mãos!...

Os que vivem permanentemente atraídos pela Academia têm, entretanto, um amuleto contra essa tentação irresistível. São estes três versos imensos do nosso imenso pai Victor Hugo, que no-los legou a nós, homens de letras, para que deles fizéssemos o nosso credo:

Les hommes en travail sont grands des pas qu'ils font:
Leur destination, c'est d'aller, portant l'arche:
*Ce n'est pas de toucher le bout, c'est d'être en marche...**

Da seara de Booz, 1918

---

* Os homens ativos se engrandecem pelos passos que dão:
Seu destino é ir, suportando a arca:
Não atingir, mas estar em marcha.

A CADEIRA E A TRIBUNA

(Sala das sessões públicas da Academia Brasileira de Letras. No centro, sobre o estrado coberto de veludo azul, a mesa do presidente, tendo em frente as largas poltronas azul e ouro dos acadêmicos. Cercada por estas, a tribuna. Embaixo, ladeando esse grupo de móveis aristocráticos, e estendendo-se até às extremidades da sala, a multidão das cadeiras escuras e plebeias, destinadas ao público. Aproveitando a penumbra, e o silêncio do recinto deserto, a tribuna e uma das cadeiras humildes, entabulam palestra.)

A tribuna – Ainda estás aí?

A *cadeira* – E para sempre, se me fizerem o gosto. Se achas que a vida (se isso é vida) te é incômoda, eu não tenho motivos de queixa. Tanto me faz permanecer aqui, neste salão de conferências, como num salão de baile, para mim é o mesmo. Não me queixo da sorte.

A *tribuna* – Quem pouco merece acha sempre que o pouco que lhe dão é muito.

A *cadeira* – E quem tudo deseja acha sempre que o muito que lhe dão é pouco.

A *tribuna* – Pretendes, acaso, comparar o teu destino ao meu?

A *cadeira* – Eu? Não, minha filha. Destino é como marido em sociedade honesta: cada um tem o seu. Tu, que vives sempre em contato com os homens de letras, conheces com certeza aqueles versos em que se diz que "até nas flores se encontra a diferença da sorte, umas enfeitam a vida, outras enfeitam a morte", dos quais há uma paródia em que o poeta afirma, também, que "entre as árvores se vê estranha contradição: umas são pra fazer santo, outras pra fazer carvão".

A *tribuna* – Estás ficando literata... Estás aí, estás passando aqui para cima...

A *cadeira* – Não pretendo. Conheço meu lugar e estou contente com ele.

A *tribuna* – E que pretendesses! Isto aqui não é para quem quer; é para quem pode. Daí para cá, há uma altura de cem mil-réis por semana!

A *cadeira* – Queres dizer, talvez, que és mais feliz do que eu...

A *tribuna* – Que dúvida! Basta que examines de onde eu vim, e onde estou. Pau de que se faz tribuna não se faz cadeira.

A *cadeira* – Presunção e água-benta... De onde és tu, então? É capaz de supor, unicamente porque os literatos falam de cima de ti, que és feita de algum carvalho da floresta de Dodona, como o mastro da nau de Jasão. És o "pau falante" da mitologia...

A *tribuna* – E tu és a falante "pau".

A *cadeira* – Não te zangues, filha. Deves saber, pelos oradores que têm subido a tua escadinha, que os tribunos, e, conseguintemente, as tribunas não devem perder a calma nas discussões.

A *tribuna* – Eu estou serena. Apenas, quero que saibas, de uma vez e para sempre, que a tribuna é uma só e as cadeiras são muitas e que, portanto, há entre nós uma grande diferença de posição.

A *cadeira* – E de nascimento...

A *tribuna* – E de nascimento, sim, senhora. Eu sou de pinho-de-riga, do verdadeiro. O pinheiro de que fui feita nasceu numa eminência, à margem do rio Divina, e ao meu tronco foi amarrado, durante a guerra, o cavalo do general Bruzillof. A fronde que eu sustentei cobriu-se da neve de quarenta invernos. E quando cortaram a árvore nobre de que sou com muita honra um dos remanescentes, desci como despojo soberbo a corrente do rio de mistura com blocos de gelo, que iam dissolver-se no Báltico.

A *cadeira* – Eu já havia desconfiado...

A *tribuna* – Desconfiado de quê?

A *cadeira* – De tanto gelo. Tudo que desce de ti vem gelado...

A *tribuna* – A pilhéria não tem graça nenhuma.

A *cadeira* – Continua.

A *tribuna* – Em Riga, o tronco de que eu fazia parte foi dividido em três blocos, cada um dos quais teve destino mais honroso. Do primeiro foi feito o caixão em que enterraram, em 1921, o grande poeta Nikolay Stepanovich Gumilyov. Do segundo foi fabricada a caixa em que foram queimados os livros contrários à revolução russa encontrados nas bibliotecas de Riga. Do último fui eu fabricada, depois de exportado, em tábuas, para o Brasil.

A *cadeira* – Triste destino o desse pinheiro!

A *tribuna* – Triste, por quê?

A *cadeira* – Achas, então, que é pouco só ter servido para enterrar a literatura?

A *tribuna* – Peste! Conhecesses a tua origem, e verias se o teu passado é tão ilustre.

A *cadeira* – E por que não? Olha, eu sou madeira nacional.

A *tribuna* – Pau-brasil, talvez...

A cadeira – Não, senhora. Não vou tão longe. Eu nasci no Paraná, nas fraldas da serra Azul. E a árvore de que fui parte, uma frondosa perobeira alinhada, não se cobriu de neve nem amarrou cavalo de general nenhum. Em compensação, a sua fronde hospitaleira aninhou muito pássaro caboclo e agasalhou muita rola namoradeira, que lhe ia arrulhar liricamente entre as folhas. Depois de abatida, a alegre perobeira do pé da serra foi despida dos seus galhos, das suas ramagens que dançavam o cateretê com a brisa, e conduzida à serraria. E da divisão de que foi vítima não sucedeu baixar ao seio da terra, funebremente, nenhum dos seus pedaços: de um deles foi feita uma cama de noivado...

A *tribuna* – Que vergonha para uma árvore!

A *cadeira* – De outro, saímos nós, doze cadeiras que aqui vês e a mesa de cabeceira de uma senhora elegantíssima que mora em Curitiba. Não temos literatos na família, e... graças a Deus!

A *tribuna* – Graças a Deus, por quê? Se desprezas a literatura não devias ter vindo para a Academia.

A *cadeira* – Eu não vim para a Academia: vim para um salão mundano onde vêm mulheres bonitas. Não vim pela glória, que não vale nada; vim pela beleza, que vale tudo. Aqui, onde me vês, tenho sentido o contato dos corpos mais belos e o perfume da carne mais jovem. O meu espaldar tem acariciado espáduas que jamais imaginaste. Os meus braços têm sentido a pressão meiga de mãos que parecem pluma e de unhas que parecem coral. Os meu pés têm friccionado outros, pequeninos, quase tão miúdos quanto eles. E eu toda tenho estremecido de volúpia ao sentir que sustento com a força da minha fragilidade um vulto de mulher, isto é, a coisa mais perfeita e preciosa da Criação. Só por isso valeria ter descido da serra natal e abandonado os pintassilgos e as rolas; e deixar-me decepar, serrar, sacrificar, mumificar neste móvel em que me tornei. A beleza é a suprema razão da vida. Eu ouvi dizer, uma vez, por uma senhora que se acolheu entre os meus braços, que um sábio antigo havia dado a sua alma ao Diabo em troca de uns dias de mocidade e de beleza varonil. E tinha razão o velho. Que prazer sentes tu, aí, onde estás? Para que sejas infeliz basta que guardes isto no pensamento: nunca sentirás o contato de um busto de mulher, o calor de um seio debruçado sobre ti! Estás destinada, pelos estatutos da instituição a que serves com esse orgulho todo, a agasalhar unicamente homens, e a não escutar nunca – nunca, ouviste? – a volup-

243

tuosa carícia de uma voz feminina! Haverá no mundo desgraça maior?

A *tribuna* – Mas...

A *cadeira* – A conjunção é inútil nesta emergência. O teu destino é doloroso e agrava-se com a circunstância de não seres, jamais, o confidente de um pensamento íntimo. As palavras que ouves, dos homens que de ti se aproximam, são ditas para toda gente e, como tudo que se diz em voz alta, falsas e mentirosas. Não serás, nunca, depositária de um segredo, nem terás a ventura de escutar uma confidência, uma dessas expressões sem literatura e sem gramática, mas que são toda a alma humana, e que se dizem de uma simples cadeira para outra cadeira que lhe fica ao lado. O que escutas e escutarás eternamente é o fictício, é o estudado, é o convencional. E eu, daqui, te juro, sem despeito ou maldade: antes quisera ser o pinho do caixão que apodreceu na Rússia com o corpo do poeta Gumilyov!

A *tribuna* – Tens, talvez, razão. A beleza e a mocidade valem mais que a riqueza e a glória. E eu estou cansada de ouvir discursos, e, o que é pior, todos eles em voz masculina, e em que os homens dizem o que não pensam sobre os outros. Acresce que, por uma fatalidade do meu destino, quando um desses corrupiões de peito amarelo se aproxima de mim, é sempre para falar de um defunto. A árvore de que fui feita nasceu para serviço da Morte...

A *cadeira* (*compadecida*) – Desce daí; dá-me a tua mão...

A *tribuna* (*triste*) – Eu não tenho braços, como tu...

A *cadeira* – Foge, então, sozinha...

A *tribuna* – Não posso! Não tenho pés...

(*Escuta-se um choro, na penumbra.*)

Os párias, 1933

UMA VISITA A SÃO PEDRO

No dia de São João, cerca de cinco horas da tarde, achava-me eu mergulhado em triste meditação a uma das janelas do arranha-céu em que moro, quando ouvi um ruído de papel de seda machucado, que vinha do alto. Ergui os olhos e vi, bailando a poucos metros acima de mim, um balão verde, azul e amarelo, e que, apagado e murcho, descia lentamente, dobrando-se sobre si mesmo. Bateu no fio do telefone, e deteve-se. E tão perto de mim, que, erguendo a bengala em que me arrimo, consegui pescá-lo, trazendo-o para dentro da sala.

O que nos vem do céu dá-nos sempre a doce impressão de coisa boa. Mesmo quando se trata de um balão encolhido e amassado. O que desce do firmamento é Deus quem manda. E era com esse pensamento, que passava em revista os gomos de papel cortados, em losango, e ligados uns aos outros, quando, no lugar em que devia ter funcionado a bucha, meus dedos tateantes encontraram, preso por um fio estreito, um pedaço de papel, dobrado em quatro, como os bilhetes de namoro. Desdobrei o papel, e vi que se tratava, realmente, de um bilhete, escrito à máquina, e que dizia, simplesmente, isto:

"No dia em que apanhares este balão, deita-te antes da hora do costume. Dorme, sonha, e, no teu sonho, vem até cá."

E, por baixo, a assinatura:

"Pedro".

O conselho era convidativo e original. Não trazia endereço, é verdade. Mas devia ser para mim. Eu sou um sujeito excessivamente modesto. Se, ao amanhecer, encontrasse, na minha correspondência, um envelope sem sobrescrito, mas com o timbre do Catete, convidando para escolher uma das pastas ministeriais, na recomposição do Governo, eu iria, pé ante pé, metê-lo por baixo da porta do apartamento vizinho. Mas, em se tratando de comunicações com o Paraíso, eu me sinto perfeitamente à vontade. Eu tenho sofrido tanto nestes últimos cinco anos, que os santos, os mártires e os bem-aventurados me tratam como camarada. Quando todos os dias, começo, aqui embaixo, a fazer os curativos que a cirurgia dos homens me impõe, São Sebastião, lá em cima, tapa os ouvidos e os olhos, achando que as suas setas, comparadas às minhas, são café-pequeno. Daí a naturalidade com que li o bilhete, e a displicência com que exclamei:

– É para mim mesmo...

Com essa convicção, deitei-me, naquela noite, pouco depois das onze horas. Deitei-me, e, para facilitar a viagem, tomei uma pastilha de brumoral. Os santos, quando prometem o sono à gente, fazem o milagre. Mas sempre é conveniente facilitar o milagre com um pouco de narcótico. E eis porque adormeci imediatamente, e sonhei, e, no meu sonho, fui ter, naquela noite, aos caminhos e às portas do Céu.

Pessoas que assistiram a algumas das duzentas e tantas representações da comédia *Amor*, de Oduvaldo Viana, contaram-me que São Pedro aparece, ali, no seu escritório do Paraíso, trajando terno cinzento, sapatos amarelos, e lenço empinando a ponta fora do bolso pequeno. Oduvaldo andou, evidentemente, pelo Céu, antes de mim. Pois foi com essa roupa, exatamente, que encontrei o chaveiro, quando me veio receber à porta, na noite de São João.

– Olá! Recebeu o meu bilhetinho? – disse-me, puxando-me para o interior, e deixando a porta encostada.

– Recebi, recebi... – confirmei. E aqui estou às suas ordens. Sentamo-nos, os dois, em dois pedaços de estrela, que fazia parte do mobiliário do escritório.

– Você quer chá, ou café? – consultou, enquanto acomodava uns papéis sobre a secretária.

– Café.

O santo bateu, duas ou três vezes, com a palma da mão sobre um tímpano. Um anjo entrou, vestido de azul, os cabelos frisados, um laço de fita em cada asa.

– Diga a S. Paulo que mande café... – recomendou o santo.

– Quem fornece café aqui é S. Paulo? – indaguei.

– É. Ele fornece lá na Terra, e aqui. E após um instante:

– Mandei aquele bilhete a você para me distrair um pouco... Você não imagina o que é a monotonia da vida aqui no Céu! Calcule que, às vezes, se passam semanas sem que apareça por aqui uma alma!...

– Então, não vêm mais almas para o Céu?

– Qual, nada! Lá uma ou outra... De modo que eu resolvi abandonar isto, aposentar-me, e voltar para a Terra.

– Para a Terra, meu santo? E isto aqui?

– Isto aqui está liquidado. E de tal forma que o Senhor já deliberou, por proposta minha, transformar o Paraíso em simples dependência do Purgatório. Eu me aposentarei e virá, como chefe de seção, para cá, um bem-aventurado qualquer... Os anjos vão ser todos dispensados...

– Ahn! E que serviço lhe posso eu prestar nessa emergência? Algum préstimo que eu possa ter está à sua disposição.

– E é isso o que eu desejo. Desempregado aqui, pretendo ir, como lhe disse, para a Terra. E quero que você me arranje, por lá, uma colocação... Coisa modesta, para principiar... Trezentos ou quatrocentos mil-réis...

Refleti um pouco. Lembrei-me dos amigos a que poderia recorrer. Bati na testa:

– Ah! Uma ideia!

– Qual?

— A Academia!

— A Academia Brasileira de Letras? Ah, esta, não!

— São quatrocentos mil-réis por mês, meu santo!

— Eu sei, eu sei... Mas eu não lhe estou dizendo que desejo viver na Terra?

— E a Academia não é na Terra?

— A Academia é, mas você não está vendo que os acadêmicos estão passando todos para o lado de cá? E é isso que eu não quero. Para ir, e voltar, não me convém. Depois, esse negócio de Academia é com o Lucas.

— Com São Lucas?

— Sim: ele é que é médico. E, se me não engano, é preciso ser médico para fazer parte da Academia. Não é, não?

— Não, senhor.

— Pois, olhe, eu supus que fosse...

Uma alma que subiu do Rio de Janeiro outro dia contou-me que todos os médicos do Brasil são candidatos à Academia de Letras.

— Mentira dessa alma! Há alguns que não são.

— E se eu for candidato, serei eleito?

— Meu santo, isso é que eu não sei... Aí é que é preciso um milagrezinho.

— Milagre?

— E então! Ali é como no Céu antigamente: só se entra quando Deus puxa.

— Mas, com o seu voto eu conto... Posso ou não posso contar?

Fiquei vermelho, e atrapalhado. Aqui na Terra, lugar de pecado, eu minto com enorme desembaraço. No Céu, porém, sentia constrangimento.

— Fale, meu filho. Seja franco!

Desembuchei:

— Meu santo, eu o queria lá na Terra, a meu lado, com o seu vistoso fardão acadêmico. Mas, tenha paciência, e diga-me uma causa: Deus Nosso Senhor não será candidato?

São Pedro pôs a mão no queixo.

– Espere aí, que eu vou perguntar – disse, desaparecendo por trás de uma porta de ouro, vedada por um reposteiro de nuvens.

Ao cabo de alguns instantes, regressou. Vinha calmo e triste.

– Filho, vá embora... Desça para a Terra...

– Mas, meu santo, e a resposta? O Senhor é ou não é candidato?

– Não, não é. Nem eu o serei. O Senhor está indignadíssimo com a Academia.

E, empurrando-me para a porta:

– Diz ele que, em acadêmico, não há que fiar, pois vocês, quando prometem o voto a Deus...

– ?...

– No dia da eleição, votam todos no Diabo...

Quis repelir o insulto. Mas já estava acordado.

Um sonho de pobre, 1935

SUPERSTIÇÕES LITERÁRIAS

*A*presentaram a sua candidatura à Academia Brasileira de Letras na vaga deixada por Alfredo Pujol três escritores paulistas: os srs. Alcântara Machado, Menotti del Picchia e Artur Mota. E teríamos ainda o sr. Veiga Miranda, o sr. Martins Fontes, o sr. Mota Filho e outros mais, se não fosse a cordialidade reinante entre eles, e o propósito de não comprometerem uns, com o seu prestígio e as suas relações pessoais, a sorte dos outros.

O número de candidatos trazendo o selo e o carimbo da mesma cidade é de molde a despertar conjecturas e comentários. Significará esse fenômeno que se tenha deslocado, na realidade, para São Paulo, o eixo literário do país ou que tenha desaparecido no Rio de Janeiro a confiança na consagração acadêmica? A primeira hipótese desprestigiaria a capital da República, e as suas tradições de cultura e de atividade do domínio das letras; a segunda, porém, comprometeria o nosso instituto. Admitamos, assim, para evitar uma injustiça, que se trate de um episódio nascido parcialmente das duas circunstâncias.

Seria inútil contestar, efetivamente, que a atividade literária em São Paulo está se desenvolvendo com sacrifício da nossa. Mas essa alteração é explicável: é que S. Paulo possui casas editoras e nós não as temos. Possuindo fábricas de papel e comerciantes cujo espírito profissional é animado ainda pelo gênio aventuroso dos bandeirantes, São Paulo pode produzir o livro a preço cômodo, e disseminá-lo pelo país inteiro. O Rio de Janeiro não tem papel, e o seu comércio de livros desconhece a aventura: prefere receber a obra editada e vendê-la ou revendê-la sem riscos diretos, a editar por conta própria. Em compensação, São Paulo não tem uma imprensa com a projeção da nossa. Nome literário aí lançado com o auxílio exclusivo da imprensa está sujeito a permanecer puramente regional; nome popularizado pela imprensa do Rio tem, pelo contrário, eco no país todo, e isso não porque os nossos jornais sejam mais lidos do que os de São Paulo, mas por sermos – com o auxílio dos correspondentes telegráficos, um ponto de irradiação nacional ainda não substituído. Daí um fenômeno curioso, que convém registrar: serem conhecidos em todo o Brasil os escritores paulistas que têm obra publicada, e desconhecidos na maior parte dele os que se limitam à atividade na imprensa; ao mesmo tempo que, no Rio, se observa um movimento oposto: a popularidade é feita pelo jornal e sacrificada pelo livreiro. E como o livro é o título oficial do escritor, a impressão que se tem é que São Paulo possui, hoje, maior número de escritores do que a capital da República.

De outra parte, a Academia não está constituída de forma a atrair vivamente os que a conhecem de perto. A vitória das paixões pessoais sobre os altos interesses das letras; a capitulação diante do empenho, da lisonja, das conveniências políticas e das intervenções mundanas, quer nos pleitos para preenchimento das vagas no cenáculo, quer, mesmo, no julgamento dos concursos que instituiu – tem contribuído para afastar da sua porta figuras de alta significação, que lhe fazem falta. Os acadêmicos são homens e, como homens, têm os defeitos e virtudes peculiares ao gênero humano. Um aventureiro hábil arrancar-lhes-ia tudo: os prêmios anuais, a cadeira consagratória e, ainda, em cartas, discursos ou artigos, os louvores mais derramados. Bastar-lhe-ia, para isso, conhecer o ponto fraco de cada caráter e de cada consciência: louvar o talento dos ingênuos, a beleza dos vaidosos, a mocidade dos velhos, e, mesmo, quando o acadêmico tivesse filhas ou netas feias, votar nelas no Concurso de Beleza. Mas isso não acontece ao mundo inteiro, onde haja uma associação literária, isto é, onde se congreguem os membros da classe que Sainte-Beuve considerava a mais sujeita às erupções do amor-próprio e aos efeitos do elogio? Não foi a vaidade, influindo sobre os que se achavam dentro, que deixou fora da Academia Francesa Descartes, Pascal, Molière, Bayle, Piron, Diderot, Jean-Jacques, Rivarol, Stendhal, Balzac, Michelet, Dumas, pai, Gautier, Flaubert e Zola?

As Academias constituem, assim, uma superstição literária. Aos que têm talento e a paixão do trabalho, os seus diplomas e os seus prêmios não adiantam ou recomendam. Quem fala mais, hoje, em Pedro Rabelo? Em Valentim Magalhães, príncipe dos cabotinos letrados do seu tempo? No entanto, quem esquecerá mais no Brasil a ação social de Alberto Torres ou os nomes de Ferreira de Araújo e Capistrano de Abreu?

Como no dístico do soco em que repousa o busto de Molière, eles fazem falta à Academia. Esta não faz, porém, nem fará nenhuma, à glória deles.

Contrastes, 1936

DEZ MINUTOS COM
O CAMUNDONGO MICKEY

*E*u passava uma destas manhãs, de bonde, pela Cine-lândia, quando ouvi, partindo do Passeio, uma voz que me parecia de apelo:

– Psiu!....

Olhei. À porta da sua casa, a cauda pendurada no braço como se fosse uma bengala de volta, ou uma capa de bor-racha, estava o Camundongo Mickey, o mais jovem, mais fa-moso, e mais original artista de cinema que tem aparecido no Brasil, nos últimos tempos. E como as boas companhias sempre me agradam, convidei as minhas articulações para a realização de um esforço, toquei a campainha do veículo, e saltei. Saltar de um bonde parado é, para um homem que envelheceu antes do tempo, proeza maior que a de um moço que pulasse de um avião em voo.

À minha aproximação, Camundongo saiu ao meu en-contro, e estendendo-me a mole e comprida mão enluvada em pele de rato, foi logo me dizendo:

– Você é louco, homem de Deus! Não queria que você abandonasse o bonde... Era apenas uma saudação... Mas, uma vez que já fez a maluquice, vamos trocar aqui umas ideias.

Eu ando, ultimamente, sem ideias, boas ou más. E quando a um homem faltam ideias humanas, as de Camundongo servem. Demo-nos, assim, o braço, e entramos na casa de chá, existente à esquina. Pedi chocolate e torradas. Camundongo pediu queijo e presunto. Mesmo depois de civilizado, e glorioso, um camundongo não abandona, jamais, os hábitos e predileções dos seus antepassados.

– Eu preciso um conselho seu – começou o meu amigo, após haver provado o queijo e limpado a boca com a extremidade da cauda. – Os livros são amigos silenciosos. Os amigos são os livros que falam.

– Meu cérebro é uma caixa de conselhos; pode meter a mão...

Camundongo agradeceu, olhou em torno, e começou:

– Eu ando com desejo de entrar na política, sabe?

Fiz retroceder a torrada que ia metendo na boca, e exclamei:

– Você?... Você quer ser político?

– Por que não? Acha você que um Camundongo não pode ser político? Não seria o primeiro... Minha família tem dado à pátria, no Brasil, representantes eminentes...

– Eu sei, eu sei... – disse-lhe –; mas você é um artista, um camundongo superior, um Mickey como não houve até hoje outro na família...

E, de repente:

– Por que você não prefere entrar para a vida de letras? Não acha que seria mais interessante? Você publicaria um livro. Depois, entraria para a Academia... Não lhe tenta essa ideia?

Camundongo pousou o queixo na mão, como quem faz que está pensando. De repente, objetou:

– Mas o livro, como há de ser? Eu não sei escrever... Não tenho, mesmo, ideias que encham um livro...

Sorri. Quando eu sorrio, as pessoas próximas ficam com pena, pensando que eu choro.

– Não se preocupe com isso, Camundongo! – tranquilizei-o. – Isso é o menos. Você quer saber como se fazem, hoje, os livros? É assim: você compra seis ou oito livros de escritores diferentes... Compreendeu?

– Compreendo!

– Leva-os para o seu buraco, isto é, para a sua casa, e põe-se a roê-los... Compreendeu?

– Estou compreendendo..

– Depois, toma um vomitório, ou um purgativo... E põe tudo isso, misturado, para fora. E será o seu livro!

– Ahn!

– Ou isso, ou o outro sistema.

– Qual é o outro sistema?

– Você está ganhando dinheiro como artista... Não está?

– Estou.

– Pois, bem; você pega um pouco desse dinheiro, e encomenda a um desses literatos pobres que andam por aí um livro.

– Depois?

– Depois, você publica o livro com o seu nome, e apresenta a sua candidatura à Academia...

Camundongo Mickey deu um pulo, com um pedaço de queijo em uma das mãos, e o resto do fiambre na outra.

– Aceito! – gritou.

E batendo com o queijo em cima da mesa:

– Aceito, e a sua vaga é minha!

Agora, posso morrer sossegado. Minha memória e meu nome serão, depois da minha morte, roídos por dentes amigos.

Contrastes, 1936

A INFECUNDIDADE LITERÁRIA DA ACADEMIA BRASILEIRA DE LETRAS

A inscrição, às vagas existentes na Academia Brasileira de Letras, de candidatos pouco fecundos ou, mesmo, que só na qualidade de juristas têm visitado as províncias da literatura, vem alarmando os que se interessam no Brasil pelas coisas do pensamento. De ano para ano decresce a produção acadêmica. A terra cinzenta vai se tornando progressivamente mais pobre, recusando seiva às sementes a ela atiradas. Os acadêmicos que outrora escreviam não escrevem mais. E como os novos, na sua maioria, jamais tiveram a volúpia da criação literária, o resultado será a transformação da Academia, dentro de breve prazo, em terreno estéril, em tapera melancólica e solitária em cujo solo cansado ainda será um milagre verde, um triste e magro pé de cará.

Entre as duas mil histórias alegres e despretensiosas que eu tenho espalhadas por livros e jornais, uma há em que se conta o caso de um empregado do comércio para o qual a dança constituía o maior encanto da vida. Duas, três vezes por semana, descobria ele festas de clubes e reuniões familiares. E quando não as encontrava, corria a um *dancing*, adquiria cartões para dançar todas as peças, deixando-se a rodopiar pelo salão até que a orquestra se retirava e os criados começavam a apagar as lâmpadas.

Foi aí, em um desses lugares em que o vinho da alegria se torna mais saboroso com a pequena dose de pecado a ele adicionada, que o rapaz conheceu uma graciosa morena suburbana, que servia de par aos dançadores que se iniciavam. Passou a dançar com ela seguidamente; e com tal gosto, que, ao fim de dois meses, a pedia em casamento.

– Vai ser uma vida deliciosa – pensava. – A pequena é doida por um tango, e dança, a noite inteira. Casamo-nos, e então é que não deixaremos mais de dançar. Eu compro uma vitrola, e dançaremos antes de eu ir para o emprego; dançaremos à hora do almoço; e, fechado o escritório dançaremos depois do jantar até noite alta. Oh, beleza de vida!

E dançava sozinho, de contente.

E casou. A noite do casamento foi enfeitada sonoramente por um baile que entrou pela madrugada. E os noivos dormiram até dia alto.

Ao despertar, porém, a moça espreguiçou-se, olhando em torno. E soltou um suspiro.

– Ah, meu Deus! Parece até um sonho.

– Estás te sentindo feliz? – indaga o marido.

– Imensamente feliz.

E após um instante de silêncio:

– Basta que eu me lembre que hoje não vou mais ao *dancing*, para que dê graças ao céu de me haver casado.

– Que queres dizer com isso?

– Eu quero dizer é que terminou o meu suplício. Olha que não é martírio pequeno para uma pobre criatura ter de dançar todos os dias, principalmente contra a vontade...

– Não gostas, então, de dançar?

– Eu? Tenho horror à dança. Eu dançava por necessidade, contratada pelo dono do *dancing*, para poder viver. Mas agora que estou casada, que tenho a minha casa, agora, nunca mais. Adeus, dança!

É o caso da Academia, e dos seus candidatos. A maioria dos escritores brasileiros escrevem como a professora do

257

dancing dançava: escrevem para viver, escrevem por necessidade, escrevem para fazer jus à láurea acadêmica. E uma vez apanhada a Academia, adeus, pena!

Por isso mesmo, os pretendentes que se têm apresentado nos últimos tempos não fazem mais cerimônias. Dizem, logo, que não dançaram senão por acaso, e, mesmo, que têm horror à dança.

E há, nisso, um mérito. A Academia não terá, com eles, nenhuma decepção.

Notas de um diarista (*2ª Série*), 1936

PERFIS

"A MISSÃO DESSE ESCRITOR, NA TERRA, É (...) CONFORTAR OS TRISTES E ENFEITAR A SEPULTURA DOS MORTOS."

("CARMEM CINIRA", *SOMBRAS QUE SOFREM*)

O BODE RUSSO

15 de dezembro

Criticando o último livro de crônicas do sr. Paulo Barreto, fez o sr. Medeiros e Alburquerque, com a sua agudeza e independência habituais, uma série de observações absolutamente felizes. Destacam-se, destas, a comparação do estilo desse discutido escritor a uma roupa de "clown" enfeitada de lantejoulas, faiscantes ao meneio felino do corpo que a veste, e a certeza de que o seu apego a um ceticismo impertinente e irritante é mero resultado de uma teimosia, transformada, pela insistência, em costume inabandonável. O sr. Medeiros compara, mesmo, o autor a um falso aleijado, que, tendo simulado por muito tempo uma contratura da perna ou da espinha, chega à situação de ficar permanentemente defeituoso, e a arrastar-se, curvado ou claudicante, por este imenso labirinto da Vida.

São duas observações perfeitamente justas. O estilo do sr. Paulo Barreto possui, realmente, as cintilações impressionantes das vestimentas carnavalescas. As suas crônicas, quando trabalhadas com exagerada tortura, recordam essas esguias árvores de Natal que aparecem por este tempo, cujos braços, quase despidos de folhagem, se derream carregados de frutos de malacacheta. O esqueleto dessas crônicas, como o dos pinheiros de palha colorida, possuem, no cerne, vestígios de seiva eterna; é tal, porém, o esforço do escritor em impedir os surtos naturais do seu espírito, que o mérito da obra fica residindo, inteiro, na sua originalidade, no brilho dessa artificialidade teimosa, caprichosa, de dama que dissimulasse com frivolidades os encantos da própria beleza.

A segunda observação é igualmente acertada. Não é possível que o sr. Paulo Barreto haja conservado por convicção e gosto próprio a maneira literária que adquiriu no início da sua vida de letras. Eu acredito, como o sr. Medeiros, que ele só marcha literariamente curvado por lhe ser impossível regressar, hoje, a uma atitude discreta e normal. A sua situação, sempre que a considero, traz-me à lembrança um conto popular da Rússia recolhido há meio século pelo tradicionalista inglês Ralston, do British Museum. Certo mujique miserável descobriu, no cemitério da aldeia, ao enterrar a própria mulher, um vaso repleto de ouro e, para tranquilizar a consciência, contou ao pope do lugar a sua extraordinária aventura. Este, que era um velho inescrupuloso e rapace, imaginou, de pronto, um meio de arrancar esse tesouro ao mujique. Chegando à casa, matou um bode, tirou-lhe a pele, com os cornos e a barba e, à noite, meteu-se nela, mandou que a mulher o cozesse, e dirigiu-se à cabana do camponês onde estacou, berrando, e dando marradas na porta.

– Quem é? – gritou o mujique, acordando sobressaltado.

– É o Diabo; abre!

– Isto aqui é um santo lugar – respondeu o camponês, persignando-se.

– Escuta, velho – berra o pope – eu tive piedade de ti quando te vi sem um copeque para o enterro da tua mulher; dei-te dinheiro e, no entanto, tu o pões fora, esbanjando-o. Anda, entrega-me o meu ouro ou eu levo a tua alma!

O mujique espiou pela fresta da porta e, vendo os cornos do bode, não se ateve em dúvidas: pegou o vaso do ouro, pô-lo fora da cabana, reentrando nesta apressadamente, rendendo graças a Deus, e a S. Nicolau, por se ter livrado com alma e com vida. Quanto ao pope, apanhou o tesouro e saiu a galope, rumo de casa. Chegando aí, chamou pela mulher, para que o despisse da pele caprina. A velha trouxe uma faca e principiou a cortar os fios da costura. Mal, porém, cortara o primeiro, o pope soltou um grito de dor:

– Ai! Estás me cortando! não me cortes! não me cortes!

A pele do bode havia se identificado com a do pope, que ficou sendo bode por todo o resto dos seus dias.

O sr. Paulo Barreto não será, porventura, com os seus grandes talentos naturais e os seus pequenos defeitos adquiridos, o bode russo das letras brasileiras?

Da seara de Booz, 1918

A CIGARRA MORTA

*E*stão no Brasil, aonde vêm repousar no solo da pátria, os restos humanos de Aluísio Azevedo, dos quais se separou a 23 de janeiro de 1913 o brilhantíssimo espírito que concebeu *O cortiço*, *O Coruja*, *O homem*, a *Casa de pensão* e outros documentos autênticos e irrecusáveis dos costumes do Rio de Janeiro na primeira década do regime.

Raros escritores nacionais têm sido tão pouco estudados postumamente como esse romancista fidelíssimo, de observação verdadeiramente assombrosa. Após um período de polêmicas suspeitas e apaixonadas, em que a sua individualidade oscilava entre as estrelas do panegírico e a lama da descompostura, caiu o nome de Aluísio nas águas estagnadas do Mar Morto, aonde lhe não atiraram uma corda, até agora, os escaleres flutuantes da crítica. A sua obra era, porém, suficientemente sólida, preparada para as resistências seculares, e daí o lugar que ainda ocupa, hoje, na carinhosa simpatia do público.

Aluísio constituía, entretanto, no Brasil, uma figura absolutamente singular de homem de letras, e, com essa feição, um exemplar que forneceria, pela sua originalidade, um estudo curiosíssimo. A evolução do seu espírito daria, por si mesma, um admirável capítulo de romance psicológico. Quem imaginaria, em verdade, que aquele intelectual extremado, analista impenitente da burguesia, acabaria, ele próprio, um burguês frio, prático, material, reduzindo a moeda de ouro do seu sonho a câmbio alto, ao papel dos proventos reais, palpáveis, positivos? Quem diria, ao vê-lo, sob a árvore da Vida, a embriagar-se com o aroma da flor, que o objeto da sua volúpia viria a ser, depois, a polpa suculenta do fruto?

A semente da glória transmudou-se, nele, no mais árido dos ceticismos. A um período de sonho, que foi um deslumbramento, sucedeu uma fase de reflexão, que foi uma catástrofe. Preocupavam-no, nos últimos tempos, paralisando-lhe inteiramente as faculdades criadoras, a transitoriedade da vida, a fragilidade dos triunfos, e a inutilidade, ou, antes, a nocividade da fantasia. A sua última viagem ao Brasil foi, para os amigos, companheiros da mesma jornada, uma dolorosa decepção. Da mudança que nele se operou, então, no estrangeiro, dá ideia um episódio inédito, ocorrido com um dos seus mais íntimos camaradas. Ia Coelho Neto, uma tarde, pela avenida, quando nas proximidades do "Jardim Botânico", onde tomava o bonde, encontrou, de pé, aguardando viagem, um burguês pacato, grave, paciente, a fumar despreocupadamente um cachimbo. Reconheceram-se:

— Aluísio!

— Neto!

E como não se vissem há alguns anos, entraram na Brahma, onde, matando saudades, tomaram lugar a uma das mesas. De repente, Aluísio interrompeu:

— Mas que tens feito?

Coelho Neto, sonhador incorrigível, ia explicar-lhe:

— Eu? Publiquei o *Fabulário*, a *Água de juventa*, o *Jardim das oliveiras*; tenho pronto o *Rei negro*; estou concluindo o...

E não terminou: Aluísio, cortando-lhe a palavra, denunciou-se:

— Não é isso, filho, que eu pergunto; eu quero saber é

isto: já tens uma casa para teus filhos? Já fizeste o teu seguro de vida? Não iniciaste ainda um pecúlio para a família?

Coelho Neto emudeceu. O Brasil, que havia mandado para o estrangeiro a mais boêmia das suas cigarras, recebia, de retorno, a mais previdente das suas formigas!

Mealheiro de Agripa, 1921

CAMÕES*

Ontem, à noite, passava na Quinta da Boa Vista, quando vi um pobre artista que a uma das portas cantava. Mediano de corpo e altura, barba e cabelo grisalhos, tinha no rosto dois talhos e, a deformar-lhe a figura ainda mais, o grave aspecto, o ar severo e carrancudo, o olho esquerdo vivo e agudo, e já vazado o direito. Vestia roupa de pano da Índia, cortada à moda antiga, e o gabão de roda do soldado lusitano. Ao lado, pendida à toa, ao cinto de couro presa uma espada portuguesa que havia brigado em Goa.

De pé, mas fora da porta do parque brilhante e em festa, postura humilde, modesta, a voz fatigada e morta subindo do coração, o velho artista oscilava o rude corpo, e cantava, cantava, estendida a mão:

– Quem viveu sempre num ser, inda que seja em pobreza, não viu o bem da riqueza nem o mal de empobrecer: não ganhou para perder; mas ganhou com vida igual não ter bem, nem sentir mal...

Lá dentro, além dos portões, a noite tornada em dia, sonora, a festa fervia na "Semana de Camões". Dos lagos, do bambual, das aleias pitorescas, subiam, de bocas frescas, cantigas de

---

* Segundo Hermes Vieira, no livro *Humberto de Campos e sua expressão literária*, esta crônica era, originalmente, um poema, podendo ser lida em redondilhas maiores.

Portugal. E fora, a mão estendida, o velho continuava, e punha, quando cantava, na voz, o resto da vida:

– Terra bem-aventurada, se por algum movimento da alma me fores tirada, minha pena seja dada a perpétuo esquecimento... A pena deste desterro, que eu mais desejo esculpida em pedra ou em duro ferro, essa nunca seja ouvida, em castigo meu erro... E, se eu cantar quiser a Babilônia sujeito, Jerusalém, sem te ver, a voz quando eu a mover se me congele no peito!

A voz do cantor subia e no ar fresco se espalhava; ninguém, porém, a escutava, pois que reinava a alegria. É defeito em toda gente, e é mal que temos no seio: ninguém ouve o choro alheio quando tem a alma contente. Por isso enquanto rugia lá dentro a festa encantada, o cantor, a voz cansada, mais doce e triste, gemia:

– Ó amor sem redenção, que ali te fazes maior onde tens menor razão! No mais alto e fundo pego ali tens maior porfia: razão de ti não se fia; quem a ti te chamou cego mui bem soube o que dizia!...

E à medida que cantava a escutar o coração, parecia que aparava chuvas de estrelas na mão:

– Os privilégios que os reis não podem dar, pode Amor, que faz qualquer amador livre das humanas leis. Mortes e guerras cruéis, ferro, frio, fogo e neve, tudo sofre quem o serve!

Labaredas de mil cores do vasto parque subiam, e no céu se dividiam em ígnea chuva de flores. Era a festa de Camões, velho gênio sempre novo, glória e orgulho do seu povo através das gerações. Era o júbilo profundo pelo poema e pelo nome daquele que, neste mundo, cantou e morreu de fome. Era a Fama, ingrata e fria, que vinha agora, por cúmulo, cobrir de moedas o túmulo de quem teve a mão vazia!

Terminou, porém, a festa. Cidadãos de dois países foram-se alegres, felizes, a outras comemorações. Do pobre na mão modesta havia só dois tostões... Quem sabe, sentia fome?

Perguntei:
– Mestre, teu nome?
E o velho, baixando a testa:
– Eu sou... Luís de Camões!...

Destinos..., 1935

O ANIVERSÁRIO DE
COELHO NETO

No dia de hoje, 21 de fevereiro de 1934, Henrique Coelho Neto, o maior escritor que o Brasil possui nesta hora, completa setenta anos de idade. Pelo bico da sua pena saiu um mundo para o mundo. Mais de cem volumes de crônicas, de romances, de conferências, de contos, de dramas, de comédias, de ensinamentos cívicos, de discursos políticos e literários foram lançados por ele à fome intelectual de dois povos, em menos de meio século. E eis que, chegado ao termo da sétima década, o assombroso trabalhador se detém e estende os olhos cansados pela vastidão do caminho percorrido.

Que vê ele, entretanto, no vasto campo que lavrou, e a que lançou, com ambas as mãos, o trigo de ouro do pensamento? Durante cinquenta anos sangrou ele os dedos, trabalhando sem repouso. Conta-se de São Sérgio que, tendo corrido em torno dos muros de Antióquia levando nos pés coturnos pontilhados de pregos, das gotas do seu sangue nasceram, por onde passou, punhados de rosas vermelhas, que formaram um imenso canteiro ardente, circundando a cidade. Repetissem os deuses pagãos com os sacerdotes da Beleza o que fez o Deus dos cristãos com o seu mártir, e que roseiral seria o caminho perlustrado por este insigne operário do sonho e da pena! Que espetáculo aos olhos dos incréus! Que revelação ao espírito dos seus perseguidores! Porque ninguém, mais vivamente do que ele, se consagrou, na sua pátria, ao culto das letras, nem utilizou o alfabeto mais intensamente, para oferecer aos homens as maravilhas do seu mundo interior. E para quê? Para viver pobre; para chegar pobre à velhice; e, com certeza, para morrer pobre, e lutando pela subsistência, pois que as aves de Deus já não descem do céu para levar a Elias, nos eremitérios, o seu diário pedaço de pão!

Eu tenho por esse peregrino do Sonho que vai iniciar, hoje, a marcha para a estação dos oitenta anos, a mais comovida das admirações. Prezo-o, como a nenhum outro homem de pensamento no Brasil. Amo-o, como a nenhum outro companheiro na minha vida. E o tumulto destas palavras exprime, talvez, como entram, na sua enunciação, o coração e o cérebro, e como aparecem, no altar, o escritor e o homem, para receberem esta homenagem que devo, há mais de trinta anos, ao meu amigo e ao meu mestre.

Em Coelho Neto é difícil, porém, estabelecer distinções entre o homem de letras, no esplendor da sua glória, e o homem, particular, na modéstia da sua casa. Testemunha da sua vida nestes últimos vinte e dois anos, eu posso dizer, com autoridade, aos que vierem depois de mim e dele, que Henrique Coelho Neto possuía um coração tão admirável como o seu espírito. Porque, na verdade, eu não conheci, jamais, na minha vida, homem que o excedesse na bondade. À sua mesa, nos seus dias prósperos e felizes, mataram a fome, no Rio de Janeiro, dezenas de escritores e artistas, que são, hoje, figuras gloriosas na sua profissão. Impulsivo embora, o ódio não encontrou, jamais, asilo na sua alma, nem eu sei de grande espírito mais presto em reconhecer o mérito alheio. Habituado a admirar, e a proclamar a sua admiração pelos outros, nunca lhe ouvi uma palavra de inveja, de despeito, de menoscabo. Na sua geração, foi ele o enfermeiro dos seus inimigos feridos. Há, aliás, uma crônica de Olavo Bilac, que define, no episódio que lhe serve de tema, o coração de Coelho Neto. Era nos últimos tempos da Monarquia, quando a boêmia que ele glorificou na *Conquista* ainda se encontrava coesa, unida pela fome e pelo sonho. Uma noite, no Café Papagaio, à rua Gonçalves Dias, tomavam cerveja alguns rapazes do grupo, quando apareceu, e sentou-se em mesa próxima, um dos valentões do tempo, facínora de enorme corpulência que servia, então, às pequenas vinganças da Corte. Sentou-se, pediu cerveja, azeitonas e tremoços, e pôs-se a matar a sua fome e o seu vício. Cada vez, porém, que tirava da boca um caroço de azeitona, atirava-o para cima, de modo a ir tombar, certeiro, na mesa dos rapazes. Era um desafio, uma provocação. De súbito, um caroço vai em um dos copos. Não foi preciso mais. Coelho Neto, com uma agilidade de gato, deu um salto da mesa, e, antes que o valentão se pusesse de pé, tomou-lhe o cacete enorme, e enfrentou-o. O outro quis recorrer à faca. Mas ainda não a havia desembainhado, e tombava, já, por terra, com a cabeça partida, o sangue a jorrar, em borbotões, da ferida que a sua própria arma lhe abrira na testa. Ante esse espetáculo, os rapazes procuraram afastar-se do local para evitar complicações policiais. Não o conseguiram, porém, pela impossibilidade de levar dali Coelho Neto, o qual se achava no chão, ajoelhado diante do ferido, utilizando o seu lenço para estancar-lhe a hemorragia, e chorando, aflito, como se se tratasse, não do adversário, mas de um dos companheiros abatido por ele!

De outro caso, fui, eu próprio, testemunha. Paulo Barreto, íntimo de Coelho Neto, foi, certa vez, acusado de uma felonia, da qual não quis ou não pôde justificar-se. Exploração, talvez, de terceiros. A verdade é que romperam relações, e que, de acordo com o seu feitio, Paulo não perdia oportunidade de emitir uma perfídia, visando o amigo de outrora. Por essa época, éramos, já, Paulo Barreto e eu, adversários irreconciliáveis, mais por culpa minha do que dele. Era essa a situação quando, uma noite, ao chegar à casa de Coelho Neto, o encontrei à mesa de jantar, sem a alegria e a vivacidade de costume.

– Ia telefonar-te – disse-me –, pedindo-te que viesses aqui. Preciso conversar contigo.

Terminado o jantar, fomos para o gabinete do escritor. Neto acendeu o seu cigarro, sentou-se, e eu fiquei a passear de um lado para outro da peça, aguardando a novidade.

– Humberto – começou ele –, sabes de uma coisa? Estou com um peso no coração que tu não imaginas.

Parei no meio do gabinete, e inquiri:

– Por quê? Que houve?

– Tu sabes que Paulo Barreto está doente em estado grave?

– Soube disso hoje.

– E sabes o que é pior? Disseram-me que ele vai ficar cego!

– Cego?...

A cegueira pareceu-me, sempre, a maior desgraça que pode ferir um escritor. Previsão do meu destino, talvez... Uma profunda pena me encheu o coração. Neto continuou:

– E sabes que é que eu quero de ti, Humberto?

Esperei. E ele:

– Quero que vás, comigo, fazer uma visita ao Paulo...

Voltei-me para o romancista. Os olhos lhe faiscavam, úmidos, por trás dos vidros fortes, e procurava o lenço, para enxugá-los...

Imaginação poderosa, uma das mais ricas de todas as literaturas no seu tempo, Coelho Neto começou a receber, da sua pátria e do seu povo, em admiração e em respeito, as homenagens que eles lhe podem render, na primitividade do seu sentimento e do seu espírito. E eu, que lhe não posso dar, neste dia, emoções minhas, ofereço-lhe, com episódios da sua própria vida, este punhado de rosas.

E estas rosas não são para a tua cabeça gloriosa, que as merece melhores, ó meu Amigo! Ó meu Mestre! São, na sua humildade, para os teus pés...

Sepultando os meus mortos, 1935

FILINTO DE ALMEIDA

A guerra com o Paraguai e a notícia, espalhada na Europa, de que o Brasil enviava para os campos de batalha até os estrangeiros, hóspedes do seu território, fizeram com que diminuísse a imigração, que começava a acentuar-se. Os portugueses, principalmente, cuja língua e tipo facilitavam a confusão com os nacionais, trataram, logo, de ficar à sombra dos seus vinhedos, vindo para a América apenas um ou outro, mais corajoso ou menos informado daqueles riscos imaginários.

Foi por esse tempo que desembarcou na Guanabara, consignado a uma casa comercial, com destino à vida de balcão, um portuguesito alourado, forte, corado, cuja mocidade sadia era posta em destaque pela jaqueta marrom, e por um chapelão da mesma tonalidade, com duas borlas pendentes para a direita. Orçava pelos treze anos, e, posto em terra, foi perguntando, logo, ao primeiro transeunte:

– Onde mora o senhoire Alméida? Pode dizer?

Quatro anos depois, após uma vida de trabalho, de aventuras e de saudades, semelhante à de todos os portugueses que abandonam cedo a família pela tentadora miragem do Brasil, estava o "m'nino" de 1871 transformado em sólido e vigoroso adolescente, e empregado em uma casa de fotografias, à rua dos Ourives. Colocado entre duas vitrines de retratos, passava ele de pé, na porta, chamando a freguesia:

– É aqui o Gazozo! Quatro mil-réis a dúzia! Retratos em pé, deitado, e em todas as posições! Entrega-se na mesma semana!

E batia palmas, chamando a atenção dos que passavam.

Foi por esse tempo que Filinto de Almeida começou a tomar gosto pelas letras. Os feitos da rapaziada do tempo, da qual não podia aproximar-se pela sua condição de estrangeiro, sopravam-lhe no fogareiro do cérebro as brasas de um fogo novo, que o queimava interiormente. Começou a ler com volúpia, e, em breve, perpetrava o primeiro soneto. Vieram outros, outros, e mais outros, inundando a praça, até que, lendo, um dia, *Les Chouans*, de Balzac, encontrou, à página 186, esta expressão, que lhe pareceu admirável: "vous êtes trop belle pour être une honnête femme".* E dias depois aparecia, com a sua assinatura, um novo soneto, que terminava com este decassílabo maravilhoso:

"Bela demais para mulher honesta!"

O sucesso desse verso foi imediato, e não se limitou ao Rio de Janeiro. Nas rodas literárias, das quais Filinto não se havia aproximado, decoravam-se as rimas daquela joia, que era atribuída aos grandes poetas do momento e da geração.

– É do Raimundo! – asseguravam uns, aludindo ao maravilhoso poeta do *Mal secreto*.

E outros:

– Não será do Luís Guimarães?

Certo dia, porém, o mistério foi desvendado. Ia Lúcio de Mendonça pela rua dos Ourives, quando, ao dar com a porta do "atelier" fotográfico, enveredou por ele.

– Quanto é a dúzia de retratos, assim, deste tamanho?

Filinto, que fora atender, tremia de emoção. Mal podia falar. Lúcio de Mendonça era um dos nomes literários mais em evidência no tempo, um dos ídolos da cidade, e era para ele uma honra, uma glória, tratar com aquela formidável figura das letras.

---

* És bela demais para seres mulher honesta.

– Custa quatro mil-réis, sr. dr. Lúcio – respondeu, comovido.

– O senhor me conhece? Sabe meu nome? – indagou, voltando-se, o futuro fundador da Academia de Letras, espantado de ver-se conhecido e, talvez, admirado, na classe comercial.

– Conheço, sim, senhor. Eu tenho o seu livro.

E como quem comete uma heresia na frente do próprio santo:

– Eu, também, às vezes, faço versos... O doutor já leu algum soneto assinado Filinto de Almeida?

– Como?

– Filinto de Almeida.

– Você o conhece?

– Sou eu mesmo.

– Ah! – fez Lúcio, com a exuberância do seu temperamento. – Você é o Filinto de Almeida? O poeta do "bela demais para mulher honesta"? Venham de lá esses ossos!

E aplicou-lhe um daqueles seus abraços poderosos, enquanto convidava o novo conhecido:

– Você precisa aproximar-se da gente... Conhece o Valentim? Pois eu quero apresentar você ao Valentim, ao Raimundo, aos rapazes d'*A Semana*.

E despedindo-se, com outro abraço:

– Apareça... Ouviu?

Uma semana depois estava Filinto de Almeida matriculado na "rodinha" de Valentim Magalhães, e, não obstante o equilíbrio da sua vida de trabalho, identificado com os mais famosos boêmios do tempo. E o que lhe custou de remoques, de censura, de luta, nos dois campos, essa situação intermediária entre o caixeiro e o homem de letras, só ele o sabe. A tenacidade conseguiu, porém, que o empregado do comércio não matasse o sonhador, o homem de pensamento, e que este não perecesse asfixiado, por sua vez, entre a prateleira e o balcão.

Incluído entre os colaboradores d'*A Semana*, e de alguns diários do tempo, começou Filinto a aparecer. Não era, porém, mais, caixeiro de fotografia: de casa em casa, havia chegado a guarda-livros de uma papelaria da rua do Ouvidor, quando ocorreu o famoso caso que o aproximou de Laet.

Havia Carlos de Laet, já formidável polemista, alvejado com a sua mordacidade fulminante uma das ovelhas poéticas do rebanho de Valentim, quando Filinto, com a sua coragem legitimamente lusitana, saiu a enfrentá-lo, em artigo literário. Irônico e perverso, Laet não respondeu. Pegou, porém, da pena, e escreveu à casa comercial em que Filinto de Almeida era empregado, uma carta singela, mais ou menos nestes termos:

"Srs. Costa Braga & Cia. – Nesta. – Amigos e Senhores. Antigo freguês da casa de VV. SS., costumo pagar as minhas contas ao fim de cada mês. Lendo, porém, ontem, um jornal desta praça, fui surpreendido com uma agressão, assinada por um dos caixeiros desse estabelecimento. Como atribuo a investida a alguma conta em atraso, peço a VV. SS. a gentileza de mandar recebê-la em minha residência, hoje mesmo. De VV. SS., etc.".

A ironia do grande polemista não irritou Filinto. Fizeram os dois boa amizade, identificando-se, assim, o portuguesito de 1871, cada vez mais, com os altos representantes do pensamento brasileiro.

Convidado a dirigir um jornal em Santos, mudou-se Filinto de Almeida para ali, pouco antes da República. Havia, já, constituído o seu lar, casando com uma das moças mais inteligentes da sociedade brasileira. E quando regressou de São Paulo, foi para dar ao Brasil o espetáculo de uma vida doméstica encantadora, em que se aliavam um poeta delicado e modesto e uma escritora admirável, sagrada, unanimemente, o espírito feminino mais brilhante do seu país.

Essa aliança, que foi, para o homem de coração, o maior dos prêmios, constituiu, para o poeta, para o escritor, para o homem de pensamento, o maior dos prejuízos. Grande, quando aparecia só, começou a parecer pequeno, depois de acompanhado. Tido como estrangeiro, apesar dos seus cinquenta anos no Brasil, o jacobinismo aproveitou, para diminuí-lo, a majestade de Júlia Lopes. E essa injustiça se torna maior, e mais clamorosa, quando o poeta da *Lírica* emudece, não porque não tenha voz, ou sinta inveja, mas como o sabiá que se aquieta no ramo, à hora do crepúsculo, para se embevecer melhor com o suave gorjeio da companheira...

A maldade dos despeitados chegou mesmo a inventar uma lenda para justificar a sua presença na Academia Brasileira de Letras.

– Quando se cuidou da fundação da Academia – diziam eles – não se pensou na exclusão das mulheres. Por isso mesmo, e como era justo, figurava, entre os seus incorporadores, dona Júlia Lopes de Almeida, que tomou parte saliente nos primeiros debates. Na redação final dos estatutos, porém, ficou resolvido que as mulheres não entrariam. E como alguém lembrasse a ingratidão que se praticava com d. Júlia, excluindo-a depois de tantos serviços prestados à causa, ficou resolvido que se lhe pagasse a dívida, incluindo no lugar que lhe competia, o Filinto!

A verdade é, porém, que o delicado poeta do *Beijo* é, senão uma das mais legítimas expressões do nosso sangue, uma das manifestações mais encantadoras, e mais brilhantes, da cultura brasileira. Bom, sincero, e honesto, não compreende a literatura como um fim, mas como um meio. Não, porém, como um meio de ganhar dinheiro, ou fama, ou prestígio: mas de atingir a felicidade, através da inteligência.

Tratando de Thomaz Corneille, irmão de Pierre Corneille, no *Siécle de Louis XIV*, escreveu Voltaire: "homme qui aurait eu une grande réputation, s'il n'avait point de frère".* De Filinto de Almeida poder-se-ia dizer o mesmo. Seria, hoje, apontado como um dos maiores escritores do Brasil, se não vivesse embebido, encantado, na glória de Júlia Lopes!

Perfis (1ª série), 1936

---

* Homem que teria uma grande reputação, se já não tivesse nenhum irmão!

LEITE RIBEIRO

*E*m certa manhã de chuva de 1865, entrou à porta grande do antigo Liceu de Artes e Ofícios um cavalheiro de meia-idade, que trazia pela mão um menino de sete anos e queria falar ao diretor.

– O Bittencourt da Silva, está?

Conduzido à presença do benemérito educador, contou a sua situação. Tinha uma prole numerosa, os negócios andavam mal, e, como queria ministrar aos filhos alguma instrução, recorria àquela instituição divulgadora do ensino, pedindo-lhe a matrícula do filho mais velho.

– Ele tem grande gosto pelas letras – disse. – Nas suas mãos de educador, dará um homem de bem.

E, no outro dia, começava a ter assento nas aulas do Liceu, sob o patrocínio da generosa associação propagadora das letras, que Bittencourt da Silva superintendia paternalmente o menino Carlos Leite Ribeiro, que devia ser, meio século mais tarde, o mais inteligente livreiro do Brasil.

Matriculado, a princípio, no curso diurno, teve o pequeno estudante de mudar, em breve, o seu regime de vida. Filho de um modesto comerciante da rua do Lavradio, precisou o pai, em breve, do auxílio do menino. E, aos nove anos, estava este jungido à vida de balcão, do qual se libertava às sete horas da noite para ir, das oito às nove, às aulas noturnas do Liceu.

Com esse início penoso, apadrinhado, apenas, pela Pobreza e pelo Trabalho, o menino da rua do Lavradio havia de compreender, necessariamente, muito cedo, este mundo e esta vida. E de tal forma os compreendeu, que, antes dos vinte anos, foi procurado, certa manhã, na casa do pai.

– O sr. Cartos Leite, está?

– Quem é o senhor?

– O Seixas, delegado distrital.

Essa autoridade era, naquele tempo, uma das mais famosas personagens do Rio. Falar no Seixas era ter o cabelo arrepiado. Os ladrões mais audaciosos, os valentões mais temíveis, os capoeiras mais afamados tremiam, à simples enunciação do seu nome. Era um tirano, mas, ao mesmo tempo, um caráter. Foi, por isso, com espanto, que a família Leite Ribeiro indagou, na intimidade da casa:

– Que será?

Dentro de alguns minutos, na presença do moço, o delegado explicava-se. Queria um homem de coragem, e de bons costumes, para inspetor do quarteirão, naquela zona da cidade, que se tornava, dia a dia, mais perigosa. E lembrara-se dele.

– Aceita?

– Aceito!

Foi por essa porta pequena, mas honrosa, que o antigo aluno de Bittencourt da Silva penetrou na vida pública. E a ela deve, talvez, o seu destino. Forçado a olhar para a rua, viu, com horror, o que nela se passava. A situação dos escravos tocou-lhe, fundo, o coração. Aproximou-se de Patrocínio, levando-lhe informações na *Gazeta da Tarde*. E tanto se identificou com o "gigante negro", que entrava, semanas depois, como noticiarista, para a redação daquela folha, em que se fazia, então, a campanha abolicionista.

Sério e trabalhador, conquistou amizades no comércio, obteve capitais, e, em 1886, abria à rua do Ouvidor, em frente a "Notre Dame", a célebre "Maison Blanche", casa de perfumarias, cigarros, charutos, e objetos de arte. Sendo aquele trecho o mais movimentado do Rio, e tendo feito, na *Gazeta da Tarde*, conhecimentos preciosos, tornou-se o estabelecimento de Leite Ribeiro uma espécie de quartel-general dos revolucionários daquele tempo. Era nos fundos da sua casa que se reuniam, para resoluções imediatas, Lopes Trovão, Patrocínio, Clapp, Silva Jardim, e outros intemeratos agitadores da época. Terminados os "meetings", as passeatas abolicionistas ou republicanas, era na "Maison Blanche" que se ia guardar os estandartes e, muitas vezes, buscar as armas, para enfrentar os arruaceiros oficiais. E foi por isso mesmo que se fez, ali, na manhã de 15 de novembro, um dos maiores ajuntamentos do dia, para ouvir entre palmas, a voz dos revolucionários vitoriosos.

Proclamada a República, e multiplicados, pelo movimento comercial da casa, os seus haveres iniciais, seguiu Leite Ribeiro, em dezembro de 1889, para a Europa, que percorreu quase toda. De regresso, animado pelo que vira, entrou para a política, ao lado dos companheiros da propaganda. Sucederam-se, entretanto, as complicações. Com a ascensão de Floriano ao poder, declarou-se francamente contra o ditador, que o mandou prender e, quase, fuzilar. Tudo passa, porém, sobre a terra, e Floriano passou. Amigo de Prudente de Morais, deu-lhe este o seu apoio, fazendo-o delegado de polícia da capital. E estava no exercício desse cargo, quando, na noite de 5 de novembro, Amaro Cavalcanti, ministro da Justiça, mandou chamá-lo à secretaria.

— O presidente quer – disse – um serviço seu. A garantia do governo reside, como sabe, inteira, na Guarda Nacional. E um dos batalhões desta, o 6º, está comandado por um oficial em quem não temos confiança.

— Então...

— Então, o presidente quer que você assuma o comando do batalhão, hoje mesmo!

O 6º Batalhão, em que o governo se queria apoiar no

caso de uma rebelião do Exército, não era mais do que a arregimentação oficial de todos os valentões da Saúde, da Favela e do Morro do Pinto. Poucos soldados, dele, não tinham passado pela Detenção. Isso não obstou, entretanto, que Leite Ribeiro, nomeado coronel, assumisse o comando desses oitocentos valentões que se chamavam Dente de Ouro, Braço de Ferro, Cabeça de Bode, Tabajara, Três de Paus, Nariz de Gamela, Vinte e Cinco, Batata Podre, Testa de Bronze, e setecentos outros, de nomenclatura igualmente famosa.

Toda a gente ainda se lembra, no Rio, o que eram as paradas do 6º, sob o comando do coronel Leite Ribeiro. Quando o corneta soava na rua dos Ourives, não havia uma casa aberta, nem um transeunte retardado, no largo de São Francisco. E isso muito valeu a Prudente de Morais, que, meses depois, abraçava publicamente o general improvisado, como um dos esteios mais sólidos do seu governo.

Despida a farda, que lhe dera prestígio mas lhe devorara centenas de contos com a manutenção do batalhão, apresentou o coronel Leite Ribeiro a sua candidatura ao Conselho Municipal. Eleito, e escolhido para presidente do Conselho, assumia meses depois, sob Campos Sales, o cargo de prefeito do Distrito Federal, em cuja galeria aparece, ainda hoje, com esta designação, de que se orgulha: o "Prefeito maluco".

O coronel Leite Ribeiro foi, realmente, no exercício dessas funções, um verdadeiro espantalho. De uma atividade formidável, que ainda hoje desenvolve, amanhecia e anoitecia na Prefeitura. Dois dias depois de assumir o cargo, desaparecera de repente. E no dia seguinte, ao ser ordenada a remodelação imediata dos serviços do Matadouro, os magarefes lembraram-se que, na véspera, tinha andado, por lá, rondando a noite inteira, um sujeito embuçado, que prestava silenciosa atenção a todas as particularidades da matança.

Certa madrugada, quase duas horas, parou um carro à porta da Casa de São José, à rua General Canabarro. Um homem saltou, empurrou o portão, que estava aberto, e bateu, dentro, na porta.

– Quem é? – indagou, arreliada, de dentro, a voz de um português.

– É o prefeito. Abra!

– Que é que quéire? – tornou a voz.

Com o barulho, a diretora chegou à janela.

– É o prefeito, minha senhora. O diretor não está?

– Não, senhor.

– Então faça-me o obséquio de abrir, mas sem acordar os internados. Eu quero ver o tratamento que lhes é dado, e se são reais as queixas que tenho recebido.

No dia seguinte, eram punidos o diretor do estabelecimento e dispensadas quase todas as religiosas, que dormiam em camas confortáveis, e viviam de mesa farta, emquanto as crianças dormiam, como porcos, pelo chão.

Às vezes, à noite, aparecia o prefeito nas agências da Prefeitura, trazendo à mão uma lista das casas licenciadas para funcionamento noturno.

– Vamos ver se são estes estabelecimentos os únicos que se acham abertos – convidava, dirigindo-se ao agente.

E era um escândalo. Das casas que se mantinham abertas, exercendo o comércio, nem a décima parte estava licenciada. E, no dia seguinte, entravam na Prefeitura dezenas de requerimentos de licença, e com eles, dezenas de contos para os cofres municipais.

– É um maluco! – diziam todos, na roda-viva em que os punha, incansável, e espantoso trabalhador.

Em seis meses de administração, realizou coisas assombrosas e sugeriu outras, que Passos realizou. Estão na sua mensagem de despedida todos os problemas que fizeram, depois, a fama de outros prefeitos. Basta lembrar, entre muitos, o arrasamento do morro do Castelo, o saneamento da lagoa Rodrigo de Freitas e do canal do Mangue, a substituição da força animal pela energia elétrica nas companhias carris;

a construção de novos mercados, o alargamento das ruas, num total de trinta e duas iniciativas, das quais, até agora, apenas uma terça parte se transformou em realidade. E foi por isso que o comércio, num total de 700 firmas, pedia a Rodrigues Alves a sua conservação na Prefeitura, ao mesmo tempo que Campos Sales, despedindo-se, lhe dizia, num abraço:

– A sua administração foi um semestre; mas valeu um quatriênio!

Rodrigues Alves tinha, porém, compromissos com Pereira Passos. Leite Ribeiro nada perdeu, no entanto, com isso: foi eleito deputado federal, tomando, na Câmara, a iniciativa de uma infinidade de projetos, entre os quais um, que revolucionou os arraiais políticos, proibindo os empréstimos estaduais sem a licença da União.

– É um suicídio político! – sentenciou Germano Hasslocher.

E foi mesmo. Guerreado pelas situações estaduais, que não conseguiram demovê-lo do seu propósito, foi depurado, e perdeu a cadeira.

Teimoso, voltou ao Conselho, como intendente. Ao fim de pouco tempo sentia, porém, um desejo irresistível de vomitar.

– Será possível – perguntava a si mesmo – que no mundo só haja lama?

Meteu as mãos nos bolsos, procurando a fortuna que o comércio lhe havia dado. Não a encontrou: a Política, que enriquece os proletários, tinha feito dele, antigo milionário, um quase herdeiro de Jó. Sexagenário quase, correu ao seu amigo Gaffré que lhe abria a bolsa, numa franqueza de irmão:

– Toma. Tu és um santo. Vai trabalhar... É o teu destino...

Moço de cabelos brancos, Leite Ribeiro pensou nos homens de letras. Montou uma livraria, abrindo os braços à mocidade que estuda, que escreve, que trabalha. Em dois anos, reembolsava Gaffré. Prosperou, de novo. Da casa incipiente fez um templo, um monumento, a maior livraria da América do Sul, e uma das maiores do mundo. Trabalha do alvorecer à meia-noite, cabeça baixa, *pince-nez* no nariz, esperança na cabeça, como há trinta e cinco anos, na "Maison Blanche".

E quando ergue os olhos das cifras que amontoa, dos algarismos que soma, dos papéis que estuda e examina, não é para respirar, para tomar fôlego, para sorrir aos encantos da vida: é para abraçar um moço que chega, como a dizer-lhe, num conselho que é um conforto feliz:

– Trabalha, meu filho, e vencerás. E, se venceres – continua a trabalhar!

Perfis (2ª série), 1936

HUMBERTO POR ELE MESMO

"EU SOU, NAS LETRAS DA ACADEMIA,
PARA UTILIZAR A MAIS
CARACTERÍSTICA DAS IMAGENS
ACADÊMICAS, UM ASTRO
APAGADO E MORTO."

("A CANDIDATURA DE MIGUEL COUTO",
UM SONHO DE POBRE)

UMA VOZ NA SOMBRA

1

Ontem, "à hora, à hora da meia-noite, que apavora, eu caindo de sono e de fadiga, ao pé de muita lauda antiga",* recebi uma carta de mulher. Não vinha perfumada, não era em papel rosa ou azul, nem, sequer, em letra cuidada e romântica. Escrevera-a, em velha máquina, e em papel vasto e comum, um espírito feminino, combativo e revoltado, desses que refletem aspectos trágicos da vida russa. Não fala de si própria nem do seu sexo. Iluminada por um ideal novo e augusto, estende os olhos animados de perdão e de cólera pelo espetáculo do mundo moderno, e concita-me a comungar a hóstia do seu credo. Seu olhar percuciente adivinhou no meu coração as dores que nele dormem. Conhece a minha vida, tem o roteiro da minha marcha, examina as sementes que eu tenho lançado à terra, e, descobrindo no meu ceticismo triste o germe de ideias generosas, convida-me a erguer o rosto, a empunhar uma bandeira definida e a partir, cantando, para o combate, a redimir os nossos irmãos proletários. Mulher embora, não quer beijos para a sua boca, mas o pão para a das crianças magras, para a das mulheres que trabalham, para a

---

* Trecho do poema "O corvo", de Edgar Allan Poe traduzido por Machado de Assis.

dos artistas velhos, para a dos operários doentes. Forja-se, nesta hora, um mundo novo, em que não haverá montanha nem vale. Eu devo ser, para glória minha e consolo do meu próximo, ferreiro nessa oficina. E, num gesto da sua mão que se move na sombra, e dos seus lábios que se agitam no mistério, concita-me a dar um ritmo seguro e enérgico ao meu esforço:

– És pobre como nós, e como nós, um proletário, Humberto de Campos! Vamos!

A voz que me convida é fraterna e amiga. A sua palavra diz-me verdades que eu conheço e é, não raro, o eco do meu próprio pensamento. Referindo-se ao meu passado, lembra-me o que me custou a marcha até aqui, e quanto foi fácil o caminho aos filhos diletos da Fortuna. Na sociedade cujos alicerces estão sendo penosamente lançados, eu terei assegurado, diz, o pão e o trabalho. Artífice da pena, realizarei o meu sonho de arte, à sombra do Estado vigilante. Não correrei mais, parcialmente cego, ao atravessar a rua, atordoado pela buzina dos automóveis dos banqueiros, que ameaçam esmagar meu cérebro povoado de sonhos com as rodas luzidias dos seus carros de luxo. Não humilharei o padeiro que me traz o pão à porta, e ninguém me humilhará. Não terei escravos mas, também, não terei senhor. Beberão no mesmo rio, sem que o mais fraco seja devorado pelo mais forte, e sem que ambos toldem a água, o lobo e o cordeiro. O mundo será feliz, e os homens abençoarão a minha memória, ou a minha velhice, agradecendo a pedra que eu tenha carregado para a construção do imenso edifício da Concórdia Humana.

Leio essas palavras de entusiasmo, de fé e de coragem, que me chegam do campo de batalha. Em Salamina, investem as trieres, das quais sobem os cantos harmoniosos dos gregos, e os gritos confusos dos bárbaros. Temístocles e Aristides, Euribíades e Filácio, Polícrito de Egina e Teomestor de Samos realizam prodígios de bravura e de agilidade. Da sua torre de madeira, à margem do mar, é em Artemísia, rainha de Halicarnasso, que Xerxes, senhor da Ásia, tem os olhos. A coragem daquela mulher o assombra tanto, que ele já dera, na véspera, o seu nome à costa setentrional da Eubeia. Tivesse escutado o seu conselho, de que fora intermediário Mardônio na manhã mesma da batalha, e a frota persa continuaria incólume, aguardando a dispersão dos gregos confederados... E a voz que me vem agora é da rainha de Halicarnasso. É tarde, porém, demais, para que eu lhe atenda à convocação sagrada.

Na *Ilíada*, irritado contra Agamenon, que lhe arrebatara Briseida, Aquiles retira-se para a sua tenda, encosta o arco e a lança, e cruza os braços, indiferente à sorte da guerra. Debalde o invectiva o rei de Argos. Debalde lhe discursa Nestor, cuja palavra é um mel de prudência e sabedoria. O herói sacode a cabeça, e recusa. Não mais a sua flecha cortará o céu, que paira sobre Ilio, portadora da morte e do estrago.

Como Aquiles diante de Troia, estou eu, hoje, na minha tenda. E é sentado sobre o meu escudo, que, vencendo os séculos que nos separam, vou contar a Artemísia, rainha de Halicarnasso, os motivos por que não retomo o arco e a lança, e não corro a figurar, combatendo, nas páginas de fogo da nova epopeia.

2

Poucos homens terão compreendido tão cedo, quanto eu, os defeitos do regime a que obedecem as sociedades contemporâneas, e terão sofrido mais fundamente as consequências desses defeitos. Desde a oficina de alfaiate em que trabalhei menino e órfão; e da tipografia em que fui operário adolescente; e dos seringais em que me perdi na mocidade; e dos balcões e escritórios em que misturei os cadernos de venda com os cadernos de ditado e os livros de estudo com os livros de escrituração; desde as vizinhanças do berço até as vizinhanças do túmulo não tenho encontrado, em suma, no caminho e à margem dele, senão documentos clamorosos da constituição arbitrária do mundo.

E, no entanto, não tenho coragem de afirmar que este seria melhor, feito de outra maneira. Não me atrevo a dizer que a felicidade humana está no nivelamento das classes e que há, entre as doutrinas correntes e em experiência, uma destinada a corresponder a essa eterna aspiração das massas proletárias. Sei, e compreendo, que se faz mister destruir o Estado burguês, arrasar a aristocracia do ouro que se levantou sobre os escombros da aristocracia do sangue. Compreendo, e sei, que se torna preciso modificar as válvulas econômicas da sociedade, de modo a poder-se irrigar, tornando-as mais produtivas, as camadas populares, as quais produzirão incomparavelmente mais, com o braço e com o cérebro, se chegarem até elas, em pão, ensino e conforto, o que consomem superfluamente, no vício e no luxo, as camadas superiores. Como, porém, estabelecer o equilíbrio social dentro desses limites, com os elementos materiais e morais que se apresentam aos olhos do filósofo e do sociólogo, toda vez que ele medita sobre a vastidão e a responsabilidade da obra? Quem teria coragem de dinamitar um cais provisório antes de levantar as muralhas de outro, definitivo, diante do mar furioso e troante?

Nenhuma das ideologias que têm nesta hora a bandeira ao vento conseguirá realizar, penso eu, o sonho de todos nós, proletários do martelo ou da pena. Taine compreendeu, e demonstrou, que todos os males que detiveram a marcha da Civilização no sentido da felicidade humana, no século XIX, provieram da concepção abstrata dos *Direitos do Homem* e, particularmente, da extensão que se deu à liberdade individual. "Todas as vezes que se vir toda a gente tranquila em um desses Estados a que se dá o nome de República – observa Montesquieu, no IX capítulo da *Grandeza dos romanos e sua decadência* – pode-se dizer que aí não há liberdade". A liberdade dá, sem dúvida, ensejo à inquietação, à balbúrdia, à polêmica, às divergências, que terminam por sacrificar a coisa pública. E o século XIX levou muito longe o direito à liberdade, ou, melhor, deu-lhe uma interpretação que prejudica a marcha da sociedade no sentido da felicidade coletiva.

Para conseguir-se alguma coisa contra a burguesia num Estado moderno, faz-se mister a eliminação provisória da liberdade. Só a ditadura, ou, mais claramente, a tirania, pode fazer hoje alguma coisa, no mundo, em favor do proletariado. Essa ditadura ou essa tirania tem de cair, porém, como a chuva ou o sol, sobre os burgueses e proletários. A liberdade tem que ser cassada a uns e a outros, para que o ditador, ou o tirano, faça uma nova distribuição de conforto e de direitos, de acordo com as conveniências da paz e da ordem, reguladas pelo Estado, que ele encarnará. E o que se vem advogando hoje, principalmente entre nós, é a concessão de maior soma de liberdade aos que ainda a recebem com restrições, como se a ordem e o progresso humanos não fossem o efeito de forças coercitivas. "Eu prefiro à República um tirano filantropo, instruído, inteligente e liberal" – confessava Renan. E eu resumo nessas palavras corajosas todo o meu pensamento.

O comunismo, que tem, como ideologia, a denominação de "ditadura do proletariado", é, de fato, em parte, e assim o consideram na Rússia, uma "ditadura para o proletariado". Um grupo de homens inteligentes e audaciosos, alguns mais audaciosos do que inteligentes, prometeram a operários e camponeses o domínio do Estado, e, com o auxílio deles, destruíram a aristocracia. Feito isso, assumiram o poder, organizaram uma ditadura, e passaram a deliberar em nome das classes proletárias, fazendo-lhes todo o bem que lhes é possível, embora sem assegurar o conforto que essas classes reclamam, e, muito menos, a esperança de predomínio e de liberdade a que elas aspiravam. Os sovietes constituem, enfim, uma ditadura para o proletariado. Não são, porém, de fato, uma ditadura do proletariado. E essa é, aos meus olhos, a maior das suas vantagens sobre os demais sistemas políticos que se disputam a nova direção do mundo.

Examinaremos, assim, como se poderia estabelecer no Brasil o legítimo comunismo russo, contentando parcialmente os espíritos conservadores e desapontando, pela contemplação da realidade, os que imaginam o comunismo uma explosão de liberdades, quando ele é obtido; na verdade, na própria Rússia, pela harmonia dos sacrifícios.

3

Em virtude das circunstâncias já expostas, a ideia de um surto comunista no Brasil deve preocupar, forçosamente, os espíritos esclarecidos e prudentes. O comunismo da concepção brasileira é o comunismo teórico, que a Rússia fabrica para exportação. Segundo ele, o proletário, senhor da força, fonte viva da produção, deve ser o orientador do mundo. Moscou, cabeça imensa oscilando entre a Europa e a Ásia, levantou, em verdade, soldados, camponeses e operários, mas eles nem reinam, nem governam. No momento em que, vitoriosos, tentaram lançar a mão sobre a coisa pública, ergueu-se, entre eles e a nação, o pelotão homérico chefiado por Lenin, que lhes deteve o gesto e o passo e que assumiu a responsabilidade do governo absoluto. Esse pelotão, de que faziam parte, inicialmente, além do mestre e comandante, Trotski, Bukharin, Kamenev, Lunatcharski, Swerdlov, Ouritzki e Prokrowski, não saiu, porém, das fábricas, das casernas, dos trabalhos do campo ou do porão dos navios; saiu das Universidades, dos grupos intelectuais, de uma esfera mental que correspondia à das antigas classes dirigentes. E é sabido o preço pelo qual esses gigantes mantiveram as rédeas da ditadura. É sabido a que excessos foram eles forçados para que a Rússia não tombasse na anarquia completa. É sabido, em suma, quantos milhões de persas, operários, camponeses e soldados, que sonhavam a posse da fortuna pública, foram destruídos por esse punhado de lacedemônios, nas Termópilas do poder.

Entre nós, porém, onde estão os homens capazes de conter as massas, depois de manejá-las? Na Rússia, eles não foram improvisados. Representavam vinte anos de estudo e de experiência na Sibéria ou no exílio. Nenhum saiu na véspera do Kremlin, da intimidade dos grão-duques e dos esplendores da corte, abraçando a Revolução simplesmente por lhe ter pressentido a vitória. E em que forja, no Brasil, estão sendo trabalhados no aço o coração e o caráter dos Stalins de amanhã?

O resultado do comunismo no Brasil, com as massas que o constituem e com os chefes que ele poderia mobilizar, seria, apenas, a repetição do que está sucedendo na China: quatrocentos generais de opereta chefiando quatrocentos grupos de famintos, os sinceros vivendo do saque, da rapina, da pilhagem, e os mais espertos sustentados pelo ouro estrangeiro, que viria fomentar a anarquia para que nos tornássemos mais facilmente a presa dos povos imperialistas. E explorado por uns e outros, o povo desvairado, errante, miserável, sem liberdade, sem esperança, a assistir ao esfacelamento da Pátria!

"Diante de nós borbulham as fontes de uma fé moderna, que esperam ser captadas" – escrevia há pouco tempo o sr. Lucien Romier. E adiantava: "A tarefa dos escritores na elaboração de um grande século parece-me primordial". A redenção do mundo cabe, efetivamente, às *élites*. Faz-se mister que um grupo de homens de pensamento, transformados em homens de ação, elabore o século inicial da nova era da humanidade. Mas, onde estão, entre nós, esses homens providenciais? Onde os espíritos que, como na Rússia, compreendendo os sofrimentos do povo, assumam a tutoria das massas proletárias, com energia e inteligência?

Tornam-se necessários trinta, quarenta ou cinquenta titãs, que nos fabriquem a pátria e a sociedade novas. A mão se me queda, porém, suspensa, esperando que a memória lhe forneça, generosa, o nome do primeiro.

4

Na falta de um povo que possua o instinto político, e de homens públicos que reúnam a cultura, a força de caráter e o espírito de sacrifício ("Ah! la turbe est ignoble et l'élite est indigne!",* troveja o velho Hugo, com a trompa de Josué), que se deve fazer, no Brasil, para impedir a sua precipitação na anarquia chinesa? Que tarefa compete, neste momento, aos homens medianos que somos nós, para evitar uma revolução social, com a exploração da miséria das massas pelos ambiciosos que se estão movendo no meio delas? Uma coisa, apenas: melhorar-lhes as condições de vida, fornecendo-lhes mais pão do que liberdade, porque a liberdade é a mais perigosa das armas nas mãos de um povo que não tem pão.

O momento é o mais propício a essa medicina preventiva. As massas populares, no Brasil, não fazem questão do voto, de direitos políticos, de regalias constitucionais, mas de trabalho e de bem-estar. As eleições só interessam aos políticos, às classes intelectuais, aos parasitas diretores do Estado, ou aos que levam vida de imaginação. Pergunte-se a um trabalhador urbano ou rural se ele quer, como na história infantil, muitos direitos e pouco salário ou muito salário e poucos direitos, e ver-se-á como ele prefere, prontamente, a segunda proposição. A liberdade integral, entre os povos pobres e sem espírito público, é mais uma vaidade do que uma necessidade.

A missão dos que têm, nesta hora, entre os dedos, a brida e o cabeção da República, e dos que os tiverem amanhã, quando se elaborarem as leis definitivas do novo regime, deve ser, portanto, esta: melhorar as condições do proletariado, antes que ele resolva melhorá-las, ele mesmo, comprometendo a sorte do Estado e, com este, o próprio destino. Em primeiro lugar, faz-se mister interessar o operário na prosperidade das fábricas em que trabalham, dando-lhes

---

* "Ah! a turba é ignóbil, e a elite, indigna."

uma participação nos lucros, de modo que a vida opulenta do patrão não constitua, como acontece atualmente, um insulto à sua miséria. Não é irritante, realmente, ver levantar-se no centro da cidade um palácio de milhares de contos, no momento em que o proprietário reduz o salário dos trabalhadores das suas fábricas, reduzindo-lhes, portanto, o pão, e apenas um ano depois de haver pedido aos poderes públicos o aumento das tarifas alfandegárias para evitar a concorrência estrangeira aos produtos da sua indústria?

Em segundo lugar, urge rever a nossa legislação agrária, se é que alguma existe, digna deste nome. É preciso acabar com os latifúndios, com a manutenção de imensas extensões de terras nas unhas dos políticos dos estados e dos coronéis dos municípios, que não as utilizam, quando em torno fervilha uma triste multidão miserável, que não tem onde atire um grão de milho ou um caroço de feijão para a fome da companheira e dos filhos. A terra é de quem a pode cultivar, e não de quem a recebeu do pai ou do avô, o qual a arrancou à gente humilde que a trabalhava. "A desgraça do Brasil é o arame farpado", dizem os sertanejos, e repete um personagem do romance do sr. Pedro Mota Lima. E é essa uma das maiores verdades que rolam pelo sertão, como as pedras dos caminhos.

Faça-se uma distribuição mais radical das rendas, de modo que possamos ter mais hospitais, mais higiene, mais escolas, mais serviços de assistência. Suprima-se o suntuário em proveito do necessário. Modifique-se a lei do sorteio militar, de modo que ela se não torne um fator de despovoamento do interior e do congestionamento das cidades, mas de melhoramento daquele por estas. Que o sargento, o tenente e o capitão sigam para as vilas sertanejas a ministrar o ensino militar e cívico aos rapazes da roça, acabando com o luxo de mandá-los vir da roça para onde não voltarão mais, a fim de se perverterem e inutilizarem nos grandes centros do litoral.

O Uruguai tem os seus portos abertos aos agentes de Moscou. Estes nada conseguem, porém, ali, preferindo atuar sobre as massas argentinas e brasileiras, porque os homens públicos uruguaios vacinaram a nação contra o comunismo, concedendo aos seus trabalhadores favores econômicos que neutralizam todas as promessas de hegemonia política. É a essa obra que devemos entregar-nos, de acordo com as necessidades especiais da nossa gente. A essa, apenas, e não ao trabalho literário de manipular uma legislação de luxo, como a de 1º de outubro de 1930, em que se procurou mais conquistar no operário um eleitor possível do que corresponder a uma exigência da vida nacional.

A fauna política do Brasil é pobre. Não possui gigantes. Mas pode, na sua mediania, suprir a inspiração com a reflexão, o gênio com o bom-senso, a inteligência com a boa vontade. Faltam-nos materiais para empreender uma grande revolução feliz; mas podemos remediar essa deficiência de homens, e de massas populares em que eles trabalhem, com uma evolução segura, embora vagarosa, das peças que nos compõem o aparelho econômico.

Que poderei eu fazer, porém, em proveito desta ideia, se o tempo exige a ação e eu disponho apenas do pensamento? Se este possuir, todavia, alguma utilidade, aqui está. Não serei um hoplita, de escudo e espada, pronto para o ataque, como os quatrocentos de Epítadas em Sfactéria. Mas um auxiliar dos que combatem, como os gajeiros genoveses da Renascença, de mão em pala sobre os olhos, vigiando atentamente o horizonte, para anunciar aos homens do leme e das velas os perigos da navegação. E é no exercício, já, desse mister humilde mas útil, que levanto a voz nesta hora, e grito, dirigindo-me a quem tiver ouvidos para ouvir:

– Inimigo à prooo-oa!...

5

À semelhança daquele Elcias, do poema hugoano, que, durante quatro dias, diante do imperador Raterto, lançou à face da nobreza, dos soldados, do clero e do povo palavras faiscantes de verdade e, no último, entregou a cabeça ao carrasco, eu consumi, Celina Napalèse, quatro dias respondendo publicamente à sua carta, com os quatro capítulos que, possivelmente, você leu. Falei aos homens, dirigindo-me a você. Contei ao mundo o meu pensamento social e político, voltado para a sombra que me falou. Encerrado o último dia de Elcias, baixo, agora, a voz, e falo unicamente a você.

Pergunta-me por que, conhecendo a vida dos humildes, a tragédia anônima de cada um deles, não revelo aos homens das altas camadas da sociedade, em romances que retratem a existência do proletário brasileiro, as dores, as revoltas, as decepções, os segredos dramáticos do microcosmo de que fui personagem. Indaga você por que, tendo descido aos Infernos, como Orfeu, ou ao Inferno, como Dante, e regressado incólume da excursão tormentosa, não transmito aos vivos, em obras de profundo fôlego literário, o que Cérbero me disse com o seu uivo e Virgílio me contou com a sua palavra. Quer você saber, em suma, por que, tendo mergulhado na cratera do vulcão, não trouxe ainda para as letras um pouco da lava que ferve nas entranhas da terra, de modo a prevenir os homens imprudentes contra a erupção que se prepara.

E é isso que eu preciso explicar a você, Celina Napalèse, autora misteriosa da "carta da meia-noite". Seu interesse pelos humildes, pelos galés que remam, nos rios deste mundo, as galeras em que os ricos amam e bebem, determinou a dilatação do meu discurso, para que você melhor me conheça, fixando a fisionomia das minhas ideias. Falei muito, talvez, e não disse nada. Mas é que eu me estou exercitando para falar às massas populares, que amam, na palavra, mais a sonoridade do que a substância.

Não há, na minha vida, ambição maior, minha ilustre camarada desconhecida, que a de escrever obras que se tornem úteis aos homens de hoje e fiquem na memória dos homens de amanhã. Como poderei eu, porém, fabricar um móvel majestoso e sólido, se na minha existência de carpinteiro das letras tenho de pôr à venda, cada manhã, no mercado, a tábua que aplainei à noite? Como poderei escrever um romance forte, um trabalho de meditação ou de observação, se tenho de vender, a retalho, as ideias miúdas que me vêm, e se não há compradores na praça para as outras de maior porte? Que aspiração pode alimentar, ainda, um escritor, cujas ilusões caíram todas, e morreram, como pássaros, na gaiola da realidade, e que tem de ralhar diariamente com o cérebro por ordem imperiosa do estômago? Ideias, tenho-as muitas, embora não sejam de primeira qualidade. Tenho, mesmo, queimado algumas, e lançado outras ao mar, a fim de valorizar as restantes, adaptando, no caso, às coisas do pensamento, a nossa política do café. E o resultado é o mesmo. A concorrência estrangeira continua a matar o meu produto, isto é, a fazer com que as minhas ideias, os meus altos planos e os meus estudos de vária ordem se deteriorem nos armazéns.

Fique, pois, você, incumbida de uma piedosa missão, que será o prêmio de minha vida, conferido depois da morte: quando eu me partir deste planeta inóspito, espalhe entre os proletários do seu bairro o meu nome, acrescentando, num ato de justiça:

– Era dos nossos, coitado! Apenas, não fez nada por nós nem por si mesmo, porque passou a vida a insistir no comércio mais idiota deste mundo: vendia miolo da cabeça para comprar miolo de pão!

6

Quem leu por descuido, penitência ou desfastio os cinco artigos anteriores pode não se ter convencido da solidez e da legitimidade das minhas ideias; mas reconheceu, sem dúvida, a sinceridade com que as justifiquei. É possível que me encontre no caminho do erro; mas, nesse caso, serei apenas uma vítima da ignorância, que é perdoável desde que não seja voluntária. Manifestam-se em torno de nós fenômenos assombrosos, porque a Natureza é múltipla e complexa na sua capacidade criadora. Como, porém, o cérebro humano é um aparelho de função limitada e só possuímos cinco sentidos quando se tornariam necessários talvez cinquenta ou cem para a percepção da vida cósmica, o homem só considera existentes os fenômenos atingidos pela sua compreensão. Vozes vindas de longe vibravam no ar, eloquentes e nítidas: foi preciso, entretanto, que se descobrisse a lei que rege as vibrações da atmosfera para que escutássemos os mil rumores que tumultuavam no espaço, e a que o nosso ouvido era surdo.

Cada indivíduo é portador involuntário dos hábitos e dos prejuízos do seu século. Cada geração se supõe depositária da Verdade Eterna, condutora do facho que iluminará definitivamente o mundo. Eu serei, talvez, uma vítima dessa ilusão coletiva. Não será preferível, porém, e mais honesto, que eu afirme um erro, uma superstição em cuja intimidade fui criado, a bater-me insinceramente por uma Verdade em que não creio? "O defeito de Robespierre é crer no que diz", observa Mirabeau. E eu sou como Robespierre.

Respondendo em carta particular às considerações que aduzi contra a religião política de que se tornou sacerdotisa, Celina Napalèse apela para a minha lealdade, a fim de que ela obtenha, na imprensa, uma coluna em que possa demonstrar publicamente a inanidade dos meus argumentos. Que o público seja o nosso juiz. Que a cidade, ou o país, lendo os meus artigos e os dela, possa dizer com qual de nós se encontram a razão e a verdade. Aceitando, como o cavalheirismo me impunha, o desafio gentil, pedi, neste jornal, para a minha contraditora, um palmo de coluna durante alguns dias.

Eu tenho, todavia, a confessar que não sou tão impermeável às ideias novas como me supõe a minha brilhante antagonista. Entre a admiração que se pode ter por uma teoria política e o entusiasmo pela prática dessa teoria, em determinado país, há diferença considerável. Eu fui, sabem disso os comunistas brasileiros, o primeiro escritor que assumiu, no Brasil, a defesa de Lenin e das suas ideias. A Revolução Russa ainda se achava em estado de nebulosa quando, em 1918, eu escrevi, na imprensa, a apologia de Vladimir Ulianov, e dos seus irmãos de sonho e martírio, em artigo fixado em livro em 1923.

Atualmente, só me assistiriam motivos para incorporar-me àqueles que se batem pelo advento dos humildes, se não tivesse o pensamento neles, e não receasse sacrificá-los ainda mais, na esperança vã de vingar-me dos que me derrubaram do andaime quando trabalhava no edifício político da Velha República. Nunca fui um proletário tão caracteristicamente definido como o sou agora. Há quase dois anos retirei meu filho e minha filha adolescentes dos colégios em que aprendiam ciências aristocráticas, e os atirei à vida prática, onde me auxiliam a ganhar o seu pão.

Vejo-os sair, todos os dias, um às sete, outra às seis horas da manhã, afrontando a chuva e o frio, ainda meninos, para a luta pela vida. Mas é por isso mesmo, por ser um proletário entre proletários, que temo se aventurem estes a uma empresa em que seriam sacrificados inutilmente.

O comunismo é belo, sem dúvida, como doutrina. Mas é uma doutrina que exige, para ser executada integralmente com eficiência, material humano que não temos e que a própria Rússia só está conseguindo à custa de muito sangue. Implantado no Brasil, ou faliria, prontamente, dissolvendo-se na anarquia, transformando o país em um caos, ou reclamaria, primeiro, uma hecatombe, devorando alguns milhões de inocentes.

Comunismo é disciplina no trabalho, holocausto do indivíduo ao Estado, abdicação da personalidade em favor da coletividade. É renúncia e sacrifício. E não é essa a convicção das massas brasileiras animadas, por enquanto, na sua maior parte, de simples espírito de represália e epicurismo. Para o nosso homem do povo, a era comunista será assinalada pelo gozo da fortuna dos ricos pelos pobres. E que desilusão seria a sua quando, ao penetrar os domínios da realidade, soubesse que não lhe era mais permitido ficar em casa quando quisesse, e falhar ao serviço quando entendesse, por haver acima da sua vontade uma força prestigiosa à qual se encontrava submetida a sua atividade? O comunismo, se viesse a encontrar os homens de ferro que lhe faltam, faria do Brasil uma nação organizada e do brasileiro, um aparelho disciplinado e fecundo. Quantos milhões deles teriam, porém, de ser levados ao muro, numa lição aos demais, até que perdessem a concepção de liberdade que a demagogia lhes fixou nos miolos? Quantos teriam de ser sacrificados no campo e na cidade, para que o resto se convencesse de que a felicidade humana da fórmula comunista é obtida, não pela inversão do regime social hoje vigorante, mas por uma distribuição equitativa de direitos e deveres? Quantos, preferindo a fome na liberdade ao pão com disciplina, se insurgiriam, saudosos da vida antiga, e iriam pagar com a vida o crime de rebelião?

É isso apenas que eu receio, Celina Napalèse, minha adversária que me fala mergulhada na sombra. E como é profunda a minha convicção, pode procurar na imprensa, de acordo com o seu pedido, o seu pedaço de coluna, a fim de que me contradiga e eu lhe possa demonstrar, de novo, que o comunismo é um formoso sonho internacional ou universal, mas que eu temo ver em execução no Brasil, porque conheço, como partícula dele, a índole e o coração do meu povo.

Os párias, 1933

AOS MEUS AMIGOS DA BAHIA

I

As pessoas que, por engano, desfastio ou penitência, leram o primeiro tomo das minhas *Memórias*, sabem que nasci no Maranhão, em uma vila que, arrependida de me haver dado ao mundo, se está suicidando, aos poucos, e, ao mesmo tempo, se sepultando sob montanhas de areia. E eu quero bem à minha terra. Quando, em 1928, eleito seu representante na Câmara, fui visitá-la, um dos jornais da capital dedicou-me um grande artigo na primeira página, o qual terminava com esta frase, textual: "Em suma, é esta pústula que vem aí!". Mais tarde, correndo por lá a notícia da enfermidade que ainda hoje me atormenta, o mesmo diário afixou à sua porta um cartaz, e publicou um editorial de parabéns ao Brasil, com esta passagem, que é um primor pelos sentimentos que revela: "O castigo chegou: Humberto de Campos vai ficar cego!". Mesmo assim, eu continuo a estimar, fraternalmente, todos os meus coestaduanos. O Maranhão é pobre, e alguns dos seus filhos vivem assoberbados pela revolta contra a condição do seu berço. E eu, abençoando o solo em que nasci como erva má, perdoo os que me injuriam, e não peço a Deus senão luz para os olhos daqueles que festejaram a morte prematura dos meus.

Se, porém, um dia, eu conseguisse liquidar as minhas contas de gratidão com a terra maranhense, fazendo-lhe todo o bem que ela merece e eu lhe desejo e, no outro mundo, o Senhor me perguntasse em que parte do Brasil, excluído o Maranhão, tão malservido por mim, eu queria tornar aos tormentos da vida, a minha resposta seria pronta:

— Senhor, faze-me nascer, agora, paulista ou baiano!

Eu tenho, na verdade, com esses dois estados, uma dívida tão grande, que só lhes poderia pagar consagrando-lhes uma nova existência, se a tivesse. É neles que vivem os melhores amigos que possuo. É deles que procedem as cartas mais afetuosas e constantes que recebo. É deles que me chega a maior contribuição de conforto moral que me alimenta o espírito, me fortalece a alma e me levanta o coração. É deles, em suma, que sobem, na palavra alta dos homens, nas orações sussurradas das mulheres, nas preces inocentes das crianças que me escrevem, os votos piedosos pela saúde de um escritor enfermo e pelo soerguimento de um combatente ferido. É da Bahia, católica e maternal, que me vêm as melhores vozes de coragem. É de S. Paulo, primeiro mercado dos meus livros, que vem o maior pedaço do meu pão.

Por isso mesmo, eu devo, agora, à Bahia, algumas palavras de explicação leal e comovida, diante do movimento, que teve origem na sua Faculdade de Medicina, e cujo objetivo era, segundo li nos telegramas e jornais, auxiliar-me na minha vida atormentada e trabalhosa. Lançado pelo professor Otávio Torres ao encerrar as aulas da sua cadeira, o apelo ecoou na imprensa, em notas que transpiravam bondade e compaixão:

— Auxiliemos Humberto de Campos! Evitemos, num gesto concreto de simpatia, que Humberto de Campos, enfermo e cansado, trabalhe tanto para conquistar o seu pão de cada dia!

E eu senti os olhos cheios d'água ao ler essas palavras. Uma emoção profunda se apossou de mim, mas, imediatamente, enviei ao ilustre homem de ciência e notável professor da Faculdade um telegrama extenso, do qual pedia a divulgação pelos jornais. O escritor em favor do qual se operava o movimento generoso vive doente, e trabalhando muito. Mas é um homem válido em condições de conquistar bravamente o necessário à sua subsistência. A enfermidade, que lhe vai tirando a luz dos olhos, ainda não lhe tirou a coragem. Os tormentos de cada noite duplicam-lhe as forças de cada dia para enfrentar a Fatalidade. A cada assalto dos velhos sofrimentos, ele se levanta mais desassombrado, para afrontar os novos. Uma alegria bárbara enche-lhe a vida. Das suas dores, fez ele o seu prazer. E sobe-lhe da alma um orgulho leonino e titânico, ao erguer-se cada manhã para a luta peito a peito com a Morte, e ao senti-la, cada noite, batendo em retirada...

Qualquer movimento no sentido de impedir esse combate entre um homem e o seu Destino é, pois, improfícuo. E, porque luta, e a sua luta é fecunda, esse escritor não sofre privações. O seu lar tem conforto, o seu gabinete tem livros, a sua mesa tem pão. Passado o instante de surpresa com a sua condenação à cegueira e às dores que marcam os minutos das suas horas, preparou-se ele para cerrar as pálpebras, acostumando o espírito ao sol de Milton e de Homero. Um luar meigo e doce, de claridade cristã, sobe-lhe, aos poucos, dos abismos do coração.

Agradecendo, dessa maneira, a ideia que congregou tantos e tão formosos espíritos na Bahia, eu quero reiterar, nestas palavras, a recusa, expressa em telegrama, de qualquer movimento que não seja de simples estima intelectual, ao escritor, naquela homenagem.

Da Bahia, que eu muito amo, e tanto que desejara ser, seu filho, não quero, nem aceitarei senão duas coisas: a simpatia do seu povo, e o afeto dos meus amigos.

II

A atitude generosa e gentil, acima descrita, assumida pela mocidade acadêmica da Bahia, por iniciativa de um dos seus mais brilhantes professores, e pela imprensa de São Salvador, representada pela sua associação de classe, vem oferecer-me, contudo, à margem da recusa e dos agradecimentos já expressos, oportunidade para uma explicação a alguns leitores e amigos que me não conhecem de perto.

Formou-se, em verdade, em torno da minha saúde e da minha situação econômica, um círculo de lendas, que se torna preciso reduzir às proporções exatas da realidade. As versões mais estranhas foram criadas, e circulam pelo país, transformando em comiseração um sentimento que não devia passar de simples e humana simpatia. "Humberto de Campos está cego e na miséria!", leio eu constantemente. Um jovem e vigoroso jornalista sergipano, Passos Cabral, comentando, há meses, a minha vida e a minha obra literária em uma folha de Aracaju, escreveu: "Humberto de Campos, doente, sem família, ferido até em um dos maiores bens da vida, que é a sua visão, vive exclusivamente da sua pena, vive de literatura". Um seu leitor e amigo, residente em Ubá, apressou-se, porém, em definir melhor as condições a que me achava reduzido em carta publicada no mesmo jornal. "Posso informar-te com segurança" – dizia ele, em palavras que conservei de memória, – "que Humberto de Campos está desenganado e não durará muito tempo. Acha-se completamente cego, e atacado de uma moléstia semelhante à lepra". No Ceará, segundo me informam pessoas dali procedentes e que me encontram sem qualquer vestígio desse mal, não é outra a versão corrente. E eu vou assim, aos olhos de meus amigos distantes, me extinguindo, aos poucos, roído, como Jó, de chagas e vermina, que raspo, no abandono do meu monturo de Us, com os últimos cacos de telha da minha casa.

Diante dessas lendas e versões, é preciso que eu proclame corajosamente a verdade. Sou um homem doente, mas não estou leproso. Sou um homem pobre, mas não me encontro na miséria. Assediado por um conjunto de males que me bloquearam dentro da vida, imito a planta, que transforma em fruta o estrume que lhe põem aos pés. Vivi as horas mais terríveis que pode viver um homem, quando, em janeiro de 1928, recebi a sentença condenatória da ciência, com o diagnóstico da hipertrofia da hipófise, que se caracterizava de modo alarmante. Em meados de 1930 os efeitos dessa enfermidade se alastravam. O olho esquerdo ficou perdido, sem nenhuma lesão aparente. As mãos se tornaram volumosas, acompanhadas de dormência, que aumentava durante o trabalho ou durante o sono. A parte inferior do braço tomada de dores, pela falta de circulação, fazia-me levantar de hora em hora, para mergulhar as mãos em álcool, e desentorpecê-las. Por esse tempo, a hipertrofia da hipófise refletiu-se em outras glândulas, determinando a hipertrofia prostática, seguida de uma intoxicação consequente. Durante quase três anos não tive sono que durasse mais de uma hora e cada hora de sono era povoada de sonhos tremendos, de pesadelos assombrosos, que me enchiam de pavor, ante a ideia de dormir outra vez. Trabalhava, e dormia, cercado de sacos de água quente, que me aliviavam os tormentos. Sentia a cabeça enorme, e a língua, pesada, dificultando a enunciação das palavras. No centro da cidade, quando era forçado a sair de casa, a minha passagem era a de uma sombra, ou de um fantasma, porque eu próprio não sentia os meus pés. Assaltou-me a surdez. Tudo se movia em torno a mim, e eu não percebia a voz dos homens nem o ruído das coisas. Multiplicavam-se as vertigens, que eu vencia correndo para um automóvel, deixando-me tomar pelos suores frios, os olhos fechados, a respiração curta e difícil, o coração batendo forte. Mais de uma vez capitulei, sendo socorrido na via pública. Por essa época submeti-me a uma punção na espinha, para extração do líquido cefalorraquidiano, que me permitiu ligeira melhora. Pouco depois voltavam, porém, as mesmas perturbações, agravadas pela dormência e pelas dores nas pernas.

Não obstante isso, trabalhei sempre, escrevi sempre, e não cessei de prover, com os recursos da minha pena, as necessidades da minha casa. Retirei os meus filhos do colégio, a menina com quinze e o menino com treze anos, atirando-os ao trabalho, de modo a prepará-los para o momento em que lhes faltasse o meu braço. Mas não desanimei nunca. Uma alegria diabólica me enchia o coração toda a vez que eu, numa crise mais violenta, vencia a Morte, que rondava a minha porta. Raro era o dia, por isso, em que não aparecia, na imprensa, o meu artigo alegre. A ironia das minhas crônicas era, quase, o esgar da caveira que fazia sorrir os que tinham carne na face.

A enfermidade implacável que me assaltou continua no seu curso. Mas sofro menos. Os meus sonos são curtos, de duas horas. Cessaram, todavia, os sonhos maus, e os pesadelos horrendos. A dormência das mãos diminuiu. Deixei de ler, porque as letras se fundem e confundem diante de mim, obrigando-me, nos casos imprescindíveis, a isolar as linhas que os olhos têm de percorrer. As dores nas pernas são mais fortes, pela vida sedentária a que me obriga a profissão. Mas trabalho contente. Sinto que a minha alma se purifica no sofrimento, e que o meu coração, trabalhado pelas dores próprias, se preparou melhor para a compreensão das dores alheias. Perdi, com minha casa hipotecada, tudo que possuía como fortuna terrena. Mas o trabalho não me falta, e, com o produto do meu trabalho, tenho tudo o que desejo, porque hoje desejo pouco. Ensinei os meus filhos a ganhar o seu pão, quando lhes faltar o que lhes dou, e, dessa maneira, vou lhes deixar, quando morrer, o mais precioso dos tesouros. Fico, às vezes, já, algumas horas, sem os meus olhos. Mas, quando eles me faltarem de todo, quando desaparecerem para sempre diante deles as teclas da máquina em que executo volutuosamente o hino das ideias silenciosas, passarei a ditar o meu pensamento, descrevendo aos homens que têm olhos o brilho triste das estrelas da minha noite.

Não sou, pois, como ficou explicado, um homem atacado de doença repugnante, "semelhante à lepra", nem carecido, por inválido, do auxílio do meu próximo. Escrevendo constantemente contra a esmola direta, não poderia, de nenhum modo, recebê-la, sob qualquer forma, e a qualquer título. Quando os médicos me "cientificaram" de que a vista esquerda estava perdida, tive, naturalmente, o meu momento de funda tristeza. Ia consolar-me com Luís de Camões, mas encontrei-me, nessa tarde, com Alcântara Machado, então diretor da Faculdade de Direito de São Paulo e hoje "leader" da bancada paulista na Câmara Constituinte, e ele me fortaleceu com uma revelação.

– Dois olhos, para o Brasil, são muita coisa, meu velho – disse-me.

E ao meu ouvido:

– Eu só tenho, sadio, o direito. O esquerdo serve-lhe apenas de companhia. Se me privassem do olho direito, eu estaria cego!

Dias depois, em um encontro com o general Tasso Fragoso, pediu-me ele, com a gentileza habitual, notícias da minha saúde. Dei-lhas. Lamentei a minha pupila morta. E ele:

– Não se queixe na minha presença. Eu conheço um general quase nessas condições... E é chefe do Estado Maior do Exército!...

Lembrei-me de Alfredo Pinto, que perdera um dos olhos aos doze anos e fora deputado, chefe de Polícia, ministro da Justiça e ministro do Supremo Tribunal, e costumava dizer aos íntimos:

– Nunca senti falta do olho que perdi quando menino...

E, superiormente:

– Isso, de ter dois olhos, é luxo!

Se, com uma vista só, Alcântara Machado, Tasso Fragoso

e Alfredo Pinto haviam sido das maiores figuras do Brasil, e das suas glórias mais altas e puras, por que devia eu ter pena do meu olho? Perdido? Conformei-me, pois. Um dos nossos aviadores navais mais atrevidos e experimentados no voo, segundo me contou o dr. Moura Brasil do Amaral, tem unicamente a vista esquerda... De repente, porém, começou a compressão, em mim, do nervo óptico interessando a vista direita. E foi, então, quando me lembrei de Homero, de Milton, de Salvador de Mendonça, de Juvenal Galeno, e, principalmente, de Augustin Thierry, cego aos trinta e dois anos e que, não obstante, foi o renovador da crítica histórica, no seu século.

Estou, assim, conformado e sereno. Quando a minha vista mo permite, escrevo. Se não posso escrever, medito. Com a meditação longa e o trabalho curto, ainda tenho pão, conforto, e alegria. Quando, em Corinto, Alexandre Magno perguntou a Diógenes o que desejava do seu poderio, o filósofo não pediu senão que o famoso capitão lhe não tirasse aquilo que lhe não podia dar, isto é, o raio do sol matinal que se projetava sobre o tonel, e que Alexandre interceptava com a sua figura. Desejam os meus amigos da Bahia dar-me aquilo que me falta. E a mim, que me falta a mim? Os meus olhos, apenas.

Mas quem poderá restituir-me os meus olhos?

III

Segundo leio em uma folha de São Salvador, a ideia de que tivera a iniciativa o ilustre sr. professor Otávio Torres ia concretizar-se num apelo ao eminente chefe do Governo Provisório, para que este concedesse uma pensão ao escritor fatigado e enfermo, de modo a reduzir-lhe o esforço cotidiano. Essa sugestão traduzia, aliás, em forma pública, e sob a responsabilidade da imprensa e da classe acadêmica da Bahia, o pensamento particular enunciado, já, em outros pontos do país, por homens identicamente amáveis e generosos. Vai para um ano, em carta gentilíssima que me dirigiu sem que nos conhecêssemos, o sr. coronel Alípio Bandeira, soldado notável pela sua integridade pessoal e pelas suas letras, falava-me da necessidade que via, de consagrar-me a obras definitivas e profundas, sob a proteção do Estado. Pouco depois, em julho último era o dr. Aluísio França, antigo presidente da Sociedade Médica dos Hospitais de Curitiba, que, nos jornais do Rio Grande do Sul, dirigia ao sr. ministro da Educação uma carta aberta, propondo a criação de um Conselho de Cultura mantido pelo governo, e que se inaugurasse comigo a obra social de assistência aos escritores doentes e pobres. À sombra desse instituto oficial, economizando o miolo que vendo a retalho, poderia eu, na opinião benevolente do signatário, oferecer à minha pátria muitas obras fortes e duradouras.

Mais positivo, e não menos bondoso, foi o pensamento do Governo revolucionário do meu estado. Ao ser nomeado para a interventoria no Maranhão, o ilustre sr. capitão Martins de Almeida teve a bondade de mandar visitar-me, em minha casa, pelo seu secretário, e meu colega da imprensa paulista, dr. Alberto Araújo, que se achava, nessa ocasião, no Rio de Janeiro, em trânsito para São Luís. Na palestra que tivemos, falou-me o dr. Alberto Araújo da ideia, que havia, de me ser facultada, pelo estado, uma pensão, que me permitisse trabalhar menos e, assim, cuidar da minha saúde, que todos sabiam precária. E a minha resposta foi esta:

– Para que eu seja grato, por toda a minha vida, ao Governo a que você vai levar a contribuição da sua inteligência, basta o conhecimento dessa lembrança, que revela homens de espírito e de coração. Desejo servir, aqui no Rio, ao interventor do Maranhão, colaborando com ele no seu plano heroico de ressurreição da terra em que nasci. Nada quero, porém, nem aceitarei do meu estado, enquanto me restarem forças para trabalhar. Tudo está preparado, na minha casa, para as eventualidades fatais. Tenho, todavia, um filho de dez anos, que se acha internado em um colégio do Rio. Se eu, antes de morrer, prestar ao Maranhão algum serviço que os meus conterrâneos considerem relevante, quero, apenas, que, após a minha morte, o estado pague o colégio do meu filho. Nada mais.

Não menos gentil foi, ainda, a ideia que tiveram algumas figuras do comércio, da imprensa e da política, promovendo um movimento que visava restituir-me a minha casa, perdida em consequência de uma hipoteca desastrada, e da felonia de um procurador que se não pejou de roubar um amigo doente e quase cego. Cogitavam elas de editar um livro meu, sem qualquer despesa da minha parte, vendendo a alto preço, aos colecionadores e aos homens de fortuna, exemplares de uma tiragem especial. Com o produto, reaveriam, então, para mim, as telhas que me abrigavam em 1930. Ao ter conhecimento da ideia posta em marcha por espíritos e corações amigos, agradeci a boa vontade carinhosa de todos, mas pedi que afastassem, de tal coisa, o pensamento. O livro é mercadoria que não deve ser vendido por preço incomum. O excedente desse preço é uma esmola a quem o vende. Recebendo duzentos mil-réis dum milionário por um exemplar que não valesse mais de oito, eu ficaria impedido, por cento e noventa e dois mil-réis, de insurgir-me quando esse nababo escorchasse um proletário. E eu quero, na minha pobreza, conservar livres para as grandes campanhas em favor dos humildes, a minha consciência, a minha voz e a minha pena. Acresce que eu tomei um santo horror aos princípios da propriedade. Sinto-me de tal maneira à vontade não possuindo de meu senão o dia e a noite, que seria para mim um tormento interromper os meus pensamentos superiores para pensar na décima urbana e na pena-d'água. Na vida econômica, eu sou, hoje, como esse moleque que acompanha os batalhões quando estes regressam das paradas militares. Os soldados marcham suando, apertados pelo correame, sob o peso das armas. O moleque vai ao lado, pulando e assobiando. Sente-se leve, e ágil. Não tem fardamento, não tem cinturão, não tem carabina, não tem nada. No fim do mês pago o aluguel do apartamento. Não tenho nada com os impostos, com as goteiras, com a falta d'água na caixa. Quando me não convier o bairro, mudo-me. Faço como a sarigueia; ponho nas costas os meninos, e vou para outro bosque. Como residência definitiva, e própria, quero, apenas, um bangalô subterrâneo em São João Batista, perto do morro, ou em São Francisco Xavier, perto do mar. E, provisório, na falta de um apartamento, um tonel, como o de Diógenes, e que me caiba a mim, e a Marco Aurélio.

Desnecessário é dizer que a pensão concedida pelo Tesouro não mereceria, absolutamente, o aplauso público, nem teria a minha aquiescência. Em um país em que os homens de letras, com raras exceções, passam vida difícil e, não raro, miserável, constituiria a mais clamorosa das injustiças amparar um entre eles, deixando centenas de outros a lutar com a adversidade. Houvesse um instituto encarregado da assistência aos homens de pensamento invalidados no serviço das ideias, e eu, chegada a hora da capitulação, beijaria a mão que me fosse estendida. Não quero, porém, ser o primeiro. Na terra em que tantos homens eminentes têm lutado braço a braço com a miséria, não serei eu que, ao vê-la à minha frente, grite por socorro. Referem os historiadores que, sitiado em Leyde pelos exércitos do duque d'Alba, foi Guilherme de Orange convidado a entregar a cidade sob a alegação de que a fome lavrava dentro dos seus muros.

– Quando nada mais houver para nos alimentarmos – respondeu o capitão taciturno – comeremos o nosso braço esquerdo, mas ficaremos com o direito para combater até a vitória ou até a morte!

É esse, igualmente, o dever de um escritor pobre, em um país pobre: manter-se no seu posto até à morte, sem ser pesado a ninguém, e comer, se preciso, o seu braço esquerdo, para que a mão direita permaneça livre e trabalhe infatigável, condenando o erro, espalhando o bem, semeando a Verdade.

– E se, como se espera, ficares completamente cego, pobre como és? – perguntar-me-ão.

Mas a resposta eu já dei a quem a devia dar. Quinta-feira última, vínhamos da Academia, no mesmo automóvel, Gregório da Fonseca, secretário do chefe do Governo Provisório, Coelho Neto e eu. Conversávamos sobre a situação dos homens de letras, no Brasil.

– Você, por exemplo – observou Gregório – então, você não merecia um repouso longo, para tratar-se enquanto é tempo?

– Eu não preciso de nada – respondi, de bom humor –; e o pouco de que vou precisar, quem me vai arranjar é você.

Gregório voltou-se, no banco da frente. E eu:

– Uma cama para um cego, no Instituto Benjamin Constant...

Nasci em 1886. E tenho trezentos anos de idade. Quem é, porém, por aí, que tome o coração na mão, e o erga mais alto do que eu?

Sombras que sofrem, 1934

CARTA A MENOTTI DEL PICCHIA

Companheiro. – No dia seguinte ao da publicação, em São Paulo, do conselho que você me mandou, reservadamente, pelas colunas de um grande matutino da cidade, comecei a receber, enviadas por mãos gentis, caridosas e anônimas, retalhos de jornal contendo o que você escreveu. Palavras amigas em cartões elegantes secundavam as suas. E a convicção que me nasceu é que você é tão profundamente querido na sua terra, e tão lido pelas mulheres inteligentes, que consegue despertar-lhes a atenção para um pobre escritor mergulhado na sombra, e que, como os padeiros noturnos que chegam diante do forno turbilhonante de chamas, só emerge da sombra para cozer penosamente o seu pão.

Não foi você o primeiro, nem será o último, a aconselhar-me que repouse, que descanse a pena e o pensamento, oferecendo ao corpo e ao espírito as férias que um e outro insistentemente reclamam. E eu compreendo perfeitamente o sentido velado da insinuação. Menos idoso que o arcebispo de Granada, chegam-me ao entendimento, sem que me molestem, as recomendações de Gil Blas.

– Não fale mais, Excelência... Vossa Excelência deve estar com os pulmões cansados... – teria dito o personagem de Lesage, observando a impaciência dos fiéis. É preciso poupar a sua eloquência, para que a Igreja a tenha sempre ao seu serviço, e ao serviço de Deus...

O prelado a quem você se dirige não ignora que é o silêncio que dá valor à palavra, e é, teoricamente, da escola daqueles oradores ingleses que, quando queriam ser escutados, baixavam a voz falando quase em surdina. Mas tem que fazer como o velho fazendeiro cearense, que foi à capital e recebeu ali, por iniciativa de alguns conterrâneos de bom humor, uma ruidosa manifestação de estudantes. Agradecendo ele a homenagem em um discurso dolorosamente idiota, os rapazes, compadecidos, procuravam pôr termo à oração, interrompendo-a com uma salva de palmas. Quanto mais, porém, os estudantes aplaudiam, mais o velho se entusiasmava, retomando o fio ao discurso assim que cessavam os aplausos... Até o seu conselho para que eu me cale dá motivo, como você vê, a que eu fale mais.

A sua carta amiga e piedosa, em que pôs pedaços de cérebro e de coração, poderia, talvez, ser copiada, e devolvida com o seu endereço, em São Paulo. Operário da pena, obrigado a inverter cotidianamente o milagre de Santa Isabel da Hungria, transformando flores em pão, ninguém sabe, melhor que você, que não é por prazer que um homem de letras escreve três ou quatro artigos por dia. Em uma das notas do meu Diário eu já me comparei a um náufrago que, nadando do alto-mar em direção ao litoral invisível, escuta, de repente, o grito do médico de bordo, que, vítima também do sinistro, braceja vigorosamente nas ondas:

– Não nades, desgraçado! Tu sofres do coração!

Tendo que escolher entre o afogamento se cessar de nadar, e a síncope, se continuar nadando, continuo a nadar... Enquanto nado, vou vivendo, e tirando elementos de vida da própria substância da morte. Na povoação de Caridade, município de Canindé, no Ceará, havia um ladrão famoso, que aproveitava todos os pretextos para furtar. Certa vez, achando-se na feira local, viu que um dos negociantes possuía, por trás do balcão, alguns rolos de moedas de níquel. Fingindo-se bêbado, começou a dirigir insultos a um valentão que se achava próximo. O valentão aplicou-lhe uma tapona, o falso ébrio deu duas voltas em torno de si mesmo, e foi cair sobre o dinheiro. Ao erguer-se, deitou a correr com os pacotes furtados, ao mesmo tempo que era perseguido pelo clamor público. Na iminência de ser alcançado, entrou por um corredor de casa de família, indo sair no quintal. Na passagem, porém, pela cozinha, encontrou sobre uma pequena mesa uma perna de carneiro, apanhou-a, e continuou em disparada. No galinheiro segurou uma galinha que lhe surgira atarantada, e pulou a cerca, sendo, entretanto, preso com toda a sua carga, no momento do pulo... Um homem de letras, com obrigações cotidianas como eu, tem de viver assim: fugindo e apanhando assunto pelo caminho. Não se recorda você daquele epigrama grego de Isidoro de Aeges, em que Tínico, indo pescar, fisga um polvo, o qual, atirado à terra, cai sobre uma lebre, ficando ele, assim, de um mesmo golpe, com a lebre e o polvo?

Conta-se de Teofrasto que, tendo desfrutado, no correr de toda uma existência trabalhosa, perfeita saúde, adoeceu, e morreu, no dia em que deixou de trabalhar. A mim me sucederá, possivelmente, o mesmo. Por isso, trabalho. Trabalho, como um forçado, e suporto sem gemido ou protesto o castigo, e a pena a que os deuses e os homens me condenaram. E trabalho muito, e apressado, porque tenho por mestres aqueles falcões da Noruega, de que falava o padre Manuel Bernardes, os quais caçavam mais, e mais rapidamente do que os outros porque, sendo ali os dias mais curtos, tinham eles de compensar a exiguidade das horas com a atividade do bico. Sendo o dia da minha vida tão breve, meu amigo, por que não trabalhar com todas as forças quando sinto, já, nos olhos, o vestígio das sombras eternas? Há quinze ou vinte anos, chegou ao Rio de Janeiro, procedente do Norte, um jovem escritor, notável pela sua fecundidade livresca, e foi visitar o nosso mestre Coelho Neto. Na palestra que travaram, disse-lhe o visitante:

– Todo meu sonho é produzir tanto, ou mais, que o senhor. Aos cinquenta anos, publicou o senhor, já, oitenta volumes. Eu, com trinta e cinco anos, tenho quarenta obras publicadas.

– Que o seu sonho se transforme em realidade, meu amigo – respondeu-lhe o romancista eminente. E que o seu desejo seja satisfeito, escrevendo o senhor muito mais do que eu. Suplique, apenas, a Deus, que o senhor não escreva tanto, pelo mesmo motivo.

E acrescentou:

– Por necessidade...

Peça, pois, você, aos seus leitores, meu querido e brilhante Menotti, que me perdoem se escrevo muito e se não repouso, como devia, os dedos e o cérebro, cansados de produzir. Agora, já falta pouco... É o resto... A noite já vem...

Reminiscências..., 1935

O QUE ME PROMETE O DESTINO

Conta-se que, por ocasião da sua vinda ao Rio de Janeiro em 1887, escreveu Ramalho Ortigão, para a *Gazeta de Notícias*, um artigo de colaboração destinado a uma edição festiva. No dia aprazado, o matutino de Ferreira de Araújo aparecia com o escrito do seu eminente colaborador português. Intitulava-se, aquele, *O pássaro e as penas*. Quem, todavia, o lesse, não encontrava nem as penas, nem o pássaro. No dia seguinte, porém, vinha a corrigenda. "Por um engano de revisão – dizia esta – saiu deturpado o título do artigo, que publicamos ontem, da autoria do ilustre escritor Ramalho Ortigão. Onde se lê *O pássaro e as penas*, leia-se: *O pássaro e o presunto*". No referido artigo não se tratava, entretanto, ainda, de tal coisa. O título verdadeiro, era, apenas, *O passado e o presente*, que o tipógrafo encarregado de compor os títulos não compreendera bem, na caligrafia complicada de Ramalho Ortigão.

É, assim, do *Pássaro e as penas* ou do *Pássaro e o presunto*, que se vai tratar nesta crônica, pois que é sob esse título que foram comentadas, um dia, na imprensa, coisas que aconteceram e coisas que hão de vir. E esse *pássaro* e essas *penas* e esse *presunto* se referem à minha humilde e obscura existência, sobre a qual os professores persas Sana-Khan e Jorge Chacarian fizeram, ontem, no *Malho*, importantes revelações.

Vai para dois anos, esses dois desvendadores de mistérios tomaram, na Academia, a minha pobre mão de antigo operário, e leram, nela, algumas coisas desvanecedoras. Acostumado a falar da vida alheia e da minha, contei, em um pequeno artigo alegre, o que eles me haviam prognosticado. Disseram-me esses dois quirólogos, nessa ocasião, que eu não morreria naquele ano de 1931. E eu estou quase certo de que eles acertaram nessa previsão. Mas eis que, há poucos dias, sucedeu que de novo nos encontrássemos, e que o professor Sana-Khan e o seu irmão me tomassem a mão novamente, e descobrissem nela, como naquele tempo, anúncios ainda mais imprevistos e amáveis.

– Ainda este ano – disse-me Sana-Khan, na presença de pessoas que foram, na ocasião, fotografadas conosco –, ainda este ano, o senhor será chamado a exercer um cargo público de relevo; até 1936 obterá dois prêmios ou honrarias; de 1936 a 1937 ocupará postos salientes na nova organização social que então dominará o país; e até 1942 terá contínuas ascensões em literatura e política, sob nova fase social.

– E dinheiro? – perguntei, timidamente, como quem conhece os seus compromissos do fim do mês. Terei, afinal, dinheiro, coisa que nunca tive?

E Sana-Khan:

– Terá... Mas não muito...

Testemunhadas por um redator do *Malho*, que reproduziu esse episódio e esse diálogo no seu semanário, identificando-o com a fotografia, vou aguardar, tranquilamente, as boas causas prometidas: o emprego deste ano, as honrarias de 1936, e as altas funções políticas de 1942. Receio, apenas, que me aconteça como àquele sujeito do apólogo árabe, ao qual uma quiromante anunciou que morreria em uma situação elevada, e que morreu, de fato, muito alto, porque acabou numa forca...

Ajudando a divulgar estas profecias, não se suponha, todavia, que eu pretenda fazer propaganda da minha pessoa:

quero, apenas, tomar por testemunha de tão generosos prognósticos o maior número possível de pessoas. Se essas profecias falharem, a quirologia é mais precária, como ciência, do que a Medicina. E se se cumprirem, curvemo-nos, todos, diante dela, porque, então, a coisa é séria mesmo.

O Destino acaba de tomar, em suma, grandes compromissos comigo. Vamos ver se, agora, ele toma vergonha...

Reminiscências..., 1935

MANIFESTO À NAÇÃO

É costume, no Brasil, quando um político se encontra na iminência de naufrágio, dirigir um manifesto à Nação. Nesse documento palavroso e sempre insincero declara o autor, quase sempre, que a pátria está perdida, quando, na verdade, quem está perdido é ele. E como é essa a minha situação, vou eu, agora, por minha vez, lançar o meu manifesto.

Para fazê-lo, recorro, todavia, ao sistema restaurado pela Revolução, e que consiste na condenação das ideias em pentálogos, heptálogos e decálogos, imprimindo, assim, ao método, uns traços de erudição. A política e a literatura, quando associadas, costumam, entre nós, para simular grande cópia de conhecimentos, colocar todas as mercadorias à porta. O que eu sei de grego vai exibido. Vou, também, divulgar o meu decálogo.

As pessoas que leram o Êxodo sabem que ao chegarem os israelitas ao pé do Sinai, no terceiro mês da partida do Egito, foi Moisés chamado ao alto do monte por Jeová, que lhe entregou, entre as sarças ardentes, as duas tábuas contendo os Dez Mandamentos.

— Assim falarás à casa de Jacó e aos filhos de Israel! — disse-lhe o Senhor.

A mim sucedeu coisa mais ou menos parecida. Uma destas noites, vigiava eu um rebanho constituído por dois bodes cheirando a Teócrito nas faldas verdes de Santa Teresa, quando escutei uma suave música de esquisita modulação, a qual parecia descer das alturas e vir, mesmo, nos raios tênues das estrelas. Sentei-me de súbito, empunhei o meu cajado de pegureiro, meti no cinto de couro de cabra a minha flauta pastoril e esperei a revelação. Pouco a pouco fui distinguindo, como se saíssem de uma nuvem, cabeças miúdas de anjos, que tocavam cítaras e harpas, e acompanhavam as harpas e as cítaras com as vozes mais doces que se têm escutado na terra. Em determinado momento os instrumentos e as vozes se calaram, e um dos anjos baixou, pousou na relva úmida com os seus pés cor de lua, e disse-me:

— No alto deste monte o Senhor espera por ti. Deixa os teus bodes, toma o teu cajado, põe a tiracolo o teu alforje e vai! Lá receberás os conselhos de que depende a tua tranquilidade no mundo!

Disse isso, e desapareceu.

Ao fim de duas horas de marcha estava eu no ponto mais alto da montanha. De repente, a erva do chão começou a arder, e, entre o fumo que subia, uma grande figura de aspecto humano se desenhou. A grande barba de neve descia-lhe até ao peito, e o seu vulto pairava no ar imenso e leve como um gigante de bruma.

— Eu sou o Senhor teu Deus — disse a sombra com a sua voz poderosa —; e desci a este monte para entregar-te os mandamentos da tua vida. Cumpre-os, e não te arrependerás.

E desapareceu, como o anjo havia desaparecido.

Na terra da montanha havia duas pedras, em que se viam em letras de fogo, palavras que eu, por haver perdido os óculos, não distinguia bem. Tomei essas duas pedras, e desci o monte. Embaixo, no largo da Carioca, sentei-me próximo a um combustor, e, com o auxílio de um guarda-noturno, encarregado de velar em nome do Governo Provisório, pela fiel obediência à ortografia acadêmica, decifrei e li o seguinte:

I – Não voltarás mais à política militante nem amarrado pelo pé. No caso de violência entrega o pé, mas conserva em liberdade a tua mão, que é o intérprete do teu pensamento.

II – Não receberás mais para ler qualquer obra manuscrita ou datilografada sobre a qual peçam a tua opinião. É desumanidade exigir de um homem quase sem vista como tu o sacrifício dos seus olhos em benefício de terceiros. Farás desaparecer da tua mesa todos os originais que te forem levados para esse fim.

III – Não escreverás sobre livro cujo autor te peça que o faças. O juiz do teu gosto e da tua conduta como crítico és tu.

IV – Votarás na Academia contra todo candidato que exija a manifestação antecipada do teu voto. Farás o mesmo com o candidato que vá à tua casa mais de duas vezes nos quatro meses que precederem a eleição.

V – Não aceitarás mais livro para escrever prefácio. Autor que pede prefácio aos outros não tem confiança na própria obra. Obra em que o autor não confia não deve ser publicada.

VI – Não aceitarás banquete, nem irás a banquete alheio. Quem tem fome come em casa.

VII – Não te interessarás, por meio de carta, ou pessoalmente, perante ministros, interventores, magistrados ou amigos influentes no governo, no comércio ou na imprensa, para que alguém obtenha deles favor ou emprego. Lembra-te que nenhum daqueles a quem serviste voltou à tua casa. Quando deres, em circunstâncias especiais, carta pedindo alguma coisa para alguém, manda outra expressa, ao destinatário, desfazendo o pedido.

VIII – Não farás contrato de edição de teus livros sem que os exemplares sejam numerados. Todos os editores são honradíssimos. Mas eles estão ricos e os escritores estão pobres.

IX – Não emprestarás livros das tuas estantes. Livro emprestado é como o corvo que Noé soltou na Arca. Vai e não volta mais...

X – Sorrirás diante de todas as coisas graves da vida. O sorriso transforma a ignorância em sabedoria.

São estas, agora, para mim, as letras da Lei. A Lei será cumprida. E é disso que, neste manifesto, dou ciência à Nação.

Reminiscências..., 1935

BIBLIOGRAFIA DO AUTOR
(PRIMEIRAS EDIÇÕES)

Memorialística

Memórias. Rio de Janeiro: Marisa, 1933.
Memórias inacabadas. Rio de Janeiro: José Olympio, 1935.
Fragmentos de um diário. Rio de Janeiro: José Olympio, 1939.
Diário secreto (dois volumes). Rio de Janeiro: *O Cruzeiro*, 1954.

Crônica

Da seara de Booz. Rio de Janeiro: Leite Ribeiro e Maurillo, 1918.
Mealheiro de Agripa. [S.I.]: [s.n.], 1921.
Lagartas e libélulas. Rio de Janeiro: Marisa, 1933.
Os párias. São Paulo: José Olympio, 1933.
Sombras que sofrem. São Paulo: José Olympio, 1934.
Destinos.... Rio de Janeiro: José Olympio, 1935.
Notas de um diarista (1ª série). Rio de Janeiro: José Olympio, 1935.
Reminiscências... Rio de Janeiro: José Olympio, 1935.
Sepultando os meus mortos. Rio de Janeiro: José Olympio, 1935.

Um sonho de pobre. Rio de Janeiro: José Olympio, 1935.

Contrastes. Rio de Janeiro: José Olympio, 1936.

Notas de um diarista (2ª série). Rio de Janeiro: José Olympio, 1936.

Perfis (1ª série). Rio de Janeiro: José Olympio, 1936.

Perfis (2ª série). Rio de Janeiro: José Olympio, 1936.

Últimas crônicas. Rio de Janeiro: José Olympio, 1936.

Fatos e feitos. São Paulo: Gráfica Editora Brasileira, 1949.

Conto

Vale de Josaphat. Rio de Janeiro: Leite Ribeiro, 1918.

*Tonel de Diógenes. Rio de Janeiro: Leite Ribeiro, 1920.

*A serpente de bronze. Rio de Janeiro: Leite Ribeiro, 1921.

*Gansos do Capitólio. Rio de Janeiro: Leite Ribeiro, 1922.

*A bacia de Pilatos. Rio de Janeiro: Leite Ribeiro, 1923.

*A funda de Davi. Rio de Janeiro: Leite Ribeiro, 1924.

*Grãos de mostarda. Rio de Janeiro: Leite Ribeiro, 1925.

*Pombos de Maomé. Rio de Janeiro: Leite Ribeiro,1925.

*Antologia dos humoristas galantes. Rio de Janeiro: Leite Ribeiro, 1926.

*O arco de Esopo. Rio de Janeiro: Leite Ribeiro, 1926.

*Alcova e salão. Rio de Janeiro: Leite Ribeiro, 1927.

O monstro e outros contos. Rio de Janeiro: Marisa, 1932.

À sombra das tamareiras. Rio de Janeiro: José Olympio, 1934.

Poesia

Poeira... (1ª série). Porto: Magalhães e Moniz, 1910.

Poeira... (2ª série). Porto: Litter e Typographica, 1917.

Poesias completas. Rio de Janeiro: Renascença, 1933.

---

* As obras assinaladas com asterisco correspondem aos contos publicados na série do Conselheiro X.X.

Crítica literária

Carvalhos e roseiras. Rio de Janeiro: Leite Ribeiro, 1923.
Crítica (1ª série). Rio de Janeiro: Marisa, 1933.
Crítica (2ª série). Rio de Janeiro: Marisa, 1933.
Crítica (3ª série). Rio de Janeiro: José Olympio, 1935.
Crítica (4ª série). Rio de Janeiro: José Olympio, 1936.

Antologias organizadas pelo autor

O Brasil anedótico. Rio de Janeiro: Leite Ribeiro, 1927.
Antologia da Academia Brasileira de Letras. Rio de Janeiro: Leite Ribeiro, 1928.
O conceito e a imagem na poesia brasileira. Rio de Janeiro: Leite Ribeiro, 1929.

Literatura infantil

Histórias maravilhosas. Rio de Janeiro: Biblioteca Infantil d'O Tico-tico, 1933.

EDIÇÕES UTILIZADAS NESTE TRABALHO

Da seara de Booz. Rio de Janeiro: Leite Ribeiro e Maurillo, 1918.
Vale de Josafá. Rio de Janeiro, São Paulo, Porto Alegre: W. M. Jackson, 1953.
Mealheiro de Agripa. 2ª ed. Rio de Janeiro, São Paulo, Porto Alegre: W. M. Jackson, 1945a.
Lagartas e libélulas. 11ª ed. Rio de Janeiro: José Olympio, 1934.
Os párias. Rio de Janeiro, São Paulo, Porto Alegre: W. M. Jackson, [s.d.]
Sombras que sofrem. 4ª ed. Rio de Janeiro: José Olympio, 1935a.

Destinos... Rio de Janeiro: José Olympio, 1935b.

Notas de um diarista (1ª série). 2ª ed. Rio de Janeiro, São Paulo, Porto Alegre: W. M. Jackson, 1945b.

Reminiscências. 2ª ed. Rio de Janeiro, São Paulo, Porto Alegre: W. M. Jackson, 1945c.

Sepultando os meus mortos. Rio de Janeiro, São Paulo, Porto Alegre: W. M. Jackson, 1954.

Um sonho de pobre. Rio de Janeiro, São Paulo, Porto Alegre: W. M. Jackson, 1951.

Contrastes. Rio de Janeiro: José Olympio, 1936.

Notas de um diarista (2ª série). Rio de Janeiro, São Paulo, Porto Alegre: W. M. Jackson, 1951.

Perfis (1ª série). 2ª ed. Rio de Janeiro, São Paulo, Porto Alegre: W. M. Jackson, 1945d.

Perfis (2ª série). Rio de Janeiro: José Olympio, 1936.

Últimas crônicas. 2ª ed. Rio de Janeiro, São Paulo, Porto Alegre: W. M. Jackson, 1945e.

Fatos e feitos. São Paulo: Gráfica Editora Brasileira, 1949.

Diário secreto (dois volumes). Rio de Janeiro: *O Cruzeiro*, 1954.

REFERÊNCIAS SOBRE O AUTOR

BEZERRA, João Clímaco. *Humberto de Campos – textos escolhidos*. Rio de Janeiro: Agir, 1965. (Coleção Nossos Clássicos).

BOSI, Alfredo. "Rui, Euclides e outras vozes da cultura". In: *O pré-modernismo*. 2ª ed. São Paulo: Cultrix, 1967. p. 113-146.

BROCA, Brito. *A vida literária no Brasil – 1900*. 3ª ed. Rio de Janeiro: José Olympio, 1975.

_____. *Ensaios da mão canhestra*. São Paulo: Polis, 1981.

_____. *Naturalistas, parnasianos e decadistas*. Campinas: Editora da Unicamp, 1991.

_____. "Sobre uma data". In: *Papéis de Alceste*. Campinas: Editora da Unicamp, 1991. p. 176-177.

_____. "Quando Humberto de Campos desafiou Jackson Figueiredo". In: *Escrita e vivência*. Campinas: Editora da Unicamp, 1993. p. 159-163.

CAMPOS FILHO, Humberto de. *Irmão X, meu pai*. São Paulo: Lúmen, 1997.

GRIECO, Agrippino. *Gente nova do Brasil*. Rio de Janeiro: José Olympio, 1948. p. 119.

_____. "Os poetas da Academia". In: *Evolução da poesia brasileira*, 3ª ed. Rio de Janeiro: José Olympio, 1947. p. 90-94.

HALUCH, Aline. "*A Maçã* e a renovação do design editorial na década de 1920". In: CARDOSO, Rafael (Org.). *O design brasileiro antes do design*: aspectos da história gráfica, 1870-1960. São Paulo: Cosac Naify, 2005.

HUMBERTO DE CAMPOS. In: *Academia Brasileira de Letras*. Disponível em: <*http://www.academia.org.br/abl/cgi/cgilua.exe/sys/start.htm?sid=221*>. Acesso em: 12 jun. 2008.

LEÃO, Múcio. "Discurso do sr. Múcio Leão". In: Academia Brasileira de Letras. *Discursos acadêmicos (1935-1936)*. V. IX. Rio de Janeiro: Editora ABC, 1937. p. 95-137.

LEBERT, Maria de Lourdes. *Humberto de Campos*. São Paulo: Edições Melhoramentos, 1956. (Coleção Grandes Vultos da Pátria – nº 18).

LUCAS, Fábio. "A glória efêmera de Humberto de Campos". In: *Crepúsculo dos símbolos:* reflexões sobre o livro no Brasil. São Paulo: Pontes, 1989. p. 111-124.

MACHADO, Ubiratan. *Os intelectuais e o espiritismo*. São Paulo: Lachâtre, 1996.

MELO FILHO, Murilo. "Discurso de posse". Disponível em: <*http://www.academia.org.br/abl/cgi/cgilua.exe/sys/start.htm?infoid=470&sid=224*>. Acesso em: 22 out. 2008.

OLIVEIRA, Almir de. *Humberto de Campos:* um exemplo de vida. Salvador: Editora Universitária Americana, 1990.

PICANÇO, Macário de Lemos. *Humberto de Campos*. Rio de Janeiro: Minerva, 1937.

RAMOS, Clóvis. *Humberto de Campos e o espiritismo*. Rio de Janeiro: Celd, 1995.

REIS, Roberto (Coord.). *O miolo e o pão*: estudo crítico e antologia de Humberto de Campos. Niterói: Universidade Federal Fluminense; Brasília: INL, 1986.

RIBEIRO, João. "Humberto de Campos". In: *Crítica, volume II*. Rio de Janeiro: Academia Brasileira de Letras, 1957. p. 85-96.

_____. "Humberto de Campos". In: *Crítica, volume IV*. Rio de Janeiro: Academia Brasileira de Letras, 1959. p. 157-163.

ROCHA, Alexandre Caroli. *O caso Humberto de Campos:* autoria literária e mediunidade. Tese de doutorado. Campinas, São Paulo: [s.n.], 2008.

SCHEIBE, Roberta. *A crônica e seus diferentes estilos na obra de Humberto de Campos*. Dissertação de mestrado. Passo Fundo: IFCH, UPF, 2006.

VIEIRA, Hermes. *Humberto de Campos e sua expressão literária*. São Paulo: Cultura Moderna, [s.d.]

BIOGRAFIA

*Em matéria de profecias, nada há mais incerto
do que aquelas que são feitas pelos sábios.*
Lagartas e libélulas, p. 120

Humberto de Campos Veras nasceu a 25 de outubro de 1886, em Miritiba, cidade do interior do Maranhão, hoje rebatizada com o nome do autor. Filho de Joaquim Gomes de Faria Veras, pequeno comerciante, e Ana de Campos Veras, viveu infância difícil, marcada pela necessidade imperiosa de cooperar com o sustento da família, abalado com a morte do pai, quando o futuro escritor ainda contava seis anos de idade.

Aos doze anos, depois de passar por São Luís, ruma, com a família, para Parnaíba, Piauí, à procura de vida mais confortável. Nessa cidade, emprega-se como balconista na casa comercial *E. Veras & Filho*, cujo proprietário era seu tio Emídio Veras. Ainda em Parnaíba, trabalha como aprendiz de tipógrafo, mas, sem perspectivas, vai para São Luís, onde procura Franklin, outro tio, que também para lá partira, à cata de melhores oportunidades. No Maranhão, é apresentado, pelo tio, a José Dias de Matos, dono da Casa Transmontana, varejo de secos e molhados. Admirado com a vocação do rapaz para o trabalho, o Sr. José Matos, conforme o chamava Humberto, contrata-o, em 1900, como lavador de garrafas.

Em 1901, chega a São Luís mais um tio de Humberto, Antônio Doroteu de Campos, que promete levá-lo para o Pará. Entusiasmado com a ideia de viver em Belém, o miritibano, apesar da consideração que nutre por José de Matos, pede demissão da Casa Transmontana e retorna para Parnaíba, voltando a trabalhar na loja do tio Emídio. Nessa época, começa a ler os almanaques literários, como *Almanaque de lembranças* e *Almanaque de Pernambuco*. Motivado pelas leituras incipientes, escreve poemas, recusados pelo periódico *O Nortista*, e contos. Servindo-se das estantes do primo Canuto Veras, entra em contato com as obras de Auguste Comte, Louis Figuier, Spencer, Haeckel, pelos quais mantém forte admiração.

Dois anos depois, sob os cuidados do Antônio Doroteu, desembarca no Pará e obtém o cargo de revisor em um jornal decadente; vivendo em péssimas condições, aceita o cargo de capataz de um seringal nas fronteiras com o Amazonas. Após ter contraído febre palustre, em 1904, abandona o ofício e volta a se dedicar à vida jornalística, desta vez, como redator da *Folha do Norte*, em que escreve artigos contundentes. Em reconhecimento ao talento de Humberto, Antônio Lemos, prefeito da capital e proprietário d'*A província do Pará*, o periódico mais consagrado de Belém, oferece a ele, em 1907, o cargo de redator-chefe. No ano seguinte, é nomeado, também por Antônio Lemos, secretário da Prefeitura.

Em baile comemorativo da Proclamação da República, o maranhense conhece a jovem Catarina Vergolino, com quem se casaria em 1913. Nesse ínterim, tem publicado, em 1910, seu primeiro livro, o volume de versos intitulado *Poeira...* que, editado em Portugal, logrou favorável recepção da crítica e do público brasileiros, esgotando-se rapidamente.

Nas colunas d'*A província do Pará*, por atacar veementemente a oposição, levando a conhecimento público as trapaças dos bastidores da política, Humberto deflagra um levante à mão armada que resulta na cassação do mandato do conselheiro Lemos. Os adversários chegam a oferecer cinco contos de réis pela mão direita do autor maranhense, que, encurralado, foge para a Capital Federal.

Ao chegar ao Rio de Janeiro, em 1912, procura seu conterrâneo, o já laureado Coelho Neto, por quem é recebido amavelmente. Talvez por causa dessa amizade, é empregado no vespertino *Gazeta de notícias*, "o jornal mais literário da época", nas palavras de Brito Broca (1975: 109).[1] Ainda neste ano, é convidado para colaborar em um jornal de perfil mais moderno, *O Imparcial*, dirigido por José Eduardo de Macedo Soares.

Esse periódico assume papel fulcral na carreira literária do autor, pois, além de marcar o nascimento do Conselheiro X.X., seu principal pseudônimo, franqueou-lhe convívio com eminentes escritores da época, como João Ribeiro, Júlia Lopes de Almeida, Rui Barbosa, Emílio de Menezes, Olavo Bilac e outros.

Em *O Imparcial*, Macedo Soares renova a agitação da segunda campanha civilista, a que Humberto de Campos adere com vigor, mas, pouco depois, o jornalista militante cede espaço ao literato, transição bem caracterizada pelo sucesso do Conselheiro X.X., pseudônimo com que passou a assinar seus textos mais importantes, embora tenha recorrido a outras assinaturas falsas: Almirante Justino Ribas, Luís Phoca, João Caetano, Giovani Morelli, Batu-Allah, Micromegas e Hélios.

Com a vida financeira mais estabilizada, decide casar-se com Catarina, sua Paquita, que ainda estava no Pará. Uma vez que era *persona non grata* em Belém, solicita ao pai da moça que, por meio de procuração, promova o casamento.

---

1 BROCA, Brito. *A vida literária no Brasil – 1900*. 3ª ed. Rio de Janeiro: Livraria José Olympio, 1975, p. 109.

Pouco tempo depois, Paquita vai para o Rio, e o casal tem sua primeira filha, Maria de Lourdes.

Em 1917, em processo crescente de consagração, publica a segunda edição de *Poeira...*, acrescida de alguns poemas. No mesmo ano, João do Rio chama o maranhense de "gralha miritibana", alcunha que desencadeou famosa pugna literária entre os dois escritores nos jornais da época. Pouco tempo depois, Paquita tem outro filho, Henrique. A legitimação de Humberto continua a trajetória ascendente; o autor mantém colunas diárias ou quinzenais em *A Tarde* (Bahia), *Diário de notícias* (Porto Alegre), *Jornal do Recife* (Pernambuco), *São Paulo-Jornal*, *Correio Paulistano*, *A Gazeta* (São Paulo), *O Jornal*, *Gazeta de Notícias*, *O Imparcial*, *Correio da Manhã* (Rio de Janeiro). Escreve na revista *O Cruzeiro* (que depois editaria seu *Diário secreto*), no hebdomadário *Dom Quixote* e funda o periódico *A Maçã*, que fez muito sucesso e contra o qual ergueram-se nomes como Carlos de Laet, Elói Pontes e Jackson de Figueiredo, acusando-o de imoral. O livro *Poeira...* continuava a encontrar respaldo crítico, tanto no Brasil quanto em Portugal; Humberto é recitado com frequência nas escolas e admirado em todo o país.

Reunindo os textos literários e políticos, publica, em 1918, o primeiro livro de crônicas, *Da seara de Booz*, ovacionado por Coelho Neto. No ano seguinte, candidata-se à Academia Brasileira de Letras como sucessor de Emílio de Meneses, candidatura combatida por Luís Guimarães Filho e Osório Duque-Estrada, que, pouco afeitos ao maranhense, apresentam como oponente Eduardo Ramos. Entretanto, no dia 30 de outubro do mesmo ano, Humberto de Campos é eleito para a cadeira 20 da Academia, por 27 votos contra 2... No dia 8 de maio de 1920, é pomposamente recebido pelo acadêmico Luís Murat; a cerimônia conta com personalidades ilustres, como Laurinda Santos Lobo, Júlia Lopes de Almeida e Coelho Neto, entre outros.

Três anos depois, substitui Múcio Teixeira na coluna de crítica do *Correio da Manhã*; em 1927, é eleito deputado federal do Maranhão. Nesse intervalo de tempo, Paquita e Humberto aumentam a prole: Humberto de Campos Filho.

Os anos 30 encontram Humberto no apogeu da glória literária, com mais de quinze volumes publicados. Todavia, ao prestígio literário do autor não correspondem a saúde do homem, nem a agitação política do país. Com a Revolução de 30, contra a qual decididamente se posicionara, Humberto perde o mandato parlamentar; a situação financeira da família Campos se desequilibra; sua hipertrofia da hipófise, que há tanto o assolava, se agrava.

Solicitado, no entanto, por vários jornais, começa a publicar em *O Jornal* as *Notas de um diarista*. Por intermédio de um amigo e do presidente Getúlio Vargas, que era grande admirador do talento do maranhense, assume os cargos de diretor interino da Casa de Rui Barbosa e de inspetor federal do ensino; nesta função, viaja ao Uruguai e à Argentina.

A saúde de Humberto fica cada vez mais debilitada, a ponto de ele, sem poder escrever, precisar ditar suas crônicas e *Memórias*; estas, publicadas em 1933, alcançam estrondoso sucesso, principalmente em decorrência dos laços criados entre o autor e o público, que acompanhava, carinhosa e detidamente, seus atuais sofrimentos. Dia a dia, as enfermidades se agravam. De todo o Brasil lhe chegam cartas, levando esperanças, trazendo conforto, dando e pedindo conselhos os mais diversos.

Um ano depois, sabendo da passagem do cientista alemão Lichtemberg pelo Rio, a bordo do *Zepelin*, decide se submeter a uma cirurgia, na esperança de obter lenitivo para sua doença da hipófise. Contudo, ao contrário dos bons auspícios profetizados pelos irmãos Sana-Kan e Chacarian, que o visitaram nos fins de novembro, Humberto de Campos morre, aos 48 anos, na Casa de Saúde Dr. Eiras, no Rio de Janeiro, em 5 de dezembro de 1934.

Gilberto Araújo, nascido no Rio de Janeiro, é mestrando em Literatura Brasileira na Universidade Federal do Rio de Janeiro, instituição por onde também é bacharel e licenciado em Letras, habilitação Português/Literaturas de Língua Portuguesa. Dedica-se ao estudo e à recuperação de autores não canônicos, principalmente compreendidos no período 1880-1920.

ÍNDICE

Humberto de Campos, um proletário da pena 7

Nota 18

VIDA MODERNA: MUNDANISMO E DECADÊNCIA

Povo e espada 21

Os milagres da cirurgia 24

Reflexões do bom homem Ricardo 27

Os automóveis 30

O trem de Petrópolis 32

O jabuti e o veado 34

Entre o que foi e o que virá 38

O primeiro raio de sol 43

A última proeza de "Lampião" 47

Elogio da loucura 50

A superstição democrática 54

Os males do ensino primário 58

O verme do dia 61

Carta a Hans Sarrasani 64

Um comentário e uma sugestão 68

O sofá da saleta 71

As misérias da oposição 75

Direito de matar 79

O ensino religioso 83

AS SEREIAS DO VÍCIO MODERNO

A condenação de Otelo 89

O feminismo triunfante 109

A crise das modas femininas 115

Aspectos novos de um velho problema 119

O susto das ovelhas vitoriosas 123

A mentira feminista 126

O feminismo e o pecado 131

A mulher e a sua missão social 134

As mulheres e a política 138

A sentença do faraó 141

AS SOMBRAS DOS PÁRIAS

Adubos para os melões 147

Citera 151

Os cães de meia-noite 155

De quem é o defunto? 159

Carta ao dr. Juiz de Menores 162

O destino da raça negra no Brasil 166

Piedade para o cidadão ladrão 174

Ideias de gente rica 178

Reflexões profundas em torno de uma cova rasa 181

O negro brasileiro 186

AS LETRAS E A VIDA LITERÁRIA

Espuma... 193
O sabiá e o xexéu 195
O rouxinol e os ventríloquos 198
A ilusão de Filócrito 203
Caráter, pena e pão 208
O almoço da imprensa e a presença do
    chefe do Governo Provisório 211
Jornais de ontem e de hoje 215
A etimologia é uma superstição 219
Os historiadores e a história 223
Le Horla 225
A geração nova 227
A poesia nova 231

A ACADEMIA

A Academia 237
A cadeira e a tribuna 240
Uma visita a São Pedro 245
Superstições literárias 250
Dez minutos com o Camundongo Mickey 253
A infecundidade literária da Academia
    Brasileira de Letras 256

PERFIS

O bode russo 261
A cigarra morta 264
Camões 267

O aniversário de Coelho Neto 270

Filinto de Almeida 274

Leite Ribeiro 279

HUMBERTO POR ELE MESMO

Uma voz na sombra 289

Aos meus amigos da Bahia 304

Carta a Menotti del Picchia 316

O que me promete o Destino 320

Manifesto à Nação 323

Bibliografia 327

Biografia 329

Biografia do selecionador.. 335

COLEÇÃO MELHORES CONTOS

ANÍBAL MACHADO
Seleção e prefácio de Antonio Dimas

LYGIA FAGUNDES TELLES
Seleção e prefácio de Eduardo Portella

BRENO ACCIOLY
Seleção e prefácio de Ricardo Ramos

MARQUES REBELO
Seleção e prefácio de Ary Quintella

MOACYR SCLIAR
Seleção e prefácio de Regina Zilbermann

MACHADO DE ASSIS
Seleção e prefácio de Domício Proença Filho

HERBERTO SALES
Seleção e prefácio de Judith Grossmann

RUBEM BRAGA
Seleção e prefácio de Davi Arrigucci Jr.

LIMA BARRETO
Seleção e prefácio de Francisco de Assis Barbosa

JOÃO ANTÔNIO
Seleção e prefácio de Antônio Hohlfeldt

EÇA DE QUEIRÓS
Seleção e prefácio de Herberto Sales

MÁRIO DE ANDRADE
Seleção e prefácio de Telê Ancona Lopez

LUIZ VILELA
Seleção e prefácio de Wilson Martins

J. J. VEIGA
Seleção e prefácio de J. Aderaldo Castello

JOÃO DO RIO
Seleção e prefácio de Helena Parente Cunha

IGNÁCIO DE LOYOLA BRANDÃO
Seleção e prefácio de Deonísio da Silva

LÊDO IVO
Seleção e prefácio de Afrânio Coutinho

RICARDO RAMOS
Seleção e prefácio de Bella Jozef

MARCOS REY
Seleção e prefácio de Fábio Lucas

SIMÕES LOPES NETO
Seleção e prefácio de Dionísio Toledo

HERMILO BORBA FILHO
Seleção e prefácio de Silvio Roberto de Oliveira

BERNARDO ÉLIS
Seleção e prefácio de Gilberto Mendonça Teles

AUTRAN DOURADO
Seleção e prefácio de João Luiz Lafetá

JOEL SILVEIRA
Seleção e prefácio de Lêdo Ivo

JOÃO ALPHONSUS
Seleção e prefácio de Afonso Henriques Neto

ARTUR AZEVEDO
Seleção e prefácio de Antonio Martins de Araujo

RIBEIRO COUTO
Seleção e prefácio de Alberto Venancio Filho

OSMAN LINS
Seleção e prefácio de Sandra Nitrini

ORÍGENES LESSA
Seleção e prefácio de Glória Pondé

DOMINGOS PELLEGRINI
Seleção e prefácio de Miguel Sanches Neto

CAIO FERNANDO ABREU
Seleção e prefácio de Marcelo Secron Bessa

EDLA VAN STEEN
Seleção e prefácio de Antonio Carlos Secchin

FAUSTO WOLFF
Seleção e prefácio de André Seffrin

AURÉLIO BUARQUE DE HOLANDA
Seleção e prefácio de Luciano Rosa

ALUÍSIO AZEVEDO
Seleção e prefácio de Ubiratan Machado

SALIM MIGUEL
Seleção e prefácio de Regina Dalcastagnè

ARY QUINTELLA*
Seleção e prefácio de Monica Rector

HÉLIO PÓLVORA*
Seleção e prefácio de André Seffrin

WALMIR AYALA*
Seleção e prefácio de Maria da Glória Bordini

HUMBERTO DE CAMPOS*

*PRELO

COLEÇÃO MELHORES POEMAS

CASTRO ALVES
Seleção e prefácio de Lêdo Ivo

LÊDO IVO
Seleção e prefácio de Sergio Alves Peixoto

FERREIRA GULLAR
Seleção e prefácio de Alfredo Bosi

MARIO QUINTANA
Seleção e prefácio de Fausto Cunha

CARLOS PENA FILHO
Seleção e prefácio de Edilberto Coutinho

TOMÁS ANTÔNIO GONZAGA
Seleção e prefácio de Alexandre Eulalio

MANUEL BANDEIRA
Seleção e prefácio de Francisco de Assis Barbosa

CECÍLIA MEIRELES
Seleção e prefácio de Maria Fernanda

CARLOS NEJAR
Seleção e prefácio de Léo Gilson Ribeiro

LUÍS DE CAMÕES
Seleção e prefácio de Leodegário A. de Azevedo Filho

GREGÓRIO DE MATOS
Seleção e prefácio de Darcy Damasceno

ÁLVARES DE AZEVEDO
Seleção e prefácio de Antonio Candido

MÁRIO FAUSTINO
Seleção e prefácio de Benedito Nunes

ALPHONSUS DE GUIMARAENS
Seleção e prefácio de Alphonsus de Guimaraens Filho

OLAVO BILAC
Seleção e prefácio de Marisa Lajolo

JOÃO CABRAL DE MELO NETO
Seleção e prefácio de Antonio Carlos Secchin

FERNANDO PESSOA
Seleção e prefácio de Teresa Rita Lopes

AUGUSTO DOS ANJOS
Seleção e prefácio de José Paulo Paes

BOCAGE
Seleção e prefácio de Cleonice Berardinelli

MÁRIO DE ANDRADE
Seleção e prefácio de Gilda de Mello e Souza

PAULO MENDES CAMPOS
Seleção e prefácio de Guilhermino Cesar

LUÍS DELFINO
Seleção e prefácio de Lauro Junkes

GONÇALVES DIAS
Seleção e prefácio de José Carlos Garbuglio

HAROLDO DE CAMPOS
Seleção e prefácio de Inês Oseki-Dépré

GILBERTO MENDONÇA TELES
Seleção e prefácio de Luiz Busatto

GUILHERME DE ALMEIDA
Seleção e prefácio de Carlos Vogt

JORGE DE LIMA
Seleção e prefácio de Gilberto Mendonça Teles

CASIMIRO DE ABREU
Seleção e prefácio de Rubem Braga

MURILO MENDES
Seleção e prefácio de Luciana Stegagno Picchio

PAULO LEMINSKI
Seleção e prefácio de Fred Góes e Álvaro Marins

RAIMUNDO CORREIA
Seleção e prefácio de Telenia Hill

CRUZ E SOUSA
Seleção e prefácio de Flávio Aguiar

DANTE MILANO
Seleção e prefácio de Ivan Junqueira

JOSÉ PAULO PAES
Seleção e prefácio de Davi Arrigucci Jr.

CLÁUDIO MANUEL DA COSTA
Seleção e prefácio de Francisco Iglésias

MACHADO DE ASSIS
Seleção e prefácio de Alexei Bueno

HENRIQUETA LISBOA
Seleção e prefácio de Fábio Lucas

AUGUSTO MEYER
Seleção e prefácio de Tania Franco Carvalhal

RIBEIRO COUTO
Seleção e prefácio de José Almino

RAUL DE LEONI
Seleção e prefácio de Pedro Lyra

ALVARENGA PEIXOTO
Seleção e prefácio de Antonio Arnoni Prado

CASSIANO RICARDO
Seleção e prefácio de Luiza Franco Moreira

BUENO DE RIVERA
Seleção e prefácio de Affonso Romano de Sant'Anna

IVAN JUNQUEIRA
Seleção e prefácio de Ricardo Thomé

CORA CORALINA
Seleção e prefácio de Darcy França Denófrio

ANTERO DE QUENTAL
Seleção e prefácio de Benjamin Abdalla Junior

NAURO MACHADO
Seleção e prefácio de Hildeberto Barbosa Filho

FAGUNDES VARELA
Seleção e prefácio de Antonio Carlos Secchin

CESÁRIO VERDE
Seleção e prefácio de Leyla Perrone-Moisés

FLORBELA ESPANCA
Seleção e prefácio de Zina Bellodi

VICENTE DE CARVALHO
Seleção e prefácio de Cláudio Murilo Leal

PATATIVA DO ASSARÉ
Seleção e prefácio de Cláudio Portella

ALBERTO DA COSTA E SILVA
Seleção e prefácio de André Seffrin

ALBERTO DE OLIVEIRA
Seleção e prefácio de Sânzio de Azevedo

WALMIR AYALA
Seleção e prefácio de Marco Lucchesi

ALPHONSUS DE GUIMARAENS FILHO
Seleção e prefácio de Afonso Henriques Neto

MENOTTI DEL PICCHIA
Seleção e prefácio de Rubens Eduardo Ferreira Frias

ÁLVARO ALVES DE FARIA
Seleção e prefácio de Carlos Felipe Moisés

SOUSÂNDRADE
Seleção e prefácio de Adriano Espínola

LINDOLF BELL
Seleção e prefácio de Péricles Prade

THIAGO DE MELLO
Seleção e prefácio de Marcos Frederico Krüger

AFFONSO ROMANO DE SANT'ANNA*
Seleção e prefácio de Miguel Sanches Neto

ARNALDO ANTUNES*
Seleção e prefácio de Noemi Jaffe

ARMANDO FREITAS FILHO*
Seleção e prefácio de Heloisa Buarque de Hollanda

MÁRIO DE SÁ-CARNEIRO*
Seleção e prefácio de Lucila Nogueira

LUIZ DE MIRANDA*
Seleção e prefácio de Regina Zilbermann

ALMEIDA GARRET*
Seleção e prefácio de Izabel Leal

RUY ESPINHEIRA FILHO*
Seleção e prefácio de Sérgio Martagão

*PRELO

COLEÇÃO MELHORES CRÔNICAS

MACHADO DE ASSIS
Seleção e prefácio de Salete de Almeida Cara

JOSÉ DE ALENCAR
Seleção e prefácio de João Roberto Faria

MANUEL BANDEIRA
Seleção e prefácio de Eduardo Coelho

AFFONSO ROMANO DE SANT'ANNA
Seleção e prefácio de Letícia Malard

JOSÉ CASTELLO
Seleção e prefácio de Leyla Perrone-Moisés

MARQUES REBELO
Seleção e prefácio de Renato Cordeiro Gomes

CECÍLIA MEIRELES
Seleção e prefácio de Leodegário A. de Azevedo Filho

LÊDO IVO
Seleção e prefácio de Gilberto Mendonça Teles

IGNÁCIO DE LOYOLA BRANDÃO
Seleção e prefácio de Cecilia Almeida Salles

MOACYR SCLIAR
Seleção e prefácio de Luís Augusto Fischer

ZUENIR VENTURA
Seleção e prefácio de José Carlos de Azeredo

RACHEL DE QUEIROZ
Seleção e prefácio de Heloisa Buarque de Hollanda

FERREIRA GULLAR
Seleção e prefácio de Augusto Sérgio Bastos

LIMA BARRETO
Seleção e prefácio de Beatriz Resende

OLAVO BILAC
Seleção e prefácio de Ubiratan Machado

ROBERTO DRUMMOND
Seleção e prefácio de Carlos Herculano Lopes

SÉRGIO MILLIET
Seleção e prefácio de Regina Campos

IVAN ANGELO
Seleção e prefácio de Humberto Werneck

AUSTREGÉSILO DE ATHAYDE
Seleção e prefácio de Murilo Melo Filho

HUMBERTO DE CAMPOS
Seleção e prefácio de Gilberto Araújo

JOÃO DO RIO
Seleção e prefácio de Edmundo Bouças e Fred Góes

COELHO NETO
Seleção e prefácio de Ubiratan Machado

ODYLO COSTA FILHO*
Seleção e prefácio de Cecilia Costa

GUSTAVO CORÇÃO*
Seleção e prefácio de Luiz Paulo Horta

ÁLVARO MOREYRA*
Seleção e prefácio de Mario Moreyra

JOSUÉ MONTELLO*
Seleção e prefácio de Flávia Vieira da Silva do Amparo

RAUL POMPEIA*
Seleção e prefácio de Claudio Murilo Leal

RODOLDO KONDER*

FRANÇA JÚNIOR*

MARCOS REY*

ANTONIO TORRES*

MARINA COLASANTI*

*PRELO